献给我的女友张红

朗山筆記

現當代文壇掠影

眉睫 著

《朗山筆記》序

陳子善[1]

中國現代文學作為「史」的對象加以研究，如果從 1950 年 5 月內地教育部頒佈《高等學校文法兩院各系課程草案》，規定「講授自五四時代到現在的中國新文學的發展史」算起，已經近六十年過去了。如果再往前追溯，從朱自清先生 1929 年春末在清華大學國文系開設「中國新文學研究」課程算起，那就更有長達八十年的歷史了。時至今日，中國現代文學史研究已建立起一套堪稱完整的話語體系和嚴格的學術規範，換言之，就是「學院派」成為了中國現代文學史研究的主力，他們發出的聲音就是中國現代文學史研究的主流話語。然而，「非學院派」或者可稱為非主流派的研究仍然活躍，尤其是最近十多年來更是眾聲喧嘩，成就斐然，眉睫（原名梅杰）的研究就是一個有力的證明。

我曾在不同的場合說過，現在有些文學博士的學識還不如非專業出身的業餘的文學研究者，這種現象很值得關注和分析。眉睫大學本科學的是法律，他的本科學位論文《略論法律與文學》也已透露了他對文學的愛好和不俗的學術眼光。自 2004 年起，內地《新文學史料》、《書屋》、《博覽群書》、《魯迅研究月刊》、《中華讀書報》等報刊上陸續不斷出現眉睫的文字，篇幅不長但卻言之有物。他發

---

[1] 陳子善，1948 年生，上海人，現為華東師範大學中文系博士生導師、中國現代文學資料與研究中心主任。

掘現代作家佚信佚文，辨析現代文學史實，孜孜不倦，樂此不疲，我注意到了，連海外的現代文學研究者也注意到了。

眉睫是湖北黃梅人氏，與現代作家廢名正好同鄉，真要感謝這種巧合，成就了眉睫的廢名研究。他在廢名母校黃梅一中求學期間，就在該校「廢名文學社」出版的《廢名文苑精粹》發表研究廢名的專題文章。他對本鄉前賢廢名其人其文其事簡直入了迷，堅持數年不輟，查考廢名在黃梅的行蹤，蒐集廢名不同歷史時期的佚信佚作，哪怕一紙半簡也不放過，梳理廢名的交遊，辨析現代文學史上到底有幾位「廢名」，評價研究廢名的新著等等，都做得很出色。我想儘管近年來內地現代文學研究界對廢名越來越關注，已形成了不大不小的「廢名熱」，六卷本《廢名集》也已編竣出版（北京大學出版社2009 年版），然而，廢名研究仍存在不少空白，仍有許多盲區誤區，還有大量工作要做。眉睫在這方面的努力無疑是值得稱道的。他的廢名研究已經成果累累，另行結集《關於廢名》（臺灣秀威 2009 年版），這裏就不多饒舌了。

有論者根據三、四十年代詩人朱英誕所首先提出的「廢名及其circle」而命名了一個「廢名圈」（參見陳均〈廢名圈、晚唐詩及另類現代性〉），即廢名和與其交往受其影響之作家詩人所構成的文人圈或派別，這對深入研究廢名和尚未引起我們足夠重視的這個北京現代文學文人圈都頗具啟發。眉睫顯然認同「廢名圈」的提法，他也早就著手這方面的探究工作，正如他自己所說的「2004 年，我開始對『廢名圈』的文人進行逐一考察。」他接連撰寫了〈今人誰識朱英誕〉、〈記住詩人朱英誕〉、〈想起被遺忘的詩人石民〉、〈文學史上的失蹤者：以朱雯為例〉、〈葉公超、廢名及其他〉等等，對廢名的老師葉公超、同學梁遇春和石民、受廢名影響的朱雯以及與廢名亦師亦友的朱英誕等從「廢名圈」文人的角度作了查考，雖然還只是初步的、簡略的，卻

已有頗多發現。特別是對石民和朱雯兩位在現代文學史上長期被遺忘的作家，眉睫重新提出並加以討論，確實十分難得。

猶記我以前查閱《語絲》、《駱駝草》、《北新》等現代文學刊物時，就注意到石民其人其文，可惜後來未能對這位英年早逝的詩人、翻譯家（他是波德賴爾早期譯者之一，他翻譯的《巴黎之煩惱》是這部世界名著最早的中譯本）進一步關注和研究。朱雯是我在上海師範大學中文系任教時的同事，更是我尊敬的文壇前輩。每次在系裏見面，他總是溫文爾雅，對我這樣剛踏上大學講壇的青年教師沒有一點架子。我早知道朱雯是有名的翻譯家，讀過他翻譯的《苦難的歷程》三部曲（阿・托爾斯泰著）和《西線無戰事》（雷馬克著），甚至還翻過他三十年代初用「王墳」筆名與羅洪合著的《戀人書簡》（原名《從文學到戀愛》）。我曾就魯迅書信注釋的疑難問題向他請益，但直到他去世，一直沒有找機會就他本人早期的新文學創作向他求教，現在後悔莫及。眉睫爬梳他們兩位早期的文學生涯，探幽抉微，指出石民是「象徵詩派驍將」，朱雯是「廢名、沈從文的早期傳人」，都很有見地。他做了我應做、想做還沒來得及做的很有價值的工作，我深感欣慰。

不僅僅是「廢名圈」文人，眉睫對中國現代文學史上的「失蹤者」都有濃厚的興趣，為尋找這些「失蹤者」，發掘這些「失蹤者」，他「上窮碧落下黃泉」，一直努力不懈。除了廢名，眉睫對別位鄉先賢也情有所鍾，有感於鴛鴦蝴蝶派作家喻血輪「作品雖廣為流傳，其人卻長期塵封於歷史」而寫下了〈喻血輪和他的《林黛玉日記》〉、〈黃梅喻氏家傳〉諸文，用周詳的考證還歷史以本來面目。他又梳理「大半生在文學和醫學之間徘徊」的現代劇作家劉任濤的生平和創作，讓我們重新認識了這位電影劇本《和平鴿》的作者。除此之外，眉睫評說現代作家許君遠頗具史料價值的北京大學之憶，考釋沈從文 1948 年秋致《中央週刊》主編劉光炎的一封佚信，均能言人

所未言。特別應該提到的是他的〈關於「林率」〉一文，雖只短短數百字，卻把著名劇作家陳麟瑞（筆名林率、石華父等）發表作品的時間提前了整整九年，也彌補了拙著《這些人，這些書》重刊考證「林率」舊文未及修正的疏忽。

　　石民、朱雯、朱英誕、喻血輪、丘士珍、許君遠、劉任濤、「林率」……這一系列名字，不要說大學中文系學子，就是專門的中國現代文學研究者，恐怕也會感到陌生。之所以會產生這種令人遺憾的現象，無非是現行的文學史著述從不提及這些作家和他們的作品。這些作家「缺席」或者像眉睫所說的「失蹤」於文學史著述，原因一定是多方面的。他們為什麼會「失蹤」？何以「失蹤」了這麼久？要不要下大功夫去尋找？又該如何正確地評價？不同的研究者的回答也一定是不一樣的。是他們的作品真的很差或不夠水準而無法進入文學史，哪怕只是專題的文學史，還是研究者出於這樣那樣的原因自覺或不自覺的加以「遮蔽」？歸根結底，文學史應該怎樣書寫才能更好地全面地「發現和評審優美作品」（夏志清語）？才能既體現學術追求，又彰顯個人趣味，不拘一格各顯特色？眉睫的工作正是向我們提出了這個嚴肅的值得深思的問題。

　　按照德國哲學家伽達默爾的觀點，在對歷史文本的解釋中，歷史並非獨立於研究者之外的客體，研究者詮釋歷史文本的同時也就參與了歷史。從這個意義講，眉睫發掘「文學史失蹤者」的工作的意義非同一般。眉睫還年輕，在中國現當代文學史研究的長途上還會不斷有所發現。他應該進一步拓展學術視野，繼續不受「學院派」種種成規的束縛，更自覺更執著於自己的愛好和追求，更深入地追尋「文學史的失蹤者」。我期待並祝願他取得更大的成績。

2009 年元月 8 日於海上梅川書舍

目　錄

卷二

卷三

附錄

編後記

卷一

再談詩人朱湘及其身後事

　　朱湘是上世紀二十年代與聞一多、徐志摩相比肩的大詩人之一，但他的淒慘身世令人扼腕。他的一生是與殘酷現實作鬥爭的一生，也是被現實無情打擊和最終被拋棄的一生。他的身世具有傳奇色彩，死後更成為一個難解的「謎」。

　　他生前「結仇」很多，與他強烈的自尊心和敏感多疑的性格不無關係；而他又偏偏生活在多災多難世態炎涼的舊中國。他的悲劇性格和世俗社會，像無形的枷鎖將他送上死亡之途。但在他周圍卻又形成一個小小的文學圈子，成員有羅念生、羅暟嵐、柳無忌、趙景深、徐霞村等。朱湘與他們肝膽相照，情同手足，這就不能不令人費解。這是朱湘性格複雜一面的表現。當他與妻子不合，在安徽大學又不順心之時，是他的人生下坡路。而他離開安大，則是必然踏上絕境。一個自負的神經質病者，處處受阻，處處懷疑，最終詩神離他而去，在遭受物質與精神雙重打擊的情況下，詩人蹈江而去。朱湘之死，成為現代文學史上沉痛一頁。目前，關於朱湘研究並不算多，專著僅有《二羅一柳憶朱湘》、《現代詩人朱湘研究》等少數幾種；但他的作品整理卻做得很好，《朱湘詩全編》、《朱湘譯詩集》、《朱湘書信集》、《朱湘散文》等早已出版，只缺《朱湘全集》了；《朱湘傳》也已於 2004 年由臺灣文史哲出版社出版。

　　朱湘研究之所以不夠熱門，恐怕與他離奇身世有重大關係，某些學者對這類有著淒慘身世的作家有意避而不談，或者不願查詳細資料。最近讀到石定樂、萬龍生二位先生關於朱湘的文章（原載《書屋》2005 年第 1、第 7 期），更發覺世人對朱湘身世和身後事不夠瞭

解。其實，朱湘的身世及其身後事經羅念生、柳無忌、趙景深、朱
小沅等人的回憶和調查已經弄清楚了，只是資料分散不易查找而
已。柳無忌曾將羅念生、趙景深、朱小沅等人的回憶與調查做了番
整理，寫成長篇「文訊」〈晨霧暗籠著長江——朱湘的遺著與遺孤〉，
對朱湘作品出版和研究情況以及朱湘子孫後輩生活狀況進行很詳細
的概括。該文連載於 1989 年 4 月 26、27 日的臺灣《聯合報副刊》，
已經收入新近出版的《教授・學者・詩人：柳無忌》一書。這裡不
妨將羅念生、柳無忌等人的文章稍作摘錄：

> 朱湘死後，傳聞霓君在長沙進了尼姑庵，小沅被送入南京的
> 貧兒院……抗戰時霓君攜兒女去蜀，小沅於四川某高中畢
> 業，在一個小縣的村學教書，難以糊口。（柳無忌：〈晨霧
> 暗籠著長江——朱湘的遺著與遺孤〉）

> 小沅後來到處流浪，一多曾叫他到昆明去投考西南聯大，可
> 是小沅到達時，一多已被刺。小沅果然考上了西南聯大，但
> 是他母親不讓他學文學。他在雲南大學經濟系讀過書。他後
> 來因為歷史問題，被送到煤礦勞教二十年，已於 1978 年死於
> 職業病——矽肺病。家裡的人最近才得到有關單位的通知，
> 說已於 1979 年 5 月為朱海士（小沅）平反。朱湘的孫子佑林
> 患紅斑性狼瘡，一種白血病，三年痛苦，已於本月 18 日去世。
> 朱湘的女兒小東的情況也很艱苦……霓君已於 1974 年去
> 世，喪葬維艱。（羅念生：〈憶詩人朱湘〉原載《新文學史
> 料》1982 年第 3 期）

> （大約 1990 年）雅致飯店門口的大街上有一個六十多歲的大
> 媽在賣短褲，她是現代詩人朱湘的女兒朱小東。朱小東有一

條腿已經不在,她給我們看她的假腿,是木頭的。有一天,我們一幫詩人跟著她到家裡去看朱湘年輕時的照片和書信。看過後,我們都認為她爸爸長得很帥。朱小東的脾氣跟她爸一樣,民院政法系的一個女生到飯店來勤工助學,把堂子裡的垃圾掃了堆在她的攤子上,她大發雷霆,兩個人吵了起來。(朱霄華:〈昆明文學青年的老巢:蓮花池〉原載《青年與社會》2004 年第 11 期)

念生在長沙找不到霓君削髮為尼的尼姑庵,朱湘的後人亦未提及此事,諒係傳說無憑……朱湘後代唯一的希望寄託於小沅的長子朱細林與細林的男孩永湘(小沅在世時為他取的名字)身上……在艱苦的環境下,細林仍堅持自學,酷愛文學,喜讀泰戈爾、雪萊、波特賴爾諸人的作品,有志繼祖父為詩人。他曾用朱海士(小沅)口述、朱細林筆錄的創作形式,撰寫了七萬字的〈詩人朱湘之死〉長文,其中三萬字曾在香港的雜誌分期登載(1984)。(柳無忌:〈晨霧暗籠著長江——朱湘的遺著與遺孤〉)

　　柳無忌的長文,還將朱湘孫輩、曾孫輩的艱難生活公之於世,表示孤憤和痛心——朱湘的後人重演著他的悲劇!他們在昆明均過著貧病交加的生活,甚至超過了朱湘當年的淒慘遭遇。該文詳細紀錄了朱湘的身後事,包括子孫後代的繁衍、生活、工作、喪葬等諸多方面,並附錄了朱細林《寫在〈詩人朱湘之死〉前面》的前三段。

　　可以說,朱湘「富有傳奇色彩的故事和他十分感人的愛國精神」已經越來越來為世人所瞭解,「朱湘詩學」也開始受到關注並被研究,「朱湘」這個啞謎開始被揭開。

　　不過，在這個啞謎當中，有個小插曲，就是關於「朱湘未死」的說法。朱湘生前好友徐霞村的女兒徐小玉在《關於〈我所認識的朱湘〉》中說：「朱（湘）投江的那艘吉和輪停船打撈多時，卻沒找到屍體，而朱湘又是個會游泳的人。父親認為『一個會游泳的人豈能選擇投水的自殺方式』呢？還有一場『奇遇』呢！父親在文中是這樣記敘的：1934年春夏之交，我到北平東安市場買東西，在要走出北門時，忽然對面走過來一個身穿漢裝短衫的男子，一眼望去活像是朱湘。我雖然不信有鬼的存在，但這樣一個和朱湘長得一模一樣的人的出現卻使我像觸了電似地愣住了。待我清醒過來之後這個人已經消失在擁擠的人群之中，再也尋不見他的影子。過了幾天我把這次『奇遇』告訴給剛剛回國不久的羅念生兄，他也說自己在東安市場也有過這麼一次『奇遇』，他也同樣沒法解釋。」（徐小玉所引源自徐霞村：〈我所認識的朱湘〉）。不過徐霞村又說：對朱湘的死「從感情上不願意相信在親人或至友逝去後，一個人往往覺得死者依然還在身邊。這是常有的事」。徐霞村是傳出「朱湘未死」的第一人，並拉羅念生做保證，可是他又立即否認了自己的「猜想」和「奇遇」。令人匪夷所思的是，徐小玉說：「1990年，我突然收到一封朱湘之子朱小東從昆明寄來的信問我有關朱湘『死』之事。他說傳聞朱湘當年投江後並未死，我是否知道這方面情況？」文中竟將朱小東誤為「朱湘之子」，顯得極不可信，而且也應是「諒係傳說無憑」。徐霞村的「朱湘未死」曾引起研究界的注意，而徐小玉欲進一步推波助瀾，其實徐霞村的「心虛」，已經否認了這一點。現在是應該向世人澄清這一事實的。

作於 2005 年 8 月

原載《書屋》2005 年第 10 期

想起被遺忘的詩人石民

今年是梁遇春誕辰一百周年的日子，使我很自然地想起這個翩翩少年；同時我也想起了石民和廢名。石民恐怕一般讀者都已經不知道了，他的著作現在也很難見到了。於我而言，石民是文學史上的一個神秘人物。《葉公超傳》中對身為葉公超得意門生的石民隻字未提，可見石民被遺忘的程度。

石民（1901-1941），湖南邵陽人，字影清，詩人、翻譯家、散文家、編輯。「石民自幼聰明好學，儀表英俊，在親友中有才子之稱。」（唐甫之：〈懷念石民〉）1924 年，畢業於長沙岳麓中學，以優異成績考入北京大學英語系，當時在英語系任教授的有林語堂、葉公超、陳西瀅、溫源寧、徐志摩等，同級或上下年級同學有胡風、廢名、梁遇春、張友松、尚鉞、游國恩、馮至、許君遠等。1928 年畢業，獲得文學學士學位。1929 年赴上海，在北新書局任編輯，曾編輯《北新月刊》、《青年界》等。石民學生時代即開始詩歌創作和翻譯，1930年前後，在文壇尤為活躍，不少詩歌、翻譯、散文發表在《語絲》、《駱駝草》、《文學雜誌》、《北新》、《青年界》、《現代文學》、《文藝》（武昌）、《大俠魂》、《民立學生》、《現代學生》等報刊上，與廢名、梁遇春齊名，可稱作是「駱駝草三子」。1932 年11 月與尹蘊緯在南京結婚，二人伉儷情深。1936 年到武漢大學任教，1938 年隨校內遷四川樂山，不久因肺病加劇告假，回原籍醫治，1941 年初病逝。著有詩集《良夜與噩夢》，譯有《曼儂》（與張友松合譯）、《巴黎之煩惱》、《德伯家的苔絲》、《憂鬱的裘德》、《他人的酒杯》（詩集）等，編著有《古詩選》、《北新英語文法》等多種教材，

單篇譯作、散文創作大約有近百篇。研究與回憶石民的文章就筆者
所見有張文亮 1929 年發表在《語絲》第五卷第 18 期上的〈評石民
底良夜與噩夢〉、梁遇春〈致石民信四十一封〉、馮健男〈我的叔父
廢名‧石民〉和〈關於詩人石民〉(原載《新文學史料》1989 年第 4
期)、梅志〈有關石民情況的兩封信〉、唐甫之〈懷念石民〉(原載《新
邵文史資料》第四輯)、石景荃〈對「懷念石民」一文的訂正與補充〉、
謝韻梅〈湘籍第一個象徵派詩人〉(原載《湖南社會科學》1989 年
第 6 期)等八篇。石民詩作有七首收在孫玉石所編《象徵派詩選》
中得以問世,《新詩鑑賞辭典》等詩選有輯錄並作賞析。

　　在石民不長的文學生涯中,最值一提的是他與廢名、梁遇春一
起走上文壇,在二、三十年代的文學史上留下共同前進的身影。石
民、廢名、梁遇春初入北大的時候,他們並沒有什麼的交往。他們
都有梁遇春所自況的「不隨和的癖氣」,這在石民的〈《淚與笑》
序〉和馮至的〈談梁遇春〉中有過回憶性的解釋。

　　廢名以小說《竹林的故事》馳名於文壇之後,石民、梁遇春也
開始分別以新詩和散文名世,而且他們兩人還是翻譯的好手,都是
英美小品文的推崇者。石民成為象徵詩派驍將,梁遇春成為人生派
散文的青春才子型作家,就是在那時形成的。他們因相似、共通的
審美觀和文學趣味,再加上北大同學的關係成名後走在一起是必然
的。梁遇春在上海真茹的時候,與石民通信頗多。1930 年初返回北
大之後,幾乎天天與廢名在一起,與石民的通信也更加地多起來。
這些信件成為後世文人瞭解他們之間的友誼的最直接和最原始的資
料。世人都說梁遇春是青春才子,風度翩翩。其實這是詩人應有的
氣質,而石民正是這樣的一個詩人。溫源寧曾對廢名和梁遇春說:
「石民漂亮得很,生得像 Angel!」梁遇春也說石民具有「徹底的
青春」。而一般人想像的少年公子形象的梁遇春卻以暮氣滿面的「中

年人」自居。廢名則有隱士之氣，梁遇春連連在致石民信中佩服廢名的靜坐工夫。三人的性格有些不同，各自的文體偏好也不同，而能走到一起，這真是文壇佳話。

石民和廢名、梁遇春的友情在廢名主編《駱駝草》時期和梁遇春逝世前後表現得最令人羨慕和感歎。廢名主編《駱駝草》的時候，常催梁遇春寫稿，其中有幾篇關於失戀的文章是背著妻子寫的，偷偷拿給廢名發表。《駱駝草》是個小型週刊，由廢名主編，馮至做助手，寫稿的有苦雨齋、廢名、俞平伯、石民、馮至、朱自清、梁遇春、徐玉諾、鶴西等。這是一個同仁刊物，著名的京派發軔於此。只可惜，不到半年就停刊了。廢名對《駱駝草》頗有感情，這是他北大畢業後親自主持籌辦的刊物，但終因馮至出國和其他原因，未能維持下來。這個刊物，算是永久停了，但他們之間的友誼之花並不因此而凋謝。

1931 年初，石民因與北新書局老闆李小峰吵架而失業，梁遇春託葉公超和廢名在暨南大學、北京大學謀教書或辦公處的職務，更希望廢名能夠成功，讓石民在北京大學辦公處做事，這樣兄弟三人就「大團圓」了（梁遇春語）。廢名、梁遇春大概也因石民的友誼，在《北新》、《青年界》上發表了幾篇文章。石民失業後，愁苦了一陣子。幸虧詩人「愁悶時也愁悶得痛快，如魚得水，不會像走投無路的樣子」（廢名語），若真是如此，詩人其有幸乎？！

石民、廢名、梁遇春之間最能得人和的，恐怕是廢名。梁遇春對石民說：「雁（按：指廢名）飛去後，有時就覺得人間真沒有什麼可以暢談的人。雁君真是不愧為紅娘，他一去，你的信就滔滔不絕的來，愁悶如我者，自己也不知道多麼歡喜。」而對於事理的見解，梁遇春也常佩服廢名的獨到之處，他視廢名如兄長。1932 年 6 月 25 日，梁遇春逝世。石民和廢名等發起追悼會，並收集整理他的

遺著,並為《淚與笑》出版,由石民、廢名親自作序,葉公超作跋。這樣四人師友的情誼在《淚與笑》中得到完整的保存下來。葉公超、廢名、梁遇春在北平常有相聚的機會,倒是石民與他們見得少,以致梁遇春感歎說:「雁君飄然下凡,談了一天,他面壁十年,的確有他的獨到之處,你何時能北上與這班老友一話當年呢?」沒想到梁遇春先走一步,他們再沒有一話當年的機會了。

二、三十年代石民與魯迅、胡風也有過密切交往。從 1928 年起至 1936 年魯迅逝世,《魯迅日記》中有關石民的記載達五十七次之多,1930 年 11 月至 12 月,短段一個月中,魯迅曾五次陪石民在上海的日本診所就診。1930 年、1931 年胡風從日本返滬時曾經住在他家中。胡風在「左聯」工作時,他們仍常往來,《青年界》發表不少左聯作家的作品,就是石民經手的。

石民後來在國立武漢大學謀得教職,他感念於他與廢名的情誼,時常從武昌到漢口看望廢名的大哥馮力生先生,並以弟居。當時正處少年的馮健男(廢名侄子)仰慕石民是詩人,將自己的幼稚的「詩集」拿給詩人請教。石民在 1937 年還有信請周作人轉交廢名,但萬想不到的是詩人竟死於抗戰之初,而那時廢名已避兵鄉間,與文學界斷了消息。他知道石民的逝世是在戰後,朱光潛先生告訴他的。據廢名兒子馮思純先生對筆者講起,廢名在解放後仍然時時提起石民和梁遇春。

石民逝世時,長女純儀八歲,次女縵儀五歲,幼子石型三歲。石民的太太尹蘊緯女士在抗戰期間撫幼遭孤,艱辛備嚐,曾作詩悼念石民,表現她對夫君的懷念以及自己生活的辛酸。1949 年 8 月尹蘊緯到臺北,1964 年隨子女僑居美國。石民的兩個女兒都在臺灣大學畢業,留學哥倫比亞大學,獲碩士學位。兒子石型臺灣清華大學畢業後,留學加拿大,又留學哥倫比亞大學,獲博士學位。1992 年,

尹蘊緯在美國逝世。1996 年 7 月，石型博士回老家祭祖，憑弔父親亡靈，並換上鑴刻有「詩人石民之墓」的墓碑（石景荃：〈對「懷念石民」一文的訂正與補充〉）。

附：詩人、翻譯家石民先生著譯書目 （眉睫整理）

1.《良夜與噩夢》   1929 年   北新書局
   注：收新詩、散文詩四十七首，其中譯詩六首

2.《文藝譚（英漢對照）》   1930 年   北新書局
   注：（日）小泉八雲原著，石民譯注。收〈論生活和性格對於文學的關係〉、〈論創作〉、〈論讀書〉、〈略論文學團體之濫用與利用〉等四篇論文。

3.《英國文人尺牘選（英漢對照）》   1930 年   北新書局
   注：石民譯注，選十八世紀初至十九世紀末英國十五位文人的書信各一至七篇。

4.《散文詩選（英漢對照）》   1931 年   北新書局
   注：（法）波德賴爾原著，石民譯注。

5.《返老還童（英漢對照）》   1931 年   北新書局
   注：（美）霍桑原著，傅東華、石民譯注。收《返老還童》、《美人，黃金，威權》兩個短篇

6.《初級中學北新英文法》   1932 年   北新書局
   注：石民編。

7.《詩經楚辭古詩唐詩選（英漢對照）》   1933 年   北新書局
   注：英譯文為英國 H.A.Giles 和 A.Waley 及日本小煙薰良所譯。1982 年香港中流出版社出版影印本。

8.《詩選》   1933 年   北新書局
   注：石民編注，古典詩歌集，為中學國語補充讀本。

9. 《他人的酒杯》   1933 年   北新書局

    注：石民譯。收〈野花之歌〉〈愛之秘〉〈病薔薇〉〈渾靈之占卜〉（[英] W.Blake）〈從陰霾裡，從陰霾裡〉〈歌〉〈登臨〉〈秋情詩〉〈愉快的死者〉〈無題〉（[法] H.deRegnier）以及海涅、萊蒙托夫、馬雅可夫斯基等人的詩作三十六首。

10. 《巴黎之煩惱》   1935 年   生活書店

    注：（法）波德賴爾原著，石民譯。書名原文：Le spleen de Paris，據 A.Symonsr 英譯本並參照法文原本譯出，內收散文詩五十一首。

11. 《曼儂》   1935 年   中華書局

    注：（法）卜萊佛原著，石民、張友松合譯。書名原文：Histoire du chevalier des grieux et manon lescaut，長篇小說，據英譯本轉譯。此前也應出版過，見梁遇春致石民信。

12. 《高中英文萃選》   1943 年   北新書局

    注：石民編，共三冊，分為《高中英文萃選（一）（二）（三）》。

13. 《德伯家的苔絲》   未詳   未詳

14. 《憂鬱的裘德》（亡佚）   1942 年   三戶圖書
                                             出版公司

作於 2006 年初春

原載《藏書報》2006 年 7 月 24 日

南洋作家廢名與一場文學論爭

——此廢名非彼廢名

1934 年 3 月 1 日,《南洋商報》「獅聲」副刊上發表一篇題為〈地方作家談〉的短論,該文指出:「應該肯定地說馬來亞有文藝,就是居留或僑生於馬來亞的作家們所生產的文藝,⋯⋯凡是在某一個地方,努力於文藝者,曾有文藝作品貢獻於某個地方者,無疑地我們應該承認他是某一個地方的地方作家。⋯⋯我們不應該盲目地重視以上海為文壇中心的中國文藝作家,我們應該推崇馬來亞的地方作家。」文章作者還推薦十四個作者認為是馬來亞地方文藝作家。3 月 16 日、17 日作家林志生在「獅聲」副刊發表〈顯微鏡下廢名先生的理論的細察〉予以回駁。從此掀起一場關於「地方作家問題」的著名論爭,這場文學論爭大約持續了兩個多月,有十多個南洋作家參加筆戰。

著名馬華文學史家方修先生在他主編的《馬華新文學大系》(共十卷)中,特立一卷「理論批評一集」(1972 年 5 月出版),其中便收入〈地方作家談〉和〈總算是我拋了一塊「地方作家談」的磚〉等文,並在該卷的〈導言〉中評價道:「雖然他推舉的地方作家並不準確,但對馬華新文學卻盡了一個很大的貢獻:就是在他那篇引起論爭的〈地方作家談〉中,第一次提出了『馬來亞地方文藝』這個名稱,也等於當地文藝界第一次明確地提出了『馬來亞』這個地理概念。這是一件很有意義的事。」

原來這場著名的文學論爭竟然在馬華文學發展史上具有標誌性的意義,從林志生先生的文章標題中可以看出〈地方作家談〉的作

者是廢名，也就是這場著名論爭的挑起者！熟悉現代文學的都知道
當時活躍在新文學文壇上的的確有個作家叫廢名，真名是馮文炳
（1901-1967）。馮文炳是〈地方作家談〉的作者嗎？這似乎不大可
能。那麼這個「廢名」是誰呢？他是一個怎樣的作家？他與馮文炳
有關係嗎？

　　通過研究馬華文學史，才知道這個「廢名」真名是丘士珍。丘
士珍（1905-1993），原名丘天，又名家珍，曾用筆名廢名，福建龍
岩人。少時與同鄉馬寧（1909-2001）、丘絮絮（1909-1967）（後均
為南洋著名作家）師從龍岩名士蘇慶雲、游雪，受其新文化思想影
響。後考取廈門集美高級師範，開始接觸丁玲、冰心、郭沫若、魯
迅等作家作品，思想逐漸激進，並從事革命文藝活動，曾主編《飛
泉》週刊、《鷺潮》週刊以及《鷺江》報等。關於廢名先生早年在廈
門的這段革命文學活動，僅邵天降在〈福建文壇的過去現在及將來〉
一文有所提及，學者欽鴻稍作引錄寫道：「當 1928 到 1929 年全國文
壇迅速地開展中，福建靜寂的文藝界也被驚醒了，其中廈門是當時
文藝運動的中心，而文學團體中最有影響的是由集美高師的丘士
珍、丘絮絮、張渺津、幻鈴等所組織的廈門文藝界主力軍的蓬薇社。
該社編了三份刊物：附於廈門《民國日報》的《蓬薇週刊》、《天河
週刊》以及附於《全閩報》的《荒島週刊》」（欽鴻：〈記馬華文學歸
僑作家丘士珍〉）。1930 年被廈門市國民黨當局通緝，隨即逃亡到海
外新加坡、馬來亞一帶，不久自費出版短篇小說集《沒落》，是馬華
新文學在上海出版的第一部作品，後長期致力富於南洋色彩的「馬
來亞地方文藝」，成為著名南洋作家，1949 年 4 月間被英帝驅逐出
境回到大陸（丘士珍：〈關於我和文學的結緣〉）。

　　在馬華文學史上，南洋作家廢名先生佔有極高的地位。他不僅
第一個提出「馬來亞地方文藝」，還以創作實踐落實了理論上的主

張。「馬來亞地方文藝」的提倡對馬華新文學的發展具有重要意義。作為中國現代文學在海外發展的重要一支,馬華新文學一直受到五四新文學運動的輻射與影響,而這種輻射與影響在整個二十年代也形成一種長期的制約,即是馬華新文學得不到獨立的發展。1929 年,從大陸南下的「論語派」作家陳煉青先生最早提到這一點,但未受到多大關注。所以廢名先生針對這種文學現狀,適時地提倡「馬來亞地方文藝」,關係到馬華新文學地方色彩的個性發展,這對於馬華新文學的全面建設和繁榮發展無疑指明了一個重要出路。廢名先生於 1932 年出版的《峇峇與娘惹》(意為土生土長的華人先生和太太),即是馬華文學史上的第一部帶本鄉本土色彩的中篇小說,也是馬華文學處於「低潮時期」(1932-1936)的重要代表作。抗戰勝利後,廢名先生於 1948 年出版中篇小說《復仇》,這部小說非常生動地反映了 1941 年底日本軍隊燒殺擄掠無辜平民的悲慘景象以及新、馬陷落後前仆後繼的抗日鬥爭,這部小說是戰後初期馬華文學的重要收穫,同時也是『馬來亞地方文藝』在抗日戰爭中發展中的一個里程碑。方修先生及其他文學史家在論述馬華新文學發展歷程時,都曾多次提到廢名先生〈地方作家談〉一文引起的這場著名文學論爭以及他對馬華文壇作出的重大貢獻。

這個廢名先生在大陸文壇不甚知名,二十年代在廈門從事革命文學活動時,尚未使用這個筆名;但在南洋,丘士珍即是廢名,廢名即是丘士珍,丘士珍也因「廢名」而聲名大振。南洋作家廢名先生 1949 年回到大陸,長期居住在福建龍岩,據說並未完全脫離文學界,但不知還用「廢名」這個筆名否?而馮文炳先生在發表長篇連載小說《莫須有先生坐飛機以後》以及一些散文後基本不再使用「廢名」這個他一貫使用的筆名,馮文炳先生最後一次使用「廢名」這個筆名是在 1957 年人民文學出版社出版的《廢名小說選》序言當

中，不知已經定居在福建的「南洋小說家廢名先生」是否見到這本
小說選集？至今大陸馬華文學研究者在提及那次「地方作家問題」
的著名論爭時，往往直呼丘士珍為廢名，似乎感到有與內地著名京
派作家廢名同名之趣。

　　順帶提一下，使用「廢名」這個筆名的還有被譽為「中國現代
百科全書之父」的著名翻譯家姜椿芳先生（1912-1987），現代文學
館藏有「廢名譯稿」《諾亞，諾亞》（1946 年譯），不知道是哪個廢
名？另外，香港廣角鏡出版社 1977 年曾出版一小冊《我的丈夫和中
國》（洛伊斯・惠勒・斯諾著），譯者也是署名「廢名」，恐怕是姜椿
芳先生吧！

作於 2005 年 11 月 24 日

原載《藏書報》2006 年 9 月 4 日

現當代劇作家劉任濤

劉任濤，1912 年生，湖北黃梅王埠鄉劉畈村人，現當代劇作家、眼科專家。1917 年開始在黃梅文昌閣第二高等小學堂讀書，期間在表哥王文安家認識青年胡風。詩人王文安與胡風是黃岡啟黃中學同學，二人引為知己，喜好新文學。1922 年王文安病逝時，胡風去他家拿走王文安的新詩集《朝露集》，給劉任濤以深刻印象。

1926 年，年僅十四歲的劉任濤因一時的激情與好奇到江西九江參加北伐戰爭。1928 年到省城武漢考取某師少尉醫官，到南昌就任，在一個青年中尉醫官的推薦下閱讀溫州作家葉永蓁的小說《小小十年》，從此更加愛好文學。1931 年讀了《西線無戰事》（夏衍導演）後產生反戰心理，借母病重回到黃梅。

居家未久，轉赴南京。1932 年秋，由南京到上海辦理留學日本的手續，後在暨南大學王學文教授的引導下留在上海，師從著名眼科專家張錫祺，學習一年後考入南京國立陸軍軍醫學校。1935 年軍校畢業後到福建泉州開辦個人診所。期間，酷愛文學，並在某師任軍醫，參與社會實踐。

抗日戰爭爆發後，目睹國土淪陷、人民陷於水深火熱之中，激於愛國熱情，立即投入救死扶傷工作。1937 年冬，在浙江龍泉先後結識石凌鶴、何家槐、邵荃麟、葛琴、王朝聞等著名革命文藝家，並接觸他們主編的《龍泉快報》、《大家看》、《龍泉畫報》等，受革命思想影響接受中國共產黨的領導，並參與開展革命戲劇活動。1938年白求恩來華，撰長文表示歡迎，號召全國醫護人員向白求恩和南丁格爾學習，發揚人道主義，積極開展抗日救死扶傷工作。1939 年

冬,為紀念白求恩之死,創作戲劇處女作《血十字》(獨幕話劇),邵荃麟大為激賞,推薦金華中心話劇團演出。石凌鶴介紹到洪深在重慶主編的綜合性雜誌《抗建藝術》發表,旋即編入《抗戰獨幕劇選集》,作為常演劇目,由石凌鶴作〈《血十字》演出說明〉。同時喜讀邵荃麟的四幕話劇《麒麟寨》,決定當劇作家。此時任南昌 109 兵站醫院院長,在留日作家徐先兆的介紹下結識革命家黃道。黃道請美國記者史沫特萊女士採訪報導劉任濤的救傷貢獻,稱他為「中國的白求恩」。1942 年任上饒醫院院長,在抗日反細菌戰中發揮重大作用,受到政府嘉獎。同年在《前線日報》副刊連載散文〈飄煙集〉和報告文學〈信江嗚咽記〉,揭露日寇佔領上饒的系列暴行。1945年冬,三幕話劇本《生命是我們的》(初版由許杰作序)由上海圖書公司出版,上海兒童讀物出版單位還出版了該劇的連環畫,一個日本人將它翻譯到國外出版,郭沫若讀後為再版本作序。《生命是我們的》曾在上海公演,胡導導演,馮喆主演。

　　1946 年在上海虹口開辦眼科診所,與邵荃麟、葛琴夫婦住在一起。胡風也經常來討論文藝理論問題,並提到王文安,說他若不英年早逝會是我國優秀詩人。上海解放前夕,因策劃「重慶號起義」被捕入獄,後因朋友援助安全脫險。不久創作電影劇本《生命交響樂》,上海國泰電影公司開拍,徐蘇靈導演,喬奇、張鶯、魏鶴齡主演。

　　1950 年創作記錄性電影劇本《健康之路》,由北京新聞記錄片廠拍攝,沙丹導演。同年創作四幕話劇《祖國在召喚》,後改名《當祖國需要的時候》由人民出版社出版,此劇由朱端均、胡導導演,在上海公演,演員有喬奇、魏鶴齡、林默予等,反響重大,讚譽一片。同年加入上海作家協會。1951 年春,陶金、顧而已決定將《當祖國需要的時候》拍攝成電影,即《和平鴿》,陶金導演,主要演員

有周璇、陶金、顧而已。《和平鴿》是周璇演出的最後一部電影。不久，在《華東衛生雜誌》發表科教劇本《防治血吸蟲病》，後由上海科影廠拍攝，鄭小秋導演，為我國第一代血防科教片。1952 年，受夏衍委託為反映大學生畢業統一分配問題創作電影劇本《磨煉》。1953 年春，夏衍因欣賞他的優秀才華將其調入上海電影劇本創作所任專業編劇，其餘編劇有著名作家、學者柯靈、馬國亮、黃裳、唐振常、師陀等。期間創作電影劇本《生命搖籃》和動畫片劇本《松鶴老人》。1957 年上海新文藝出版社出版中篇小說《生命搖籃》。1958 年回家鄉湖北黃梅作眼科醫生，培養大量眼科醫學人才。1958 年調任為武漢電影製片廠編劇，創作有《天塹飛渡》（與辛雷合作）、《沒有馬的馬戲團》、《晚霞》。1962 年到廣州珠影廠，先後創作《〇四號漁船》、《光耀山村》、《在海洋上》等反特、科研電影劇本。文革期間受到迫害，與美學家遲珂成為難友。1972 年退休回到珠影。

改革開放初，創作《和平鴿》下集《手術刀就是劍》和《南海漁歌》。晚年仍筆耕不輟，轉入小說創作，花城出版社出版長篇小說《光明使者》，另有短篇小說《眼睛》、《收藏家的故事》、《寧「左」毋「右」》、《名醫之死》以及劇本《山鷹電影隊》。近年出版有《劉任濤文集》、《劉任濤劇作選集》。

據筆者回憶，畫家余紹青先生曾說：「劉任濤大半生在文學與醫學之間徘徊，張錫祺、夏衍對他的人生道路影響（左右）極大，可惜也因此未能躋身醫壇、文壇。」此話令人深思。至今任何一本研究中國現當代醫學史、戲劇史的專著都沒有提到劉任濤。但是，作為「中國的白求恩」、人道主義民主戰士以及現當代劇作家的劉任濤仍然有其值得發掘的價值。如：在一本關於周璇的書裡，提到劉任濤；在陶金的傳記中，也可以看到劉任濤的事蹟；當代著名詩人李士非為劉任濤寫下一本長詩《逍遙遊》；中國電影百年，珠影把劉任

濤作為發展史上代表性人物。其實，單憑作為著名劇本《和平鴿》
的作者，劉任濤的名字也將永遠被記住，也應當在中國現當代戲劇
史上寫上「劉任濤」的名字。

作於 2005 年 9 月 25 日
發表於《藏書報》2006 年 10 月 2 日

喻血輪和他的《林黛玉日記》

　　有一種近代文學史著作稱民國初期的文學代表作有《玉梨魂》、《斷鴻零雁記》、《芸蘭淚史》這三部。前兩種的作者為大名鼎鼎的徐枕亞、蘇曼殊，後一種的作者則為人所不知，他的著作卻屢屢暢銷，甚至超過前兩人；近代文學研究者大多只知他的作品而不知其人，直到今天為止，他的著作仍屬於「無名氏」之列。這對於作者本人未免是件遺憾事，因該書作者喻血輪乃我鄉之先賢，偶爾感念於此，於是動了寫一寫的念頭。

　　《芸蘭淚史》出版的同時，喻血輪另有兩種小說問世，一是《蕙芳秘密日記》，一是《林黛玉日記》，均出版於 1918 年，為我國近代最早的日記體小說。《芸蘭淚史》有姐妹篇《芸蘭日記》，為其妻喻玉鐸所著，二書曾合編一冊問世。這兩種日記體小說民國年間即已再版達數十次，為暢銷書；解放後，《蕙芳秘密日記》不曾再版，但《林黛玉日記》僅筆者所見再版本（包括白話本、不包括電子版本和網路線上閱讀版本）至少有六種之多，分別名為《黛玉日記》、《林黛玉筆記》、《林黛玉日記》等。《林黛玉日記》成為喻血輪的傳世之作，可惜翻開任何一種版本的《林黛玉日記》，校點者均稱作者生平不詳。如廣州文化出版社 1987 年 7 月出版的《黛玉日記》，編者嚴仁先生說該書「作者綺情君，生平不詳」。中國國際廣播出版社、中國婦女出版社、時代文藝出版社分別於 1988 年、1993 年、1994 年出版的三種《林黛玉日記》，亦署「原著（清）綺情」、「（清）綺情樓主、喻血輪」，給讀者的感覺是原著者似乎是「無名氏」，亦不知喻血輪自號綺情樓主。文史大家石繼昌先

21

生在逝世前一年校點的《林黛玉筆記》(華文出版社 1994 年第一版,
以下簡稱石本)),影響頗大,製作精美,流傳甚廣,他在〈前言〉
中說:「《林黛玉筆記》上下卷,原題綺情樓主喻血輪著。據書前
黃梅吳醒亞氏的識語,知吳氏於光緒丙午年(1906)與作者訂交,
作者『工愁善病,喜讀《紅樓夢》』。識語又有作者『今夏始束裝
返里,避暑於遁園之西偏,余亦蟄居多暇,互相過從』的記載,可
證作者也是湖北黃梅人。識語寫於民國七年戊午仲夏,即 1918 年 5、
6 月間,作者此時已回到原籍,兩人互相過從,為文字之交。有關
作者生平資料,僅此而已。」

可見學界關於喻血輪的生平一直無所知,或僅據吳醒亞的序
言,推知其為黃梅人,僅此而已!由於學界長期對「綺情樓主喻血
輪」無所瞭解亦無從瞭解,以致近代文學史中對喻血輪隻字不提,
或僅提他的作品而已!於是對於鴛鴦蝴蝶派作家喻血輪的研究一直
得不到進展,其作品雖廣為流傳,其人卻長期塵封於歷史。

喻血輪(1892-1967)出生於文學仕宦世家。黃梅喻氏於清一朝,
累代仕宦,有三人中進士(整個黃梅有清一朝也僅二十四個進士),
六人中舉(包括一名副榜),貢生秀才不計其數,更值得稱頌的是
形成了一個卓有影響的黃梅喻氏文人群,在荊楚一帶產生過極大影
響,他們與中國文學史上的桐城派、性靈派、鴛鴦蝴蝶派淵源甚深,
其中不少早已寫進《清史列傳》、《湖北通志》、《近代文學史》、
《中國文化世家》等權威史學著作,如喻化鵠、喻文鏊(1746-1816)、
喻元鴻、喻元澤、喻同模、喻的癡、喻血輪等是其中的傑出代表,
整個家族留下的著作達上百種之多。黃梅喻氏與漢陽葉名琛、蘄州
陳詩、黃梅梅龔彬、鄧瘦秋、石信嘉、吳儀等名人家族均有姻親淵
源關係,是清朝至民國年間鄂皖贛一帶聲名顯赫的大家族(詳見拙
作〈黃梅喻氏家傳〉一文)。1904 年,喻血輪入黃梅八角亭高等小

學堂，1909 年入黃州官立府中，不久赴武昌讀書，並於 1911 年投身學生軍參加辛亥革命，隨後考入北京法政學堂（與比他稍晚幾年的五四時期黃梅籍作家廢名有相似的讀書經歷）。1914 年與廣濟藍玉蓮結婚，並隨從舅舅梅滌瑕（寶琳）、哥哥喻迪茲（的癡）、喻血鍾等主持《漢口中西晚報》。此時鴛鴦蝴蝶派小說異常興盛，喻血輪與藍玉蓮受時風影響也開始創作風格類似的作品，藍玉蓮以喻玉鐸為筆名發表《芸蘭日記》，喻血輪則著作尤豐，除發表《芸蘭淚史》以外，還寫了《悲紅慍翠錄》、《名花劫》、《雙溺記》、《情戰》、《菊兒慘史》、《雙薄幸》、《生死情魔》、《林黛玉日記》、《蕙芳秘密日記》、《西廂記演義》、《情海風波》、《杏花春雨記》等長篇小說。二十年代末至四十年代，喻血輪幾乎沒什麼著作，主要擔任軍政秘書等職。1930 年曾一度受聘為《湖北中山日報》總編輯。1949 年赴台以後，喻血輪迎來了他創作的第二個春天。五、六十年代，鴛鴦蝴蝶派文學繼續在臺灣生根發芽，這一時期喻血輪先後為《中華日報》撰寫《紅焰飛蛾》，為《新生報》撰寫《綺情樓雜記》，為《大華晚報》撰寫《憶梅庵雜記》等。喻血輪與妻子喻玉鐸感情深厚，二人互相唱和，夫唱婦隨，《芸蘭日記》與《芸蘭淚史》曾合成一冊問世，喻血輪還為《芸蘭日記》作序。喻玉鐸不幸於 1920 年病逝。喻血輪的哥哥喻的癡（1888-1951）也甚知名，著有《樗園漫識》、《喻老齋詩存》、《喻老齋詩話》、《適園文存》等。

《林黛玉日記》是喻血輪最富盛名的一部小說，但該書的書名為何有三種名稱的差別，其中蹊蹺何在？1927 年 10 月魯迅在《莽原》中發表〈怎麼寫〉一文（後收入《三閑集》），其中說：「我寧看《紅樓夢》，卻不願看新出版的《林黛玉日記》，它一頁能夠使我不舒服小半天。」查《魯迅全集》，下注：「《林黛玉日記》，

一部假託《紅樓夢》中人物林黛玉口吻的日記體小說，喻血輪作，內容庸俗拙劣，1918 年上海廣文書局出版。」廣文書局的版本應該是《林黛玉日記》最早的版本，魯迅所讀似乎還不是最早的版本，由「新出版的《林黛玉日記》」一語可見，但至少從中可以得知該書的書名自 1918-1927 年為《林黛玉日記》。石本《林黛玉筆記》中說：「此次出版本書，以民國八年（1919）上海世界書局本為底本進行標點。此本大字鉛印，校印較精，封面書名上側題『喻血輪著，吳醒亞批』，下側題『上海世界書局出版』，書後版權頁有『民國八年二月一日初版，民國十二年六月十日七版』字樣，發行及印刷機構均為廣文書局。此本似即朱先生著錄的民國七年廣文書局鉛印本，數年間發行達七版之多，可見本書在二十年代初期就很暢銷。」那麼石本為何書名卻是《林黛玉筆記》？莫非他所根據的「暢銷版本」是「盜版本」，或者是廣文書局 1919 年出版的初版精緻本改名的一種《林黛玉筆記》？而吳醒亞序言中亦曾提到該書署名為「黛玉筆記」，似乎盜版本的嫌疑要小。石本中還說：「本書版本，據已故朱南銑先生編著的《紅樓夢書錄》，著錄有民國七年（1918）上海廣文書局鉛印本，民國二十三年（1934）世界書局鉛印本，並云 1936 年本書與《續紅樓夢》（清秦子忱著）合印，改名為《黛玉日記》。」廣州文化出版社 1987 年 7 月出版的《黛玉日記》，是迄今為止筆者發現的解放後最早的重印本，所根據的版本即是與《續紅樓夢》合印本，編者嚴仁先生說：「《黛玉日記》初版於 1936 年，出版者為文藝出版社，發行者為世界書局。原書分段不分節，未用新式標點。此次重印，按內容分成四個章節，並給每個章節加上標題。另外，重新調整了段落，採用今天的標點符號，改正了一些錯訛之字。」幾乎與《黛玉日記》同時出版的一種《林黛玉筆記》（河北人民出版社 1987 年 8 月版），署「喻血輪編著」，不知根據何種

版本，為何亦題名為《林黛玉筆記》，與石本所據版本同名，而非《林黛玉日記》。

　　無論紅學研究者，還是鴛鴦蝴蝶派研究者，抑或其他文史愛好者，《林黛玉日記》不可不讀。《林黛玉日記》作為《紅樓夢》縮寫本的一種變體，以林黛玉為中心，以第一人稱為描寫手法，記錄了林黛玉的悲歡離合，哀感頑豔，悱惻纏綿，且語言淺近易懂、清新流暢，尤其女性心理描寫頗為細膩，為清末民初盛行的淺近文言愛情小說代表作，只是該書以《紅樓夢》為依託而已。喻血輪的自序與吳醒亞的序言都寫道喻氏喜讀《紅樓夢》，乃以黛玉自居，以至寫出《林黛玉日記》，可謂文壇奇事，想必喻氏讀《紅樓夢》時，有關林黛玉處，必點滴記之，終以連綴成書，不意竟轟動文壇，為時人和後人所追捧。這兩篇短序亦是不可多得的美文妙文，今抄如下，以饗讀者：

　　余生不辰，命運多舛。奇胎墬地，即帶愁來。繡閣生涯，強半消磨於茶鐺藥灶中。迄慈母見背，家境淒涼，余之身世，益無聊賴。今忽忽十有一齡矣，疾病憂愁，咸逐年華而俱長。荏弱之身，那堪禁受，恐不久將與世長辭。夫紅顏薄命，千古同然。余何人斯，能逃此劫？惟念一生所遭，恒多不幸，若就此憤恨永逝，不勝可悲。嘗見古之閨閣名媛，於憂傷無告時，恒寄情紙筆，傳之後世。雖其身已死，而其名長留，後人見其墨蹟淚痕，莫不為之臨風追吊。余不材，竊欲效之。然素性疏懶，旋作旋輟。今者遽與吾可愛家庭別矣，此後憂患煩惱之襲余也，必較前益甚，乃不得不奮余弱腕，以完余素志。苟遇可記之事，余必記之。今後余之壽命有幾何？余之筆記亦有幾何？惟余每一拈管，即覺愁絲一縷，緊饒余之

筆端,恐所記亦只有一幅血淚圖耳。後之讀余文者,其亦為
余臨風追吊耶?余不知也!

憶余丙午識綺情君,亟慕其風度溫雅,燦若春花,與之語,
豪爽有俠氣,然賦性多情,工愁善病。喜讀《石頭記》,每
於無人處輒自淚下,其一往情深,直欲為書中人擔盡煩惱也。
余戲謂之曰:「使子化身黛玉,寧有淚乾時耶?」相與一粲。
厥後伯勞春燕,各自東西。而綺情固無日不歷是情場,受盡
磨折矣,今夏始束裝返里,避暑於遁園之西偏。余亦蟄居多
暇,互相過從。見其案頭草稿一束,題曰《黛玉筆記》,余
甚訝之。綺情知余意,笑向余曰:「子有疑乎?此殆余讀《石
頭記》而不能忘情者也。子昔謂我化身黛玉,淚無乾時,今
其驗否?為我遍告世人,幸無嗤為多事。」余曰:『嘻!狂
奴故態,雅自可憐。』願附片言,以曉讀者。戊午仲夏,黃
梅吳醒亞識。

另書頭有吳醒亞題詞,亦附於後:

篆煙微嫋竹窗明,細數閒愁合淚傾。乍見穿簾雙燕侶,遽憐
孤客一身輕。離魂不斷江南夢,密緒空求並蒂盟。聽罷杜鵑
聲徹耳,攜鋤悄自葬殘英。

晝長無奈惹情長,憔悴形骸懶理妝。問病有時承軟語,慰愁
無計爇心香。恩深更妒他人寵,疑重翻憎姊妹行。倦聽蟬鳴
聲斷續,自拈裙帶自商量。

秋來何事最關情,殘照西風落葉聲。靜對嬋娟憐素影,藉題
芳菊託丹誠。孤鴻久渺鄉關信,詹馬無因向夜鳴。悵抱幽懷
誰共訴,隔牆風送笛聲清。

風亂竹聲雨灑蕉，瀟湘館內黯魂銷。情絲緊縛如新繭，愁緒紛紜似怒潮。願化輕煙同紫玉，難忘愛水渡藍橋。此身涇渭憑誰定，一死方知柏後凋。

關於序言和題詞者吳醒亞不妨稍作介紹。吳醒亞（1892-1936），1906 年插班入黃梅八角亭高等小學堂就讀，與喻血輪同學，這可與二人訂交於丙午年相印證。但吳醒亞僅讀半年即轉赴武昌讀書，並結識著名革命黨人田桐，二人志同道合引為知己。辛亥革命至第一次國共合作期間，吳醒亞立下頗多戰功，並發表大量革命論文，鼓吹革命，一時享有文名。1922 年前後，任孫中山大元帥府、總統府書記官，陳炯明叛亂時曾營救孫中山、宋慶齡二人。北伐時期追隨蔣介石，任總司令部機要秘書、總指揮部政治部主任等職。國民黨取得全國政權以後，吳醒亞先後任安徽、湖北等省民政廳長，並請喻血輪任其秘書。1932 年任上海社會局長，成為 CC 要人，大肆捕殺共產黨人。1935 年當選為國民黨中央委員。1936 年病逝於廬山，蔣介石親至靈前祭奠，並扶靈柩葬於上海萬國公墓。

喻血輪的著作除《林黛玉日記》著稱於世以外，尚有《西廂記演義》、《綺情樓雜記》等稍稍知名，《西廂記演義》曾收入《中華善本珍藏文庫》，為第三輯中卷總第四十八種，由中國致公出版社 2001 年出版；《綺情樓雜記》則分多集在臺灣出版，此書有《世說新語》之遺風，記錄晚清、民國年間名人逸事，如〈康有為暮年〉：

復辟之役，康有為簡弼德院長，當時創舉用人不拘資格，於有為舊職未之計及也。有為奉詔謝恩，以一品服色往，見者知其未脫草野之氣，莫不匿笑。當道不得已，賜以頭品秩。有為奔走經年他無所得，僅頂帶榮身而已。時敵軍露布曰：『將帥則烏雲瘴氣，幾榻煙霞，謀臣則巧語花言，一群鸚鵡。』

27

出於梁啟超手，不為有為稍留餘地，無論知與不知，皆哂焉。有為仕清終未改節，暮年耽於古刻，遊陝西至某大廟，買得宋刊經典以歸。運經汴洛道中，為土人所覺，詆為攘奪而追取之，其中什一已攜至滬。有為故後，有好事者影印陝中宋藏，其所缺者猶假諸有為之家，始成完璧云。

1948 年，喻血輪攜自著《秋月獨明室詩文集》赴台，在臺灣中國油輪公司工作。大陸解放時滯留臺灣，與住在上海的妻兒長期隔絕。1967 年往大陸探親，途中病逝於香港。

作於 2006 年 4 月 6 日
原載《書屋》2006 年第 12 期

再談《林黛玉筆記》及其作者

　　《林黛玉筆記》(亦名《林黛玉日記》)是民國初年的暢銷言情小說,為我國最早的日記體小說之一,也是鴛鴦蝴蝶派早期的重要代表作。然而因為種種原因,該書作者淹沒不聞。關於此書及作者喻血輪(1892-1967),我在〈喻血輪和他的《林黛玉日記》〉(原載《書屋》2006 年 12 期,人大複印資料有存目)中作了披露,並詳細論述了《林黛玉筆記》與《林黛玉日記》的版本沿革。

　　新近得見又一最新版本《林黛玉筆記》,上海古籍出版社 2007 年 8 月出版,於是筆者又想多說幾句話。該書為古典文學研究專家李保民先生校點,很奇怪封面上注明「吳醒亞評」。這應該是不當的。吳醒亞是作者喻血輪在黃梅八角亭高小的同學,不久二人參加辛亥革命,吳醒亞先後成為孫中山、蔣介石的左臂右膀,擔任了國民黨軍政高官,喻血輪曾長期擔任吳醒亞的秘書。他與《林黛玉筆記》的關係僅僅是序言及題詞作者,無所謂是評點者,不過筆者也看到一些版本注明「吳醒亞批」,但不是「吳醒亞評」。

　　《林黛玉筆記》簡直是一部奇書,版本及印數大得很難統計,海外都有流傳。最近筆者又發現偽滿洲國康德五年有一版本的《林黛玉筆記》。筆者深信,《林黛玉筆記》肯定還有很多種版本。另外,據筆者聯繫喻血輪在黃梅和武漢的兩個侄子所知,1967 年喻血輪自臺灣往內地探親不幸途中病逝於香港,有一子喻新民在美國。但是,多年以來,《林黛玉筆記》或《林黛玉日記》均因「作者不詳」未得到版權保護,也未得到學界重視,一直成為鴛鴦蝴蝶派研究中的遺忘一環。

　　關於喻血輪及其祖先的仕宦及文學成就，筆者有〈黃梅喻氏家族考略〉一文詳細研究。據新發現的資料顯示，喻血輪及其祖先留下的著作很多，光是喻血輪就有《悲紅悼翠錄》（1915）、《名花劫》（1916）、《情戰》（1916）、《菊兒慘史》（1916）、《雙薄幸》、《生死情魔》（1917）、《西廂記演義》（1918）、《芸蘭淚史》（1918）、《情海風波》（1924）、《杏花春雨記》（1924）等十幾二十種，整個喻氏家族的著作大概有上百種之多，大都已作為古籍珍藏於各大圖書館。其中最有名的有性靈派詩人喻文鏊（喻血輪曾祖父之祖父）、大學者喻元鴻、同光文人梅雨田（喻血輪曾外祖父）等，一般人意想不到的是清兩廣總督葉名琛是喻文鏊的外孫，國務院現任副總理吳儀是喻血輪的外甥女。

　　希望此次《林黛玉筆記》的重新出版，能引起學界對喻血輪及其作品的關注、重視。

作於 2007 年 10 月

原載《開卷》2007 年第 12 期

黃梅喻氏家傳

　　黃梅喻氏興起於明末清初，於乾隆至咸豐年間達到鼎盛，輝煌期持續了一百年之久，後經太平天國、抗日戰爭而漸趨衰落。不過，現今黃梅喻氏仍有不少傑出人士活躍於中國的政壇、教育界、文化界。黃梅喻氏於清一朝，累代仕宦，有三人中進士（整個黃梅有清一朝也僅二十四個進士），六人中舉（包括一名副榜），貢生秀才不計其數，更值得稱頌的是形成了一個卓有影響的黃梅喻氏文人群，在荊楚一帶產生過極大影響，他們與中國文學史上的桐城派、性靈派、鴛鴦蝴蝶派淵源甚深，其中不少早已寫進《清史列傳》、《湖北通志》、《近代文學史》、《中國文化世家》等權威史學著作，如喻化鵠、喻文鏊、喻元鴻、喻元澤、喻同模、喻的癡、喻血輪等是其中的傑出代表。筆者有感於現今不少人對其知之甚少，或聞所未聞，喻氏後人亦對其祖上譜系知之不全，而黃梅喻氏與漢陽葉名琛、蘄州陳詩、黃梅梅冀彬、鄧瘦秋、石信嘉、吳儀等名人家族均有姻親淵源關係，研究黃梅喻氏對於研究整個湖北地方文化有很大的價值，在喻氏後人的幫助下，筆者奮力搜尋史料，依古人家傳之例，作〈黃梅喻氏家傳〉，以供治文史者參考。

　　喻懷穎，順治、康熙年間人，祖上遷自麻城。曾捐地五祖寺數十畝，並捐資修繕五祖寺及其他廟宇。曾孫喻文鏊《考田詩話》云：「縣東有北山，稍轉不三、四里，即南山，兩山幽勝。北山尤余祖澤，所留巨碑二，皆記余曾祖以來，三世買山捐田，締構殿宇，始終歲月，再拜讀之……」子喻化鵠〈新建聖母殿記〉等亦記有祖上捐地、捐款的功德。

喻於德，字常懷，穎次子。年十二入邑，與其弟化鵠、坦侄之塿等，一門之內，自相師友。當時諸先達成稱於德以正嘉規矩行精思渺，論為不可及。早卒，子之圻優待，之堂恩貢。

喻化鵠（約 1678-1760），懷穎子，字岑居，一字物外，號匏園，雍正年間歲貢生，壽八十餘。與同里黃之騏、熊恢、李枚、蔡洲並稱「黃梅五子」，以化鵠成就最高。化鵠的文章融合桐城方苞和金壇王己山兩家之長而自具面目，其古文多由方苞選擇擇定；而經義之作則由王己山擇優采輯。工書法，初學李北海，續學懷素大草。至今後人藏有書法、篆刻若干。

晚年在考田山荆竹庵中讀書，喻次溪《囂囂齋詩文集》中〈荆竹庵贈家兄少璞序〉云：「荆竹庵在考田萬山中，為余伯太祖諱化鵠號匏園老人讀書習靜之所……至考槃精舍，先伯曾祖鐵仙公讀書於此，內有太古堂、樂志堂、歲寒山莊。」

有《素業堂全稿》、《素業堂四書文》，文多散失，後人喻同模編有《素業堂雜著》（一卷）行世。〈素業堂全稿自序〉云：「讀先正文，頗自策勵，而為文凡數變，始以機局為工……今則思歸平淡，而不知其至猶未也。」

喻於智，懷穎子、化鵠弟。據後人喻的癡《樗園漫識》記載：「醒愚公，諱於智，號韋齋，太學生，鄉欽大賓，懿行祥《湖北省志》、《黃州府志》行傳及《黃梅縣誌》孝友傳……公行五，時人尊稱曰喻五爹云。」

喻之圻，於德子，字蒙泉，貢生。子孀母以孝聞，性任俠，常破產以資豪舉。病劇，邑人公設醮鑲解五晝夜，其信義感人如此。著有《大盡餘集》。

喻之塾，字荷莊，例貢，以子文鏴官直隸通永道誥贈如其官。父於智，好施與，動輒撤千涽，之塾皆左左之，唯恐後。長文鏊，評文苑選舉，次文鏴，次文鑾，俱詳選舉宦績。

喻文鏊（1746-1816），字冶存，一字石農，之塾（疑為漪園公）之子、於智之孫、化鵠之侄孫，與蘄州陳詩（1748-1827）、漢陽葉雲素（1755-1830）並稱「漢上三傑」，為中國文學史上性靈派代表詩人、「光黃一大家」。

「少嗜詩，長益力學，遍遊江淮齊魯，歸而詩愈工」，詩名隆著，播及塞外，「高麗人尤重其詩」。柴小梵《梵天廬叢錄》中〈喻文鏊〉一文中云：「喻石農詩云：近來考據家，動與紫陽畔。竟似所看書，紫陽未曾看。此語先得我心。按石農名文鏊，字冶存，湖北黃梅人，著有《紅蕉山館詩鈔》。劉金門侍郎云：前年在黑龍江，邱芷房方伯見行篋中所攜《紅蕉山館詩鈔》，諷誦不釋手，又為人講解。於是黑龍江無不知有《紅蕉山館詩鈔》者。」秦瀛〈雜詩八首〉之五：「黃梅喻石農，詩才頗卓犖。我未識其人，卻見石農作。時流競蟬噪，君詩若鸞鶴。其源祖太白，上與風騷薄。日月供搏弄，山川忞磅礴。蘄黃百年來，大雅稍寂寞。不謂黃公後，斯人奮詞鍔。」（《小峴山人詩集》卷八）其論詩重人倫，主發引性靈，以真為尚，以自然感人為宗旨，所謂「詩能感人，愈淺而愈深，愈澹而愈腴，愈質而愈雅，愈近而愈遠」，「遁而考據，則性靈愈汩」。亦工古文，頗受韓愈文風薰陶，灑脫自如。

乾隆後期恩貢，曾任竹溪縣教諭，以教導有方知名。文鏊曾率十三名子侄共讀於紅蕉山館，其中喻元沆、喻元准中進士，喻元澤、喻元霈、喻元浮中舉，喻元鴻中舉人副榜，喻元洽中貢生。喻元沆曾在〈《紅蕉山館詩續鈔》跋〉中感歎地說道：「回思當年隨侍紅蕉

山館課讀時，先伯父每一詩成，至得意處，必呼溥兄弟輩環侍左右，津津講說。此等光景，不可復得也！」

著有《紅蕉山館詩文鈔》二十卷（其中詩鈔十卷、續鈔二卷、文鈔八卷）、《考田詩話》（八卷）及《湖北先賢學行略》，自嘉慶至光緒年間，著作多所流傳，版本較多。《清史列傳‧文苑》有傳，《國朝詩人徵略》（張維屏）、《清詩紀事》（錢仲聯）等有專門研究、評述。《清詩鐸》（張應昌）《晚晴簃詩彙》（徐世昌）等權威選本均有多首詩入選，其中《晚晴簃詩彙》稱他「在楚人中足為杜茶村、顧黃公嗣響」，將他與清朝大詩人杜濬、顧景星相提並論。

文學家葉雲素（繼雯）之子葉志詵娶文鼇之女，生葉名琛、葉名灃。

喻文鏴（1751-1835），文鼇仲弟，號引山，乾隆拔貢。著有《瞻雲望月行窩吟》（二卷）。據喻的癡《樗園漫識》記載：「引山公，諱文鏴，字亦載。醒愚公之孫也，清乾隆丁酉（1777年）拔貢，朝考一等，補黃陂縣訓導，俸滿保舉知縣，選授陝西懷遠縣、調涇陽縣、署耀州知州、升綏德直隸州知府、署留壩廳同知、擢西安府知府府、移甘肅甘州府、調蘭州府、改直隸正定府、調保定府、升直隸通永道、署按察使，丁內艱歸，服闋，屢徵不赴。時年方五十七，家居二十餘年，年八十四卒……公自撰輓聯云：荏苒年華八四，不解吃飯穿衣；逍遙世界三千，未曾拖泥帶水。額曰：觀我生進退。遺命以此聯鐫於墓門，留示子孫，故今尚存……」公五子，元澤、元准、元沅均科名及第。

喻文鑾，文鼇季弟，字典掞，號嵐坡，乾隆末年舉人，歷任直隸青縣、正定以及山東安樂、惠民、溜川等地地方官，皆以賢能著稱。道光初逝世，楚北大儒陳詩作〈嵐坡公墓表〉。著有《春草園詩存》（一卷），清同治十年刻本。

喻鍾，文鏊弟（疑為堂弟），字公升，一字宮聲。乾隆己酉（1789）
拔貢。性耿介，落落難舍。工吟詠，尤善向曲。以兄文鏊贈信曰：「卯
君逸興頗能饒，樂府新詞按玉簫。」卯君者，鍾己卯（1759）生也。
長於授徒，館浠川王根石起最久。隱常教隨州。晚授長陽教諭，年
七十矣。子，賓同，時司渝當陽。會宜都院試，賓至宜省親。學技
吳之命幫辦試事。一齋兩教官，當時傳為佳話。

喻元澤，文鎧長子，諱士濤，官名元澤，字渥堂，號惠伯。嘉
慶庚午（1820 年）北闈舉人，侯選知縣，未仕，多年主講蘄州麓山
書院，平生精心考據，學識淵博。著有《訓詁補義》、《古今地輿沿
革考》、《文選集征》、《古近體詩》、《駢體文集》、《互硯書屋詩抄》、
《緣督錄》、《立名考》諸書。惜大多散失無存。

喻元准，文鎧次子，字萊峰，嘉慶庚申（1800 年）舉人，辛未
二甲（1811 年）進士。官任翰林院庶起士，改工部主事，後官廣西
柳州、梧州府知府兼護右江兵備道。

喻元沆，文鎧三子，官名士藩，字公輔。嘉慶庚申（1800 年）
舉人、己巳（1809 年）翰林，授編修，道光初曾主講江漢書院。歷
官浙江、河南道監察御使、廣東雷瓊兵備道、高廉肇羅督糧道，卒
於官，年僅五十五，時其父引山公尚健在也。喻次溪《囂囂齋詩文
集》記載：「先伯曾祖公輔公曾以翰林主江漢講席，栽成後進甚
眾……」

喻元需，文鑾子，字芥舟，嘉慶庚午（1810）舉人，由重陽訓
導著補直隸博野知縣，歷署東明新河保定順義大城壩外知州，大名
同知。性深沉多知慮。隨父鑾任最久，熟諳吏治。處試用，要辦發
審判決悉當。

喻元浮，疑文鑾子，字素人，嘉慶庚午即榜，與元需同科，授
房縣教諭，著安徽石隸太湖知縣。充道光癸卯武鄉試同考岌。隸最

稱貧疲瘠，莫願往者。檄下怡然就道。在往二年，合獲梟匪，略無苦累。太湖漕號難治，稍不善，控許蜂起。醉拳檄監收，變器爭為靜謐。可竣，即圈縣事，尋病卒。

喻元鴻，文鰲長子，字太沖，號鐵仙，晚年自號忍辱先生，咸豐時仍在世。嘉慶年間曾中舉人副榜，終生不仕，為名重一時的學者，深得陳詩、張維屏以及「高密詩派」代表詩人李憲暠等人的賞識、推崇。擅長詩歌、古文、篆書、隸書和金石雕刻，著述頗豐，有《樂志堂文鈔》、《三經雅言詁餘》、《餘學庸貫》、《觸書家範》等，陳詩、張維屏曾為其詩文集作序。

據喻的癡《樗園漫識》記載：「蘄州陳愚谷先生，與漢陽葉雲素先生（諱繼雯、志詵之父、名琛之祖）暨先石農公為至交。同以詩文負重望，時稱『漢上三傑』云……公身後蕭條，子一守仕，前卒；孫一道喻，先鐵仙公外孫也，寄居外家。公著述殘稿，復被門生戚友攜去，隻字無存……惟予家其所撰《物外公墓誌銘》、《漪園公墓誌銘》、《石農公墓誌銘》、《嵐坡公墓表》及《樂志堂鈔序》，數篇而已；黃岡洪良品所輯《大桴山人偶存集》，亦其詩之吉光片羽也。」可見，陳詩（愚谷）之子守仕娶元鴻之女，生子道喻，元鴻嘗作〈陳愚谷先生傳〉。

喻元沖，文鰲子，疑即喻元沆〈《紅蕉山館詩續鈔》跋〉中提到的「過庭弟」。其名僅見喻文鰲〈漁洋山人遺札跋〉中，因事關王世禎遺跡，特詳摘喻的癡《樗園漫識》如下：「予季弟（指喻血輪）所藏〈漁洋山人遺札〉二幀，亦稀世珍品也。時有石農公兩跋、葉志詵一跋，於漁洋遺札及三跋語中，是徵當時舊聞……石農公兩跋，一云：『漁洋山人遺札二紙，兒子元沖得之蘄水王氏，王氏得之漢陽孫氏。漁洋詩，提倡神韻，為本朝第一，書法不著名。而為人所珍惜如此，即札子聯句，亦絕如漁洋詩也。──戊辰（1808）夏五月

喻文鑒識』。志詵跋云：『陳子雲太守，為漁洋先生門人，先生應酬之作，長禎巨幅，多太守代書。曾見先生所進春帖子，即太守書也。余家藏先生親書詩稿二紙，與此筆法正相同。——甲申（1824）十一月朝拜觀並讀先外舅題跋謹識數語甥葉志詵」。

喻元洽，文鑒幼子，道光十五年（1835 年）恩貢生。

喻同模，文鑒孫、元洽幼子，字農孫。生於嘉慶末年，卒於光緒初年，曾參與編校光緒二年（1876 年）《黃梅縣誌》。咸豐時貢生，兩任枝江訓導。工詩文，名重鄂東，與鄧文濱（渭卿）、梅雨田等友善。著有《一勺亭詩文鈔》（詩鈔六卷、文鈔一卷），附《素業堂雜著》（一卷），清同治十二年刻本。

1831 年，喻文鑒的夫人李太孺人逝世，喻同模等購下黃梅西門菀園，開創黃梅西門喻氏。據喻同模〈嫂氏趙孺人傳〉云：「李太孺人棄養，吾父母以東門舊宅，自曾祖以下皆居之，幾如蜂房已滿，乃購得西門菀園之半，以伯兄、仲兄居舊宅，而挈叔、季兩兄與予居西門，此道光辛卯二月也。」喻同模作為喻氏的家學傳人，直至光緒初年，無論西門還是東門的喻氏子孫均往西門隨其就學。

喻樹琪，文鑾孫，咸豐二年中舉、咸豐九年（1859 年）中進士，光緒年間逝世。同治十年（1871 年），與弟樹銑編校伯祖文鏡、祖父文鑾的《瞻雲望月行窩吟》、《春草園詩存》行世。

喻璨烈，1827 年生，元洽孫、同模長兄之子，光緒年間逝世。幼時與兄寶琛隨叔父同模讀書，兄弟二人同於道光二十七年（1847 年）中秀才。同治三年（1864 年）中舉，為黃梅喻氏最後一個取得貢生以上科舉功名者。

喻潤畦，元洽孫、同模侄、璨烈堂弟。有三子：次溪（增頤）、增預（1863-1917）、肖溪。

喻珣烈（1841-1887），字東儒，元洽孫、同模侄、潤畦弟，據喻肖畦《亦囂囂齋詩文集》中〈叔父玉岑公墓誌〉：「叔珣烈，同父弟，四十六歲歿，媳趙氏。長子增顯，媳桂氏，繼黎、吳、龔氏皆相繼死。次子增頎，媳李氏。季子增項。珣烈葬於瓦石山。」

喻次溪（1861-1910），號增頤，潤畦長子、璨烈堂侄，自幼隨叔祖同模學詩書，〈棄餘草自序〉云：「十六歲，隨先叔祖農孫公學。光緒甲午冬至後三日自識。」次溪夫人梅氏係同治元年進士梅雨田的長孫女。梅雨田係辛亥革命元勳梅寶璣之祖父、民革創始人梅龔彬之曾祖父。喻肖溪《亦囂囂齋雜著前編》中〈孝女梅茳蓀墓誌銘〉云：「寶琛（梅龔彬之父）兄弟以某年月日葬孝女於某原拖某山向，請黃梅布衣喻圭田銘其墓。」

晚年著有《囂囂齋詩集》，據其長子喻的癡云：「《囂囂齋詩集》，予先君子遺著也，藏之行匣，乘二十年，迄無力以付剞劂，且因係孤本，未敢書以示人，每念及之輒為疾！爰按日錄載於此，籍廣流傳，且用以彰吾罪戾焉。——的癡謹識」。著名報人管雪齋為《囂囂齋詩集》作序云：「黃梅喻氏，以積學世其家，代有傳人。石農先生《考田詩話》，情文並茂……老友的癡，先生五世孫也。」妻弟拔貢生梅寶琳有《題囂囂齋詩集》：「變徵聲何烈，長吟發浩愁。才為時所忌，詩得氣不秋。蕉館傳衣缽，（石農先生著有紅蕉山館詩鈔）桃源託夢遊（自題所居為方寸桃源）篇終浮大白，風雨為蕭颼。」

喻次溪《山居雜興並序》云：「余祖先居縣城東里，迄今三百餘年，詩書科第頗顯烜，時稱東里喻氏。咸豐間，粵寇起，先後四陷梅城，邑罹寇災甚劇，先人第宅，蕩然成廢墟。以故數十年來，漂無枝托。余既賃屋於瓦石山黃樂村之旁暫居之。環郵土著，故多喻姓者，而非吾東里族也。是處於邑最號避野，未嘗有文物足供挹取

者，蕭寂索寞，日惟杜戶以詩文自適，興至輒復成詩，得二十有二首，其凌躐張馳、龐雜詭誕，弗之計也，姑錄之，以誌一時之興。」

〈梁遊草自序〉云：「余公山，朱蜀師余公玠墓在焉，故名士人誤呼蜈蚣山。余曾祖（指喻元洽）墳，距此未遠。今亦有呼喻公山。」

喻肖溪（1868-1925），又名圭田、肖畦，著有《亦囂囂齋詩集》。其岳父為石樹民，即《民國日報》、《新京日報》、《新湖北日報》、《中華日報》總編、社長石信嘉（1899-1954）之祖父。長子喻仲餘、次子喻寄萍皆為《漢口中西報》主筆；長女喻志鴻嫁著名民國報人鄧瘦秋，次女喻志鵠嫁吳子俠，生國務院副總理吳儀。

喻的癡（1888-1951），次溪長子、潤畦孫、同模侄曾孫。原名迪茲，筆名剝疵、可公、老齋、樗園老人。宣統元年（1909 年）應同鄉同學宛思演之邀，任《漢口商務日報》主筆，鼓吹革命，與楊度等交往甚密。歷任《漢口中西報》《漢口民國日報》、《中山日報》總編輯，一度兼任上海《申報》、天津《大公報》駐漢記者。1930年春，任安徽青陽縣長。1931 年，任湖北省民政廳視察。1932-1935年，任《漢口中西報》總編輯，並主編該報副刊《柝聲》，邀請文史學界名流如王葆心、錢基博、胡祖舜、劉成禺、管雪齋等撰稿，以今日眼光視之，多係佚文，如《錢基博集》未曾提到有文發於《漢口中西報》。同時在該報發表大量宣傳抗日文章。民主人士黃炎培曾聯贈喻的癡：「名理孕異夢，髫年抱秋心。」終其一生除抗戰八年及為小吏兩年外均從事新聞宣傳工作，為辛亥革命、抗日戰爭做出重大貢獻。1947 年從贛西煤礦局退休在漢養老。

著有《樗園漫識》、《喻老齋詩存》、《喻老齋詩話》、《適園文存》。〈喻老齋詩存自序〉云：「余家自清中葉先石農公（按：指喻文鑿）以詩鳴海內以來，代有嗣響，著作如林。余生也晚，未嘗學問，少喜詩，而未敢作，作亦隨手棄之。棄去，不是之，不之惜。中年碌

碌為報人，為小吏，而未徨作，作又隨手棄去，不之惜。朋儕謬以余能詩，而實無詩也……戊寅（1937）夏，老而遭難，悄然離鄉。自是由漢而宜而蜀，復由蜀而湘而粵而贛。覽殘山勝水，不勝離亂遲暮之感。帳觸新愁，傷懷往事，每抒憤悶於詩篇。至此始間有作，乃稍稍惜之。錄存行匣中，得約千首，不敢雲集，署以詩存……大丈夫而欲以雕蟲小技，倖致身後之名，抑末矣！徒以詩亦一文藝，存以示子若孫，俾知家傳詩之餘緒未及余身而墜云爾。」

喻血鍾（1889-1954），的癡二弟，曾任《漢口中西報》主筆。

喻血輪（1892-1967），的癡季弟，原名命三，幼年隨三叔喻肖畦、舅父梅寶瓚（東舉）攻讀古典文學，為中國文學史上著名的鴛鴦蝴蝶派文學家。早年鼓吹革命，險遭殺害。歷任《漢口中西報》主筆、安徽湖北兩省民政廳秘書、《湖北中山日報》總編輯等。著有《林黛玉日記》、《蕙芳秘密日記》、《西廂記演義》、《悲紅悼翠錄》、《名花劫》、《雙溺記》、《情戰》、《菊兒慘史》、《雙薄幸》、《生死情魔》、《芸蘭淚史》、《情海風波》、《杏花春雨記》、《綺情樓雜記》、《憶梅庵雜記》、《秋月獨明室詩文集》等二十種左右，今多所版行，影響極大。1948年，在臺灣中國油輪公司工作，大陸解放後滯留臺灣，與住在上海的妻兒長期隔絕，後往大陸探親途中病逝於香港。

作於 2008 年 9 月

溫源寧與《不夠知己》

　　傅國湧先生的《葉公超傳》出版以後，我的腦海裡想到的第一
個人竟然是溫源寧。在現代文化史、外交史上，葉、溫二人或者最
具有相似的可比性，於是在我看到這本既讓人欣喜又令人感到不滿
的《葉公超傳》時，我最迫切的是希望有人能寫出一部《溫源寧傳》，
並編出《溫源寧文集》。可是據筆者所知，此事似乎一直無人在做，
我不禁要問——難道溫源寧不是一個值得立傳的英語大師、政治名
人嗎？

　　惆悵之餘，我暗暗較勁，非要把溫源寧的著作和生平資料搜全
不可。但是，幾年過去了，我能見到還只是他那一本反覆重印的薄
薄的《不夠知己》。或許這是命運讖語，一語中的——人與人之間都
是「不夠知己」的，溫源寧之於現代文化名人如此，我們之於溫源
寧也是如此。一切都憑造化和緣分，何必強求呢？於是我心中似乎
寬慰許多，一個現代文化名人、政界名人在今天是被遺忘了，也許
是正常的事，無論今人還讀不讀他的作品，但有一點我又放不下：
我還是要儘量回到歷史的現場，瞭解溫源寧的生平和著作，以及他
在當時的影響、聲望，還有時人和後人對他的評價。

　　溫源寧（1899-1984），廣東陸豐人。早年就讀於劍橋大學王家
學院，獲法學碩士學位。1925-1934 年，歷任北京大學、清華大學、
北平女子大學師範學院外文教授。1935 年，與林語堂等合編英文文
史月刊《天下》。1936 年從政，任立法院立法委員，1937 年任國民
黨中央宣傳部駐香港辦事處主任，1946 年當選為制憲國民大會代
表，1947 年任國民政府駐希臘大使。1968 年後定居臺灣，直至去世。

　　一般而言，學人都承認溫源寧是一代英語名師的，而代表其這一成就的成果僅《不夠知己》一書，可謂可悲可歎！相形之下，葉公超較為幸運，晚年的葉公超無論政界文壇都還是作為宿老出現在公眾面前的，而且著作偶有問世。其後大陸也出版了《新月懷舊》《葉公超批評文集》等書。而溫源寧的一冊薄薄的《不夠知己》在1935 年交由別發洋行出版以後，五十年間並無再版，其間僅在少數愛書人之間流傳。香港愛書人黃俊東說：「作者可能是一個愛讀英國傳記文學作品的人，否則不會如此『生鬼』的把人物寫得栩栩如生，而他的流暢、簡潔有力的英文，大抵也是從英國名家而來。」以上評價，雖說中肯、切實，卻也只是猜測。由此可見，六、七十年代，溫源寧及其著作無論在大陸還是海外都是為人所不熟悉的，且此時《不夠知己》仍無人移譯成中文出版。直到 1988 年 12 月，現代詩人南星才以其純熟完美的語言將《不夠知己》譯成中文出版問世。張中行在序中讚美說：「原文出於溫源寧之手，譯文出於南星之手……那就真是珠聯璧合了。」這樣的評價是很高的，這個版本也成為八、九十年代學人瞭解溫源寧的一面視窗。2001 年，陳子善先生又編輯整理出版了《一知半解及其他》（遼寧教育出版社出版），該書以岳麓版為母本，又在集外收錄六篇溫著的英文評論文章，附錄部分又收錄有關《不夠知己》的文章。這兩個版本的《不夠知己》極大地擴大了溫源寧的影響，讓更多的學人瞭解了溫源寧其人其文。遼教版的《不夠知己》後又以《我的朋友胡適之——現代文化名人印象記》為名再版一次。另外岳麓書社又出版一本「溫源寧著、江楓譯」的《不夠知己》，這個版本力圖把溫源寧所有關於「現代文化名人印象記」的文章搜羅齊全譯成中文出版，可惜被批評誤收、漏收，且校對不精。回顧這五個版本的《不夠知己》，各自有自己的特色和貢獻，但筆者更為希望早日見到《溫源寧文集》以及《溫源寧傳》。

　　1934 年 1 月開始，溫源寧為《中國評論》週報的「人物志稿」
欄寫文章，專寫當時的文壇政界的名人。雖謙為「試筆」、「應該投
到廢紙簍裡去」，而實為「春秋筆法」，別具一格的人物傳記。作者
也有自知之明，乃說：「如有觸犯了人的言語，乃是無心之失，希望
誰也不見怪！」在著者看來如此，但在讀者呢？未必如此！更遑論
「希望誰也不見怪」！原因何在？恐怕還是「春秋筆法」惹的禍啊！
也許在一般讀者看來，會莞爾一笑，不禁讓人神往，想像人物的超
邁之處，但在被寫的對象看來，總有不痛不癢、甚至是要刺到要害
而大罵起來！

　　如《不夠知己》中描述吳宓先生：「……像一座鐘，講課勤勤懇
懇，像個苦力。」寫丁在君博士：「矮個子，很結實，雙眼放射出敏
捷、果斷的光芒，上唇鬍子告訴你，搞業務，不許說廢話！」寫周
作人則是：「溫文爾雅，靜若處子，說話有如切切私語，走路幾乎像
個老太太。」諸如此類，不可勝舉！想必吳宓、丁在君、周作人等
讀後是不會大笑，反而要緊蹙眉毛了。

　　為他人立傳，在中國本是很神聖的事情，被立傳者也往往是很
光榮的，可為什麼《不夠知己》這樣的另類「人物傳記」不受傳主
歡迎呢？我認為，最主要的原因是：以國外傳記文學的方式（包括
思想、語言）寫中國人物。這是一種大膽的嘗試，但極容易失敗，《不
夠知己》也未必能說成功吧！但也有一篇人物印象記是不一樣的，
筆調要深沉地多，語氣也要緊湊地很，就是寫梁遇春之死那一篇，
文章第二段起首便讚揚道：「短促的生命，純潔的生命！」可見溫源
寧是帶了深深的感情的。這似乎表明，我們中國人寫人物傳記還是
習慣於愛恨分明、立場明確的那種，如果純粹的調侃、戲弄，則近
於無聊了。關於梁遇春的那篇可以說是全書的一個另類文章中的另
類，不得不值得讀者關注！

　　《不夠知己》一半是寫文壇名人，一半是寫政界名人，遼教版再版本題名為《我的朋友胡適之——現代文化名人印象記》有以偏概全之嫌；至於「集外」和「附錄」，愛好者不妨一併讀之，由此可以知道溫源寧氏對外國文學的熟稔，以及《不夠知己》在不同時期的影響和評價。當然有人從英文原文去解讀其語言之純正、完美、地道，又是另一種讀法，且必須翻看英文原本或翻印本了。不在此文討論之範圍內。

　　一本小書，引起這麼多人從不同角度閱讀，這也真是民國學人學貫中西才能做得出來的，我等後輩，能揀點餘香，就很不錯了吧！

作於 2007 年 9 月

原載《藏書報》2007 年 9 月 24 日

張競生的性史和情史

　　最早知道張競生，是因為廢名的一篇小說裡提到了他，說他是性博士。後來又瞭解關於此人越來越多的資訊，及至到了今日有人將其稱為中國現代提倡計劃生育第一人、中國現代性學創始人，他在當時社會的影響力恐怕連今天的李銀河也不如哩！

　　然而，李銀河的許多怪論是觸及倫理道德甚至法律的，而張競生則不然，他的性學觀點是建立在情人制的基礎上，以西方式自由的愛情為核心。

　　對於這樣一個「大膽」的「驚世駭俗」的性學家，解放前即遭到很大的詬病、嘲諷，解放後又遭受無名之災。不過，現在有不少的人倒很能理解呢！張競生死後，不少對他感興趣的人開始收集整理他的文稿，並撰寫他的傳記。然而，人們對於他個人的性史卻極少瞭解，特別是在大陸。近讀張競生晚年回憶錄《浮生漫談》、《十年情場》、《愛的旋渦》諸篇章，方將困惑解開。

　　《浮生漫談》最早在香港《文匯報》副刊連載，不久於 1956 年 5 月由香港三育圖書文具公司輯錄成書出版；《十年情場》大約同時在新加坡《南洋商報》副刊連載，不久由新加坡夜燈報社出版單行本；《愛的旋渦》曾在香港《知識》半月刊連載，1957 年 10 月由《知識》半月刊出版單行本。可見此三書當年主要是在海外（香港、新加坡）產生一些影響，不曾波及大陸，直至九十年代初，《十年情場》才被大陸一家非法出版機構盜版印行問世，其餘二書則始終不為大陸讀者普遍知曉，於是性博士張競生的個人性史、情史倒顯得諱莫若深了。現在，大陸的三聯書店將此三書合編成一冊題名為《浮生

漫談──張競生隨筆選》出版，為世人提供了一面瞭解張競生個人性史、情史的窗口。

讀罷此書，我有三點感觸：一是張競生大膽，將自己的性史、情史講得津津有味，毫無羞恥感在裡面。二是張競生是一個有真性情的人，非常善於生活，懂得如何在生活中得到情趣，能以鑒賞的態度享受人生。三張競生也有自身的局限性，主要是缺少哲學家、政治家的頭腦，更多是美學家、文學家、性學家的人生觀、社會觀。當然，他的局限性卻成就了他的另一面，或者二者不可得兼吧！

但是，細心的讀者可以發現，這兩種不同的觀念在他的性史、情史乃至整個人生中一直是在激烈碰撞著，最終導致了許多悲劇的發生。張競生早年在西歐的時候，情場可謂得意，在情人制的作用下，性生活和感情生活非常地美滿，然而自從他回國以後，試圖將自己的觀點來影響社會，結果他失敗了，而且他的鄉村建設運動也失敗了。例如，他與一大華僑之女黃璧昭同居，最終導致黃璧昭的侄子將她殘殺，「這個場面，極盡人間的殘酷」，張競生面對這一悲慘結局也發出感慨：「我從此更加瞭解情人制在中國是不能通行的。」這個結論原本是許多人早能預知的，而極力推崇情人制的張競生，欲以自己的觀念改變他人乃至改變社會，最終釀成無可挽回的悲劇。

無疑，張競生是一個悲劇人物！通過他的性史、情史，我們能深深感受得出他的歡樂、他的無奈、他的痛苦……。

在張競生的晚年，他已經無法進行性學研究，也無法實現他的鄉村建設夢想，如同所有留在大陸的知識份子一樣，只能被迫接受思想改造。在任文史研究館館員期間，張競生寫下不少回憶錄，如〈南北議和見聞錄〉、〈回憶北大時的李大釗烈士〉等，然而最重要的一部分是在香港、新加坡發表的《浮生漫談》、《十年情場》、《愛

的旋渦》，它們風格獨特，絲毫沒有沾染革命的時代氣息，而依然飽含五四之風。這是非常難得，而此時，張競生已經七十高齡了。

1952年，土地改革開始，張競生一家被打成惡霸地主，弟弟被槍斃，妻子不得已懸樑自盡，自己則被隔離在廣州教書，不久調任廣東省文史研究館任館員。文革開始後遭紅衛兵批判，臨終前作為戰疏對象遣送某地，不久溘然長逝……。

但願張競生的讀者們不是一味在此書中關注張競生的個人性史、情史，而是更多地去思考張競生是如何成為一個悲劇人物的。或許，這是張競生在性學以外更大的意義吧！

（《浮生漫談——張競生隨筆選》，張競生著，2008年3月三聯書店出版）

作於 2008 年 3 月
原載《香港文匯報》2008 年 4 月 2 日

今人誰識朱英誕

　　2004 年，我開始對「廢名圈」的文人進行逐一考察，其中朱英誕是一個重點。2005 年夏，我將有關朱英誕的資料進行了收集，可惜所獲無幾。除廢名的〈林庚同朱英誕的詩〉之外，僅得姜德明、何炳棣、欽鴻之文。此三人中，只有聯繫欽鴻方可獲得更多資訊。後經友人幫助得以聯繫上欽鴻，欽鴻先生又慨然相助將我的地址告訴朱英誕的哲嗣朱純先生。不久，我收到朱純先生從北京寄來的《冬花冬葉集》，當年 10 月我根據此書及相關資料寫下〈發掘詩人朱英誕〉一文，半年後發表於《藏書報》和民刊《詩評人》，期間與朱英誕家人多有電話聯繫。

　　此後我將主要精力放到搜集「廢名圈」其他文人的資料上去，如石民、林庚、卞之琳、沈啟无、黃雨、南星等。在我關注朱英誕的過程中，2005 年 7 月很偶然地與亨亨先生（後來才知道是陳均）相識於網路，因為亨亨先生在一帖子中提到了朱英誕和吳芳吉。他給我留下謙遜低調的作風，常自稱「混飯」於北京某高校。2006 年 10 月，廢名哲嗣馮思純先生來武漢，我往其堂兄馮康男先生家拜訪。當天大談朱英誕，馮思純先生非常高興，這時馮康男先生從藏書櫃中翻出一本《冬花冬葉集》說：「朱英誕的夫人陳萃芬女士多年以前寄來的，題簽中依然自稱『學生朱英誕』，以前常常收到陳萃芬女士寄來的新年賀卡，這幾年沒聯繫了。」馮思純老一聽，慨然有加，深深為朱英誕一家對廢名的眷顧之情所感動。我連忙說：「您明天不是往北京嗎？我這裡有朱英誕家的電話和他的位址。」馮老很高興地接受了。當時，為了讓陳萃芬女士有個準備，我便打電話給她，

話筒那邊傳來洪亮的聲音，顯出激動地樣子──原來她從未聯繫上
廢名的兒子。當時在電話中，她還告訴我有個年輕博士正想收集整
理朱英誕的遺作，當時只聽到是姓陳，具體是誰沒聽清楚。2007年
夏，我進了陳均的博客，雖然博客內容將博主身份隱藏地非常深，
但我根據一些「蛛絲馬跡」，終於認出他是陳均，也是兩年多前我認
識的網友亨亨先生。當天朱英誕之女朱紋女士寫信給《詩評人》編
輯，編輯轉信給我，因為裡面提到我的情況，信中的電話我貿然地
打了過去，才知道陳萃芬女士與朱紋正在度夏。陳萃芬女士的聲音
依然是那麼洪亮，她告訴我北大出版社正準備出版朱英誕的遺著等
相關情況，這次我聽清楚了是陳均在著手這一切工作。世事就是這
麼巧合──我自己查出同時別人也告之亨亨先生即陳均。這時，真
為朱英誕感到幸運，肯定會有越來越多的人關注他的。以上，是我
從一個側面接觸到的朱英誕被重新「出土」的過程。

今天收到陳均先生寄來的《新詩評論》2007年第二輯（總第六
輯）以及《新文學史料》2007年第四期刊。這兩本書裡都收錄有《朱
英誕專輯》──這不妨可看作是朱英誕被重新「出土」的一個重大
信號。這一冊《新詩評論》是由陳均主編的，其中有兩個專輯，一
是《林庚紀念專輯》，二是《朱英誕專輯》。這兩個專輯將近占了全
書的一半。在《林庚紀念專輯》中，又有一篇是林庚寫給朱英誕的
十封信。讀罷這兩個專輯及《新文學史料》中的《朱英誕專輯》，我
們基本可以瞭解到朱英誕的生平簡歷、文壇交遊及詩學思想。

朱英誕（1913.4.10-1983.12.27），本名仁健，字豈夢，筆名有朱
石箋、莊損衣、杞人、琯朗、淨子等，祖籍安徽婺源，寄籍江蘇如
皋，生於天津。他是朱熹的後裔，朱家自南宋以來家學源遠流長，
累世仕宦，他的父親朱紹谷也擅長詩詞，少時享有「神童」之譽。
1928年，入南開中學，未滿一年因摔傷而休學，遂居家自修。1932

年考入北平民國學院,與李白鳳同學,時林庚在該校任課,三人常
在一起寫詩論詩。1935 年秋,在林庚的介紹下結識廢名,從此在詩
壇追隨林庚、廢名二人。不久自費出版詩集《無題之秋》,此係詩人
生前唯一一部公開面世的著作。1940-1941 年在偽北大擔任講師,繼
承廢名未完的工作,後整理為《新詩講義》。在淪陷區的文壇,朱英
誕非常地活躍,發表大量詩文,曾與沈啟无一起編輯《文學集刊》,
並編選廢名、沈啟无的詩合集《水邊》。解放後在貝滿女中教書,直
至退休。

　　作為「廢名圈」的一位重要詩人朱英誕,他在三、四十年代詩
作的詩歌特色也很鮮明,概括起來大致有以下四大特點:一、用語
奇崛,甚至不合文法,但比喻精巧。二、詩思飄忽,不易琢磨。廢
名讀朱英誕的詩也說「不可解,亦不求甚解,彷彿就這樣讀讀可以,
可以引起許多憧憬似的」。三、思想深厚,氣象澄清,境界新奇,自
成高格。四、古典的現代田園詩。將朱英誕的詩與廢名、林庚二人
相比,我們會發現,在形式上朱英誕受林庚影響多些,但在境界、
內容上,與廢名更相近、相通。朱英誕詩的晦澀、古樸,更貌似廢
名,可謂神合。但朱英誕亦絕非對二位老師亦步亦趨,他是有一定
創新的。《現代文學三十年》評價朱英誕道:「朱英誕則是陶潛風範
的渴慕者,他在想像中過著一種山水行吟詩人的生活,在『人淡如
菊』的散淡閒適的日常生活背後體味自然人性的真意(〈讀陶集後
作〉)。作為林庚的弟子,朱英誕的田園化傾向比起導師來既是一種
對詩歌風格化的追求,更是一種生活態度,而這種生活態度在戰亂
年代裡具有一種代表性。」

　　朱英誕除了作為一個詩人存在自身價值以外,他也以過來人的
身份進行研究新詩及其歷史,將自己的生命完全地融入了新詩史。
他繼承了廢名在三十年代未完的新詩研究工作,於四十年代在偽北

大，繼續開講新詩，完成《新詩講義》一書。這部《新詩講義》前半部分為廢名的《新詩講義》（世人誤為《談新詩》），後半部分為朱英誕所添加，並將廢名的那一部分進行評點。一部完整的新詩史著作終得完稿，此真可謂現代詩壇中師生合著一部詩話的佳話，而這部獨樹一幟的新詩史話也必將以全面新的面貌示人。此外，與這部書稿對應的《中國現代詩二十年選集》也極具參考價值，它的地位可謂與《新詩講義》旗鼓相當，一為理論，二為實踐。對於朱英誕這個繼承工作，1948 年的冬天，廢名見到朱英誕後不禁發出讚歎聲：「人們應該感謝你！」

此外，作為一個後期京派詩人及淪陷區的代表詩人、詩論家，朱英誕在現代文壇留下了自己的歷史的影子，對朱英誕的研究可以將現代文學史補充完整。他的許多文章也構成重要的文學史料，如〈苦雨齋中〉、〈廢名先生所作序論〉、〈俞平伯小識〉、〈水邊集序〉、〈梅花依舊〉等。

最後，朱英誕在解放後的「民間地下寫作」行為是很有意思的，在那思想禁錮的年代，他竟然寫下許多具有五四之風的詩文，值得關注。

（《新詩講稿》，廢名、朱英誕合著，陳均整理，北京大學出版社 2008 年 3 月出版）

初稿：2005 年 9 月
終稿：2008 年 1 月

記住詩人朱英誕

——喜讀《新詩評論》第六輯

　　研究現代文學史的學者恐怕都不知道朱英誕是誰，作為一個詩人，這是他的悲哀。然而，這種局面現在要被打破了。最近收到陳均先生寄來的《新詩評論》2007年第二輯（總第六輯）以及《新文學史料》2007年第4期。這兩本書裡都收錄有《朱英誕專輯》——這不妨可看作是朱英誕被重新「出土」的一個重大信號。這一冊《新詩評論》是由陳均主編的，其中有兩個專輯，一是《林庚紀念專輯》，二是《朱英誕專輯》。這兩個專輯將近占了全書的一半。在《林庚紀念專輯》中，又有一篇是林庚寫給朱英誕的十封信。

　　朱英誕（1913.4.10-1983.12.27），本名仁健，字豈夢，筆名有朱石箋、莊損衣、杞人、琯朗、淨子等，原籍安徽婺源，寄籍江蘇如皋，生於天津。他是朱熹的後裔，朱家自南宋以來家學源遠流長，累世仕宦，他的父親朱紹谷也擅長詩詞，少時享有「神童」之譽。1928年，入南開中學，未滿一年因摔傷而休學，遂居家自修。1932年考入北平民國學院，與李白鳳同學，時林庚在該校任課，三人常在一起寫詩論詩。1935年秋，在林庚的介紹下結識廢名，從此在詩壇追隨林庚、廢名二人。不久自費出版詩集《無題之秋》，此係詩人生前唯一一部公開面世的著作。1940-1941年在偽北大擔任講師。在淪陷區的文壇，朱英誕非常地活躍，發表大量詩文，曾與沈啟无一起編輯《文學集刊》，並編選廢名、沈啟无的詩合集《水邊》。解放後在貝滿女中教書，直至退休。後半生一直堅持「民間地下寫作」，留下幾千首詩和大量遺文，這些飽含五四之風的著作均未出版問

世。1983 年逝世前的半年裡寫下兩萬字的自傳《梅花依舊》，極具現代文學史價值。他所補充完整的廢名的《新詩講義》即將由北京大學出版社出版。這部新詩講義前半部分為廢名的《新詩講義》（世人誤為《談新詩》），後半部分為朱英誕所添加，並將廢名的那一部分進行評點。一部完整的新詩史著作終得完稿，此真可謂現代詩壇中師生合著一部詩話的佳話，而這部獨樹一幟的新詩史話也必將以全面新的面貌示人。

《朱英誕文章選輯》共收錄朱英誕的文章三十一篇，大多是朱英誕關於詩歌或詩人的見解，頗多獨到之處，有些還起到豐富文學史料的作用，而這些文章又多半係「地下寫作」，未曾公開發表過。如〈苦雨齋中〉、〈廢名先生所作序論〉、〈俞平伯小識〉、〈水邊集序〉等很值得關注，為以上人物提供了一些新鮮的材料。又，沈啟无的學生、朱英誕之妻陳萃芬女士在〈關於詩人朱英誕〉的回憶中明確指出周作人被刺沈啟无確實是替他挨了槍的，並不是周作人在〈元旦的刺客〉一文中回憶的沈啟无聲稱「我是客」來轉移刺客的注意力的，這無疑為周作人被刺事件提供了新的史料。所以，《朱英誕專輯》值得讀者好好地關注，這對於「廢名圈」之現代派遺脈在淪陷區的文學史研究中具有很高的史料價值，由此還可以解答許多疑案。

喜讀之餘，不免也有遺憾，主要是時間考證及校訂還是存在一些問題：

《林庚紀念專輯》中收錄了林庚寫給朱英誕的十封信。首先，藏書家姜德明先生早在〈信及詩〉一文中介紹了廢名致朱英誕、林庚致朱英誕的信，明確指出林庚致朱英誕的信發表於《輔仁文苑》第二輯，並在文中做了摘錄，別人早在文中即已提及，何須今日研

究者來「輯佚」？何況「輯佚者」在輯佚附記中對信的寫作時間判斷是有問題的。

「附記」云：「這十封信中，前八封寫於北平，約為 1936 年，九、十三兩封，則分別寫於 1938 至 1939 年。」在第三封信中，林庚說「廢名先生序亦寫來」，「今日初雪，十月陽春」，說明該信寫作時間是 1936 年 10 月。查《廢名年譜》：「1936 年 11 月 13 日，發表〈《冬眠曲及其他》序〉。後收入林庚詩集《冬眠曲及其他》。該詩集 1936 年 12 月出版，由林庚自費印行，風雨詩社藏版。」此與信中的時間剛好相互印證，因為廢名寫序的時間肯定在發表之前。又第一封信提到「《冬眠曲及其他》已決定即刻木刻」，第二信提到「打算數日內便以付印」，三封信都是談《冬眠曲及其他》出版之事的，應可推出前兩信寫作時間只是稍稍提前而已，但不會是 1935 年。所以第一至第三信寫作時間是 1936 年。

第五封信中有言：「文楷齋書尚未送來，想須過了元宵也。元旦新春無事，即問安好。」第六封信有言：「象賢亦從青島有信來。」按：象賢即朱英誕的同學李白鳳，1936 年夏大學畢業後往青島。在第五封信中又提到「象賢信原能面轉」，說明在寫第五封信時，李白鳳已不在北平。以上說明第五封信是 1937 年初寫的，而第六封信則稍晚。又，第四封信錄有〈冬之情曲〉一詩，時間當在元旦之前，應為 1936 年末。

第七封信有言：「苦雨齋之聚亦仍照常，惟少見廢公及吾兄耳。」又以為朱英誕「或已赴津」。此信寫作時間應在林庚離開北平南下福建廈門大學之前。按，林庚於 1937 年七七事變後往天津，再經由香港於 9 月到廈門大學。可見此信寫作時間當在七七事變之前。

又信中云「今日午後擬視常出星先生，明日得暇盼能來一談，當不出門也」，「常出星先生」疑為「常出屋先生」之誤。廢名一度

卜居於西山，周作人請沈尹默為其書齋題名為「常出屋齋」，後來在周作人、俞平伯、沈啟无、林庚等師友圈子中常以「常出屋」「常出屋齋兄」「常出屋齋居士」呼之，並時常出現在他們的書信中。而「星」又與「屋」字形相似，所以「常出星先生」疑為「常出屋先生」之誤。

第九封信中提到「戴望舒諸人均在港，近來亦不作詩人了」。按：戴望舒到香港的時間是 1938 年 5 月，而信的落款時間是「十月五日」。此信寫作時間是 1939 年 10 月 5 日的可能性不大，因為這組信是發表於 1939 年 12 月的。這說明此信的寫作時間應是 1938 年 10 月 5 日。

第十（標題作「十三」）封信的寫作時間落款是「五月二十九」，疑即 1939 年 5 月 29 日，剛好在第九封信的時間之後。

另外，在《朱英誕文章選輯》中許多文章裡在行文中出現方格，不知是原刊脫落還是不可辯識。記得有一次我在《廢名年譜》作者陳建軍先生家中閒談，他出示朱英誕為廢名、沈啟无的詩合集《水邊》作的〈水邊集序〉複印件，並無脫落之跡象，而在《新詩評論》中的〈水邊集序〉中，「然而走後我才又沉澱的覺出不妙，無可奈何花落去矣」一句竟脫落一「澱」字。

此書的一大遺憾是沒有收錄朱英誕不同時期的代表作，如果另作一《朱英誕詩選輯》，讓讀者一睹其詩才那該多好！現在只好希望在今年廢名、朱英誕合著的《新詩講稿》出版之後，有愛好者為其出版《朱英誕詩集》了。但願有那麼一天！

這麼一個在淪陷區具有重大影響的詩人，長期以來居然沒有寫進《現代文學史》，甚至連《淪陷區文學史》、《被冷落的繆斯：中國淪陷區文學史（1937-1945）》亦未提及，文學史之視野奈何如此之

狹隘耶？今天，以及此後，一定要記住詩人朱英誕，在中國新詩史
上也應記下他的一筆！

　　（《新詩評論》總第六輯，陳均主編，北京大學出版社 2007 年
11 月出版；《新詩講稿》，廢名、朱英誕合著，陳均整理，北京大學
出版社 2008 年 3 月出版）

作於 2008 年 1 月
原載《博覽群書》2008 年第 5 期

黎昔非與胡適

——胡適性格的另一面

　　黎昔非？一個多麼陌生的名字。今天恐怕連專門研究現代文學的學者也不知道他是誰了。這個曾經為《獨立評論》立下汗馬功勞的經理人，生前籍籍無名，默默貢獻自己的青春歲月，在胡適的背後做了大量鮮為人知、細緻入微的工作，文革期間卻又因《獨立評論》飽受摧殘，悄無聲息地離開人世！今天，我們翻閱舊時報刊，彷彿能夠體會黎昔非平淡人生的曲折、隱逸、委屈的況味。至於，他與胡適的關係又讓我們看到胡適性格的另一面。

　　黎昔非（1906.5.31-1970.12.16），廣東興寧人，1930 年 7 月畢業於中國公學大學部文史學系，著名歷史學家羅爾綱時為其同班同學，而且還同寢室。後轉赴北京自學於北平圖書館，於 1931 年春考取北京大學研究院，指導教授為黃節先生，課題為《詩經學史》。1932 年 4 月在吳晗的推動下應胡適之約擔任《獨立評論》經理人（曾被長期誤為胡適同鄉章希呂），一直到 1937 年停刊為止。據黎昔非在〈自傳〉和其他一些材料中反映，他同意擔任《獨立評論》經理人原因有二：一是在主觀上他希望能半工半讀，對研究生學業給予物質上的幫助；二是客觀上胡適的地位、名望以及再三邀請使得黎昔非不得不接受這個「榮恩」。但是，黎昔非的初衷並不是放棄學業把這個當一個正式工作。

　　從 1933 年開始黎昔非多次提出卸任，要求把主要精力投入到學業當中去，都遭到胡適的拒絕。黎昔非所作〈自傳〉中說：「幾次欲辭掉未果，終於為生活所關而未果」，最終不得不放棄自己的研究生學業，默默繼續為《獨立評論》做出犧牲。

　　大家都知道胡適對人慷慨熱情，連一個從未謀面的人只要誇耀他幾句，他也樂於幫忙，成人之美，如為他人寫學歷證明、介紹工作等，故時人都說「我的朋友胡適之」。對於厚愛有加的弟子羅爾綱、吳晗更是如此，但相形之下，對於黎昔非未免不近人情了。1931年，黎昔非在北京是讀研究生，而羅爾綱沒有考上研究生，是應胡適之約做家事，如教子課讀、整理其父遺稿等，並在胡適指導下做些資料整理和研究工作。後來，胡適又想推薦羅爾綱到中華教育文化基金董事會擔任文書職位，月薪一百二十元，這在當時屬工資優厚且又體面的工作，可是羅爾綱想做研究性的工作，於是胡適又力排眾議將其推薦入北大研究院考古室任研究助理，月薪六十元。這就不能不令人費解了，黎昔非是考入北大研究院的，而胡適卻將其「拉出來」去做《獨立評論》的宣傳、印刷、發行等煩瑣的行政工作，且只給月薪三十元（連投靠胡適的同鄉章希呂在《獨立評論》擔任部分校對工作也有八十元月薪）！等黎昔非1934年結婚，才漲十元。與黎昔非、羅爾綱要好的吳晗呢？吳晗家境非常貧寒，無力上大學，於是寫信求胡適幫忙，胡適立即提供他在清華半工半讀的機會，得以完成學業。胡適還幾次贈送現金給吳晗以改善其生活，如第一次入學即給八十大洋。要說在1932年前後，黎昔非的學歷在羅爾綱、吳晗之上，學問也在此二人之上。可惜胡適沒有去好好栽培他、幫助他。他的好友丁白清非常清楚他的精神狀態，回憶道：「我知道他當時非常痛苦，又不敢走，薪水只有三、四十元，又不夠用，我建議他：叫胡適介紹中學教員，教書兼職，他始終都不願意這樣做。」其實，《獨立評論》的經理工作，非常煩瑣、繁忙，黎昔非也是很難得有時間兼職的，更無時間完成他的學業。

　　從1932年到1937年，羅爾綱、吳晗在胡適的言傳身教下，發表大量學術文章，在學術界嶄露頭角，成為胡適傲人的弟子。而同

為胡適學生的黎昔非卻一直默默做著無人知曉的背後工作，犧牲了
自己的學業、文憑以及學術前途。

1937 年，黎昔非、羅爾綱、吳晗這三位中國公學的同學，因抗
戰爆發一起南下。但他們南歸的方向卻不相同，吳晗前去雲南大學
做教授，羅爾綱前去長沙中央研究院社會研究所工作，而無學術名
氣又無研究生文憑的黎昔非只能回老家教中學。吳晗臨走時，還從
胡適家拿走三百大洋。黎昔非到武漢時已經身無分文了，不得不在
羅爾綱那裡借錢回家。

應該說，黎昔非、羅爾綱、吳晗三人的性格是存在差異的。羅
爾綱、吳晗敢於在胡適面前顯示才華，並能大膽提出一些請求和幫
助；而黎昔非呢？木訥地很，不輕易向外人表露苦衷，也不輕易求
助於他人。黎昔非的好友林均南評價他的性格說：「不愛說話，更不
喜歡表現自己，所以他跟任何人來往，都是簡單而扼要的幾句話。」
黎昔非曾向他的兒子黎虎講述他與吳晗一起等候胡適的故事最能體
現這種性格差異。一次，吳晗與黎昔非在北海公園等候胡適，當遠
遠看到胡適走過來的時候，吳晗迫不及待的奔上前去，邊喊「先生！
先生！」，邊急忙地去握胡適的手。而黎昔非呢，呆在原地不動，直
到胡適走過來，他才喊「先生」。

黎昔非自回老家後，一連在家鄉教了七年中學。中學不適合做
學術研究，而對於他這樣的立志做學問的讀書人來說無疑是一種痛
苦。到了 1944 年，聞一多介紹黎昔非到昆明國立中國醫藥研究所史
地部門擔任助理研究員，這雖然屬於學術工作，但與黎昔非的專業
不對口，也不符合他的興趣，況且那裡的資料也非常稀少，不利於
研究工作，但黎昔非還是在工作的一年多時間內完成學術專著《本
草產地考釋》（三卷），可見黎昔非確實是有學術天賦並有吃苦耐勞
的精神的。到 1945 年底和 1946 年時，抗日戰爭勝利，各大學恢復，

黎昔非有了到大學教書的機會。他的學術著作考核、工作年限等都
具備條件，唯獨缺少研究生學歷證明。於是他不得不求助於北大校
長、他的老師胡適。按說他之所以沒有拿到北大研究生文憑，胡適
難辭其咎，現在胡適幫一把應在情理之中。但在一年之中，黎昔非
一連給胡適三封信，語氣委婉懇切，希望胡適能給一紙學歷證明書，
這樣就可以到大學任教，繼續他的學術研究工作。可惜，胡適一封
信都沒回，黎昔非只好又回到老家教中學。實際上，黎昔非給胡適
的三封信至今還保存在胡適秘藏書信裡（見耿雲志編《胡適遺稿及
秘藏書信》第三十九冊，黃山書社，1994 年版），可見胡適完全收
到了黎昔非的信，並和其他人的信一齊保存了起來！

　　1966 年 6 月 3 日，《人民日報》發表一封吳晗致胡適的信，裡
面涉及吳晗提議由黎昔非擔任《獨立評論》經理人一職之事，黎昔
非因此被打成「三家村黑幫」，緊接著遭受滅頂之災，在受盡折磨之
後於 1970 年 12 月 16 日含冤逝世。一個由吳晗推薦為胡適主持的《獨
立評論》犧牲個人前途的、默默無聞只講奉獻的優秀經理人黎昔非
卻因胡適、《獨立評論》、吳晗而喪失自己的學術前途並由此喪命，
不能不令人感歎！

作於 2007 年 9 月

原載《粵海風》2007 年第 12 期

文學史上的失蹤者

——以朱雯為例

我一直很關注官方文學史（或謂主流文學史）不曾提到的文學家。在古代，因為形成了不同層次的學林體系，成就不同的文人得以進不同級別的史志典籍。譬如，如果一個文人在某省有很大的影響力，那麼在編撰通志的時候會將其進行詳細介紹，如果影響力僅局限於鄉里，則只能在縣誌以專文介紹，雖然在通志也可能會出現他們的名字，但只能一筆帶過。這種結構對於文化的積澱、傳承有很大的意義，讓我們可以按圖索驥，非常簡便。

然而到了現當代，「地方文學史」沒有形成什麼氣候，許多有較大影響力的作家很快淹沒不聞，甚至一度在全國有影響的而最終還是未寫進官方文學史。最近一、二十年，一直提倡重寫文學史，老作家梅娘還為自己寫進《現代文學三十年》這部斷代文學史而欣喜不已，連筆者關注的廢名詩學傳人朱英誕也以淪陷區詩人的身份寫了進去。我把這些有較大影響力的現當代作家稱為「文學史上的失蹤者」，官方文學史很少或根本未提及，而現當代區域文學史又未形成氣候，於是他們幾乎沒有「拋頭露面」的機會，但翻閱當年的報刊雜誌，你又總是能看到他們的名字，與文學史上某某作家關係密切，甚至有傳承的關係，因此關注這類「文學史上的失蹤者」意義非同小可，對於充實文學史、傳承文化有著非常重大的意義。

很早以前讀了沈從文作於 1933 年 7 月的〈論馮文炳〉一文，最後一段提及廢名（即馮文炳）在當時產生的影響：「在馮文炳君作風上，具同一趨向的，曾有所寫作，年輕作者中，有王墳、李同愈、

李明琰、李連萃四君,唯王墳有一集子,在真美善書店印行,其他三人雖未甚知名,將來成就似較前者為優。」並在前文中又承認時下評論,自己與廢名的作品最有相似性,還在此前的〈「夫婦」題記〉中承認「受了廢名先生的影響」。這說明,廢名當時的影響非常大,不但影響了稍後的沈從文,還影響了更年輕一代的小說家,這裡沈從文還將他們四人的名字羅列了出來,而他們幾乎沒有一人為我們所熟知。經過多方搜查,方知王墳即後來以翻譯名世的朱雯,李同愈為青島籍的作家,李連萃則為抗戰期間大名鼎鼎的東北作家群之中的李輝英,而李明琰始終不知是何人。這四人,除了李輝英寫進了一些文學史著作之外,其他的皆淹沒不聞,或稍稍被提及,但考諸其後的文學活動,朱雯、李同愈等皆非常活躍,與現當代文人學者均有非常密切的聯繫,可以說他們也完全融入了現代文學史中。

朱雯(1911-1994)字皇聞,筆名王墳等,原江蘇省松江縣人(今屬上海)。1932 年畢業於蘇州東吳大學,曾在江蘇省立松江中學、廣西省立桂林高級中學、震旦大學文學院、上海師範學院任教。二三十年代主攻創作,著有《現代作家》(1929)、《旋渦中的人物》(1931)、《動亂一年》(1933)、《逾越節》(1939)、《不願做奴隸的人們》(1940)等短篇小說集或長篇小說,並有情書集《從文學到戀愛》(1931 年,與羅洪合著)、散文集《百花洲畔》,期間還編有《當代文法》、《當代應用文》、《中國短篇小說年選》(1934)、《中國文人日記鈔》等書,並辦《白華》旬刊及《中學生文藝月刊》(與施蟄存合編)。四十年代轉入翻譯,主要譯作有托爾斯泰《苦難的歷程》三部曲、《凱旋門》、《流亡曲》、《生死存亡的年代》、《彼得大帝》、《三個夥伴》、《里斯本之夜》等,直至逝世。近年出版有《往事如煙》(1999 年,與羅洪合著,白屋叢書之一)。

　　1928 年，朱雯考入蘇州東吳大學文學院，喜讀廢名的小說集《竹林的故事》、《桃園》等，此時沈從文也迷戀廢名的這兩本風格清新的鄉土田園小說，並在文壇初露頭角。當時廢名別具一格的文風不僅在北大校園及北方文藝界倍受讚譽，即便在江浙上海一帶也產生了影響。1929 年，上海的《開明》、《真美善》發表拙亭、毛一波的兩篇文章〈關於廢名《桃園》之批評〉〈《竹林的故事》和《桃園》〉對廢名不凡的文學趣味、審美風格進行了高度評價，這是周作人之外發現的最早的關於廢名的研究文章。毛一波（1901-1996）當時非常喜歡廢名的小說，並於同年出版了短篇小說集《少女之夢》，引起朱雯的注意，也撰文予以評論，毛一波將其引為文學上的知己。很快，毛一波又介紹朱雯結識巴金等知名作家。當時的朱雯沉浸在詩意小說的氛圍裡，禁不住給沈從文（很可能也給了廢名）寫起信來。半個多世紀後朱雯回顧自己的文學道路深情地說：「給我影響最大的作品，是我國的魯迅、沈從文、廢名……我最初學寫的幾篇小說，實際上都是對他（還有廢名）的作品的拙劣的模仿。」可見，朱雯晚年也坦白承認了〈論馮文炳〉中觀點，而該文中所說的「唯王墳有一集子，在真美善書店印行」當指朱雯 1929 年出版的處女短篇小說集《現代作家》。

　　通過閱讀古今中外的優秀文學作品，特別是精讀魯迅、廢名、沈從文等人的鄉土小說，朱雯的文學道路發展很快。在現實中，引導朱雯文學道路的師友除上面提到的毛一波之外，更重要的是曾樸、曾虛白父子及他的老師蘇雪林。在東吳大學的課堂上，朱雯喜聽蘇雪林的「宋詞研究」課，並在《東吳年刊》上發表詞作，課外卻向蘇雪林請教新文藝創作。假期朱雯從蘇州路過上海回松江老家，總是往曾樸、曾虛白父子的真美善書店看望他們，平時也在書信中交流文藝。1928年到 1929 年的一年多時間裡，朱雯先後在《知難》、《北新》、《真美

善》等雜誌上發表〈清虛法師的死〉等短篇小說。1929 年 4 月，他
把已經發表和沒有發表的十個短篇小說編成小說集子《現代作家》，
由蘇雪林作序，交由曾樸、曾虛白父子的真美善書店印行。

　　1929 年秋，朱雯與陶亢德、邵宗漢成立了白華文藝研究社，並
於當年 11 月 11 日創刊了《白華》旬刊，得到當時許多知名作家的
支持，如朱自清、蘇雪林、曾虛白、鄭伯奇、趙景深、毛一波、汪
錫鵬、崔萬秋、嚴良才等，當然更多的還是發表一批文學青年的習
作。這個旬刊無稿費，總共出了八期，1930 年 1 月 21 日終刊，它
如曾虛白的評價打破了蘇州冷寂的新文學文壇。其實，它的更大意
義是突破了鴛鴦蝴蝶派佔據蘇州文壇的藩籬，給蘇州陳腐的文氣帶
來新文學的空氣。另外，它也保持了《語絲》的一些風格，是在廢
名 1930 年籌辦《駱駝草》週刊之前的一個小型旬刊，可以說《白華》
《駱駝草》都是在《語絲》停刊之後一些作家所作的繼承工作。

　　《白華》的創刊，極大地提升了朱雯的知名度，與文壇作家有
了更廣泛更深入的交往，如結識施蟄存等新感覺派作家即是一例。
更重要是《白華》成為他與羅洪結交的一個引子。1930 年 1 月，羅
洪在松江工作，在一家雜誌上看到《白華》的徵稿啟示，便將隨筆
〈在無聊的時候〉寄過去，此時《白華》已因經費問題難以為繼，
所以朱雯收到稿子後轉到《真美善》，將《白華》可能不再出刊的消
息告訴她。不久朱雯回松江過年，與羅洪在醉白池相會，並送一本
《現代作家》給她。於是，二人更加聯繫密切，經常通信。1930 年
5 月《真美善》發表了〈在無聊的時候〉，成為羅洪的處女作，不久
又發表羅洪的第一篇小說〈不等邊〉。朱雯與羅洪在文藝道路上相互
扶持，成為親密戀人，短短一年多情書竟達一百零九封，於 1931 年
結集為《從文學到戀愛》（有版本名《戀人書簡》）出版，與當時盧
隱、李唯建的《雲鷗情書集》相映成趣。

　　1932 年春，朱雯、羅洪結婚，前來祝賀的文藝界朋友有巴金、趙景深、陶亢德、施蟄存、穆時英，沈從文剛好赴往青島，只能發來賀信。這期間，朱雯還為洪深主編的《每日電影》寫了幾篇影評。不久，朱雯大學畢業，在老家松江高中教國文。從 1932-1937 年，是朱雯在文藝界最為活躍的幾年，他開始作為一個知名作家的身份在文壇上活動，編纂了多種書籍，如 1934 年的《中國短篇小說年選》等。可是，朱雯的文藝創作卻因工作和編書耽擱了，從 1935 年開始，朱雯又開始拾起筆，寫下《逾越節》。但從此朱雯的文學道路開始走下坡路。

　　抗戰初期，朱雯出版了短篇小說集《逾越節》、《不願做奴隸的人們》及散文集《百花洲畔》，從此基本封筆，而將主要精力投入到翻譯中。可以說，作為文學家的朱雯，是以 1940 年為終結時間的。但是，朱雯作為繼廢名、沈從文之後的一名鄉土田園小說家的地位應該給予充分肯定，作為廢名、沈從文的早期傳人，相比四十年代成名的汪曾祺，他應算是大師兄。在一定意義上講，回顧廢名、沈從文一派鄉土小說，除了聯繫汪曾祺，也應將朱雯等人作為一環填補進去，在二、三十年代的文學史上也應寫下「朱雯」的名字！

作於 2008 年 1 月

原載《開卷》2008 年第 3 期

傅雷：二、三十年代海歸的命運

　　傅雷（1908-1966），字怒安，號怒庵，上海南匯人。生前以翻譯家著稱，兼通文學、美術、音樂等，是不可多得的奇才、全才。傅雷的一生，是中國正直知識份子追求真理和民主的一生，然而，他的命運卻是多舛的。作為二、三十年代留學生的代表人物，傅雷以誠摯的愛國激情和對文藝的熾烈追求實現他心中的夢想，但因為現實社會的種種原因而演繹了一曲知識份子的悲歌，使其成為中國知識份子海歸派中的一個典型而難忘的個案。

　　傅雷天性桀驁不馴，但聰明刻苦，在其母親悉心栽培下，少有大志，博學而敏慧，且富正義感。正是因為性格上的鋒芒畢露和其他因素，成績優異的傅雷從小學、中學再到大學都沒有拿到畢業證。特別是 1926 年與同學姚之訓等帶頭參加反學閥運動，引起校董吳稚暉注意而下逮捕令。其原因主要是校方指責的「頑劣」、「言辭激烈」、「反動」等。這些早年經歷反映了傅雷孤傲、倔強、正直、單純的脾氣秉性，這與他在解放後乃至一生的表現是一直的。

　　1927 年冬，受勤工儉學留法表兄顧侖布的影響，傅雷不顧母親反對毅然赴法。因為此前發表文章結識孫伏園，在孫的介紹下得以認識鄭振鐸，由鄭安置其最初的生活。經過一番法語自修之後，順利考入巴黎大學文科。在留法期間，傅雷除上課以外，還利用閒暇時間到瑞士、義大利等歐洲國家旅遊、觀光、休養，觀摩了大量西歐藝術作品，拜訪了許多歐洲藝術家。在課堂學習與社會實踐的雙重作用下，傅雷的藝術感染力得到極大的提高，寫出《塞尚》等藝

術評論，並兼以翻譯梅里美、都德、丹納、屠格涅夫等人的作品，初顯不凡的藝術眼光和深厚的翻譯功底。

留法期間，使得傅雷迅速成長並影響其人生觀、藝術觀的經歷很有一些。在初到巴黎學習法語之時，傅雷曾在房東的陪同下，去瑞士短暫旅遊和修養，擴張了傅雷的視野。入巴黎大學不久，與留法畫家劉抗相偕流連徘徊於盧浮藝術博物館以及巴黎、南歐眾多的博物館、藝術館，觀摩和研究美術大師的不朽之作。1929 年夏，傅雷與著名畫家劉海粟等在法瑞交界處的萊芒湖畔修養五十餘日，其中共遊日內瓦六天，期間譯有〈聖揚喬而夫的傳說〉，是為傅雷首次發表的作品。1930 年春，與劉抗結伴去比利時小住，參觀比利時獨立一百周年紀念博覽會以及布魯塞爾美術館。1931 年，與劉海粟結伴遊歷義大利，飽覽義大利的風光和藝術。本年開始翻譯《貝多芬傳》，對翻譯藝術開始熟稔於心。

此外，還有許多傅雷傳記中提到戀愛風波。傅雷本是一個中國傳統男子，但在留學期間也發生了移情別戀的情感波折。應該說，這在中國的留學生史上是一個有趣而又獨特的現象，特別是在優秀的留學生之間。傅雷應該是一個典型的例子，最終還是在痛苦中選擇分手，中西方文化最激烈的碰撞或許就是發生在留學生的異國戀上吧！值得插一句的是，劉海粟在傅雷的異國戀風波中扮演了一個成熟的預見者的角色，並成功地幫助了傅雷，將錯誤制止在最低限度。

基本上可以說，傅雷的上述留法經歷是符合一個追求藝術的留學生的生活的，之所以傅雷能夠脫穎而出，恐怕還是與他的天分以及勤奮是分不開的。值得一提的是，傅雷留法期間結識了畫家劉海粟。二人的結交與斷交再復交集中反映了傅雷剛正不阿、絕不苟且的性格。

　　如同當年大部分的留學生一樣有著一顆熱忱的報國之心，1931年秋，傅雷與劉海粟結伴而行搭乘香楠沙號回國，抵滬之日，適逢九一八事變。作為當時一個海歸派，當時是堪稱精英知識份子的，所以傅雷到了國內順利進入上海美專任教，並擔任校長辦公室主任，所撰美學史講義分期發於《藝術旬刊》，又譯有《羅丹藝術論》。由此，傅雷全面開始了漫長的文藝研究和翻譯工作。

　　在此後的十幾年的日子裡，傅雷進行了大量的文藝活動。舉其大者有：與作家倪貽德等成立決瀾社，發表〈決瀾社宣言〉，以社名義舉行多次畫展；又與倪貽德合編《藝術旬刊》，與葉常青合辦《時事彙報》週刊；應滕固之約任中央古物保管委員會編審科科長；任國立藝專教務主任；後隱居潛心翻譯，直至解放。以上，基本是一個知識份子應有的活動，不外乎寫作、辦刊、教書之外參與大量文藝活動。應該來說，這十幾年是傅雷一生當中最充實的時光，因為他發揮了一個海歸派知識份子應有的光和熱，將自己在海外的知識融合中國的文藝現狀，進行了大量的宣傳，解放了許多人的思想，擴展了許多人的視野。尤其是自 1939 年辭去國立藝專教務主任後潛心翻譯的十年，是傅雷中年時期最輝煌的日子，達到他翻譯的第一個高峰！

　　解放以後，傅雷繼續以熱忱的愛國精神投身到社會主義文化事業中，在解放初因翻譯大量巴爾扎克的作品蜚聲翻譯界，這是傅雷翻譯生涯中第二個黃金期，傅雷由此完全奠定了他的翻譯大師的地位！可惜，好景不長，1957 年傅雷被劃為右派。應該來說，傅雷被劃為右派可能與這兩點有關，一是地主身份，二是留學經歷——這當然是依照造反派的思想來推測的，至於有無其他更離譜的原因不得而知。在精神極度壓抑的情況下，傅雷開始大量書寫信件，再加上此前的一些信件，後人把它們編為《傅雷家書》——這裡記錄了

傅雷的兒子傅聰的成長，更記錄了一代自由主義知識份子的心靈軌跡！

　　1961 年，大報小報宣佈摘去「右派」帽子，傅雷面對報紙沒有絲毫笑容，平靜地說：「當初給我戴帽，本來就是錯的！」這樣的人，這樣的性格，在即將到來的更大「風暴」中會有好運嗎？1966 年 8 月 30 日，深夜十一點，傅雷家中突遭造反派抄家，夫婦二人俱受批鬥，折磨達三天四夜，最終二人不堪忍受於 9 月 2 日晚含恨自殺……

　　我們固然不能苛求於時代，那麼也不能一味地認為傑出的文藝家、翻譯家傅雷是因社會變遷而葬送學術前途，那麼，我們要問誰呢？誰能解答這個知識份子磨難的難題？

　　……

　　傅雷不朽！

作於 2007 年 12 月
原載《藏書報》2008 年 1 月 21 日

梁實秋談吃

　　古往今來，談吃的文字很有一些，但不流於凝滯而饒有興趣的則不多。古人云：「食色，性也！」「吃」是關乎「食」的，亦是「性」，所以，談吃的文字惟能彰顯性靈者能吸引讀者，流傳於世。

　　近讀梁實秋先生所著《味至濃時即家鄉》一書，不禁大流口水，對書中描寫的各種食物嚮往不已。我等芸芸眾生，或因年輕，或因地域所限，或因消費水平，還來不及對書中許多食物嚐一嚐呢！讀著這些文字，自然有些飄飄然，彷彿嗅出味道來了。

　　〈西施舌〉：「我第一次吃西施舌是在青島順興樓上，一大碗清湯，浮著一層尖尖的白白的東西，初不知為何物……含在口中有滑嫩柔軟的感覺，嘗試之下果然名不虛傳，但覺未免唐突西施。」

　　〈火腿〉：「1926 年冬，某日吳梅先生宴東南大學同仁於南京北萬全，予亦叨陪。席見上清蒸火腿一色，盛以高邊大瓷盤，取火腿最精部分，切成半寸見方高寸許之小塊，二、三十塊矗立於盤中，純由醇釀花雕蒸製熟透，味之鮮美無與倫比。」

　　……

　　梁實秋先生怎麼這麼能吃呢？對吃為何如此「癡情」呢？讀了他的女兒梁文薔所著《梁實秋與程季淑：我的父親母親》一書中〈談《雅舍談吃》〉一文才知道答案：

　　　　《雅舍談吃》的作者雖是梁實秋，內容的一半卻來自程季淑。這一點，我是人證。爸爸自稱是天橋的把式——「淨說不練」。「練」的人是媽媽。否則文中哪來那麼多的靈感以描寫刀法

與火候？我們的家庭生活樂趣很大不一部分是「吃」。媽媽一生的心血勞力也多半花在「吃」上……我們飯後，坐在客廳，喝茶閒聊，話題多半是「吃」……

——原來高手還在背後！

梁實秋先生的散文文字，有論者以為近於林語堂，又有論者認為近於周作人，有人乾脆籠統將三人歸為一路。以筆者之愚見，各論均不成立。即以《味至濃時即故鄉》觀之，語言風格大致是白話中夾雜文言，讀起來也熨帖地很，很爽口，一點彆扭的地方也沒有。這樣的語言，雖是民國文人所常用的，但用在各人手裡自然也有些不同，更何況梁實秋先生有其他人所有沒有風趣、興致。所以，我們很難將某與某進行比較，也沒有這樣的必要。但有一點需要注意的是，梁實秋談吃的小品文字，與張岱等晚明小品文字在語言和情趣上有某種精神的傳承，而一般讀者似乎只注意到林語堂、周作人等人而已。筆者在把玩梁實秋談吃的文字，體味其情趣時，腦海中浮現地最多的鏡頭竟然是〈湖心亭看雪〉的場景！

關於此書的文字，再順帶提一筆。或許是此書的「策劃人語」吧，其中說到梁實秋是「最後的精神貴族」，「他給中國文壇留下了兩千多萬字的文字豐碑，他的散文集創造了中國現代散文著作出版的最高記錄。」讀到這些，不禁啞然失笑——有這麼「牛」嗎？「兩千多萬字的文字豐碑」——什麼意思？又是什麼最高記錄？我甚實愛此書的文字，唯以此語為憾，真不知策劃人是真喜歡梁實秋談吃的文字否？

《味至濃時即家鄉》以《雅舍談吃》為底本，以《梁實秋談吃》為參考，進行重新分類，共分作四輯，第一輯談吃的食物，第二輯談作為動詞的「吃」和與「吃」有關的故事、處所等，第三輯談吃

在國外，第四輯談與吃有關的書籍，層次分明，凡與「吃」的各方面都有涉及。附錄部分為《〈集內文〉序》。此書內容相較《雅舍談吃》為全，但有照搬《梁實秋談吃》的嫌疑，但在分類上有自己的創見，較《梁實秋談吃》有特色，並配了大量書畫名家的字畫，是一個比較全而好的精美插圖版本。

我們不能反對物質的消受，但也不能宣揚物質享受至上的觀念，這些文字旨在提高人們的消費質量，打造社會的飲食文化而已。我想，提高自身的消費質量，在家庭生活中增添一點飲食文化，梁實秋談吃的文字不可不讀，此書不可不讀！

（《味至濃時即家鄉》，梁實秋著，陝西師範大學出版社 2007 年 9 月版）

作於 2007 年 12 月

原載《香港文匯報》2008 年 1 月 26 日

許君遠的北大記憶

今年是北大一百一十周年紀念日，一直很想寫點什麼。我雖不是北大人，卻心嚮往之。近讀許君遠先生（1902-1962）的〈我怎樣投考北大〉〈記北大的教授群〉〈寫作二十年〉等文，都是回憶五四時期的北大。這些回憶文章發表於 1947 年的《人人週報》（許君遠的大學同學萬梅子主編），由於其人早已名沒不彰，這類小報又難以尋覓，所以這些文章到了今天已經無多少人問津了（《許君遠文集》亦不曾收錄），但它們提供了許多鮮為人知的史料，讀來甚是有趣。

許君遠，河北安國人，小說家、散文家、翻譯家。1922 年考入北大預科，1928 年北大英文系畢業後到天津任《庸報》編輯，1931年復任北平《晨報》編輯。1936 年擔任上海版《大公報》要聞編輯，兼編副刊《小公園》。抗日戰爭爆發後，先是擔任《文匯報》編輯，後調往香港《大公報》任副總編輯。1941 年香港淪陷後，轉赴重慶擔任《中央日報》副總編輯，後在重慶美國新聞處工作。1946 年出任上海《大公報》編輯主任，兼任上海暨南大學新聞系客座教授，講授報刊編輯學。1953 年調上海四聯出版社任編輯，1955 年任上海文化出版社編輯室主任，1962 年逝世。出版有散文集小說集數種，並有譯著多種，如莎士比亞的《喜劇故事選》、狄更斯的《老古玩店》等。

在〈我怎樣投考北大〉（原載上海《人人週報》1947 年一卷 1期）一文中，許君遠先生回憶了 1922 年考北大的國文、英文試題以及當年的報考錄取等情況：

等到認真到北大報名，檢查體格，參加考試的時候，對著那一簇簇華貴的建築，突然改變了觀念。那次報名總數一千三百多人，聽說只取二百，面對著「一對六」的困難，又驟興臨淵履冰之懼……國文試題作文是〈五四運動的意義〉，另附一段《水經注》原文，加上新式標點，並注解幾個詞句……英文有翻譯、文法分析，其中漢譯英有一句『考試好像一個比賽』……到發榜那一天，心情忐忑著跳到沙灘紅樓，仰著頭，看完三分之二的紙面還沒見到自己的名字，急的大汗直流。原來榜是依著報名先後而寫的，我在最後一天報名，自然不會高列前茅了。錄取全額彷彿是二百一十二人。現在社會上活動的韓權華、徐闓瑞、傅啟學、夏濤聲（葵如）、張友松（鵬）、尚鉞、王寅生、鍾作猷、廢名（馮文炳）、萬梅子（斑）、李春昱等都是「同年」。已有名氣而不幸死亡的則有蕭忠貞、巫啟聖、梁遇春等。預科先在北河沿第三院上課，後來又遷入沙灘紅樓。本科我考入英文系，於是在紅樓裡讀了五年之久。

據筆者所知，1941 年逝世的象徵派詩人、翻譯家石民也是他們的「同年」，他還與梁遇春同寢室呢！

在〈記北大的教授群〉（原載《人人週報》1947 年一卷 5 期）中，許君遠將當年北大教授們的講課情況做了非常生動的回憶：

林公鐸在課室中往往是罵人多於講學，每當酒後耳熱，把馬褂脫下，挽起袖子大說某人的見解並不行，某人的學識淺陋的時候，真令聽者宛然如坐在戲館裡聽說書，一點兒也不感覺厭倦。

在預科我就旁聽過崔適。那時他就已經七十多歲了，入課室必須有人攙扶。我對經史的素養太淺，尤其是他那一口南方口音使我聽起來吃力，上了幾個月的課毫無心得。同時選他的課的人數也不多，大概都是因為畏懼其艱深之故。

此外我還選過張鳳舉的《文學概論》，他把中西文學融會貫通的編為講義，給了我很多的靈感……沈兼士、沈尹默、錢玄同、朱希祖的課我都聽過，因為太專門，淺嚐輒止，不敢抱學分的奢望。魯迅的小說史我倒不曾缺過課，實際他在課堂上同林公鐸犯了同樣的毛病，批評時事多於就書本的正面發揮，而其引人入勝則在其詼諧。

英文系的教員最初有張歆海、陳源、溫源寧、趙太侔，後來又有徐志摩、葉公超、林語堂。陳通伯博覽群書，他的英文小說給我的影響極大……張歆海講英國文學史，但不到一年他便走入仕途。溫源寧擔任過系主任，他的英文修養夠格，他講過文學史、莎士比亞、英國現代小說。趙太侔在北大時期很短，我上過他的戲劇，他走了以後，課程由一位英國教授畢善功接替。徐志摩講英文詩，因為他同時主編晨報副刊，叫座率非常強。葉公超擔任英文寫作和英國短篇小說。

　　許君遠的「同年」中，在文學史上留下了名字的有石民、廢名、梁遇春等，其餘張友松、尚鉞等也稍稍知名。然而，石民、廢名、梁遇春在北大的時候，並沒有多少交往，因他們自身都有梁遇春所自況的「不隨和的癖氣」，況且在他們的學生時代，把主要時間精力都放到閱讀、寫作上去了，處於「潛伏發展期」。石民在〈淚與笑〉序〉中竟說自己雖和梁遇春同寢室而多年未說過一句話，馮至也在

〈談梁遇春〉中有過類似的回憶，而對於他們早年在北大情況很少有文字見載。這樣看來，許君遠的上述回憶就顯得彌足珍貴了。順帶在此提一筆逸聞：許君遠在〈談梁遇春〉一文中曾專門回憶說梁遇春與一江姓男子搞「同性戀」。有興趣的讀者不妨去翻閱《許君遠文集》（百花文藝出版社 2007 年 6 月出版）。

在〈寫作二十年〉（原載《人人週報》1947 年一卷 6 期）中，許君遠用春秋筆法回憶了自己的文學歷程，大約也是那一時期北大學生投稿心態與經歷的真實反映吧！其中小小短章如〈孫伏老堆稿積土〉、〈現代評論鬥語絲〉、〈博學欽佩陳西瀅〉、〈五福樓師友之會〉尤其可觀。最值得注意的是〈孫伏老堆稿積土〉中寫道：

> 到了北大，發表欲望更增強了，那時晨報副刊正受著萬千青年的擁護，我一心一意想地想在那裡出風頭。不幸孫伏園老頭子選稿很嚴（後來在重慶《中央日報》和他同事，才知道他根本不大選稿，千萬篇的書件都堆在桌子上，塵土厚積，我數次代投稿人向他請命，毫無效果）……石沉大海，此後便再無問津的勇氣了（以後我提到這件事，他只是睞著眼睛笑）。

這段記憶透露了當年孫伏園因稿件太多而難以處置的窘境，因此大多數來稿石沉大海。1922-1924 年的時候，也有強烈發表欲望的沈從文給《晨報》副刊進行了大量投稿，可惜均無發表，直至孫伏園離開《晨報》由徐志摩接任副刊編輯，因其認識徐志摩稿件才不致遭埋沒而屢有刊登的機會。而筆者最關心的倒是面對同一情形，許君遠與沈從文對此有了不同的心態與做法。許君遠是「此後便再無問津的勇氣了」，對孫伏園並無怨言，以大度心態處之，此後因同事關係問及此事而更加理解孫伏園，這在二人之間彷彿還成了一段

趣事；而沈從文則不然，多次在文章中對孫伏園表示不滿，懷疑孫伏園將稿件胡亂丟進垃圾桶，甚至譏刺其後不搞文學而做縣長，至今許多沈從文研究者也因此替沈從文打抱不平，對孫伏園意見頗大。今觀〈孫伏老堆稿積土〉，我們或許由此可以知道一些內在信息，對沈、孫之事似乎也有更多理解了。

作於 2008 年 8 月 12 日
原載《中華讀書報》2008 年 9 月 17 日

新發現的一封沈從文佚信

近讀《中央週刊》1948 年第十卷 38、39 期合刊（民國三十七年九月二十六日出版），發現沈從文致該刊發行人兼主編劉光炎先生的一封信，筆者當即懷疑這是沈從文先生的一封佚函，及至翻閱《沈從文全集》（北岳文藝出版社 2002 年版）發現確實未收錄此信，尤其重點翻查了《沈從文全集》第十八卷《書信（1927-1948）》亦是未見。又查吳世勇編《沈從文年譜》（天津人民出版社 2006 年版）亦未提及此信。我乃敢確信這是沈從文的一封佚函。此信原題作:〈沈從文先生函〉，應係編者所擬。原信內容如下：

> 光炎先生：惠書拜悉，深謝厚意。文章一時恐無從繳卷，因雜事忙亂，終日總是瑣務一堆到頭上也。稍遲時日必有以報雅命！專復　頌
> 著安
>
> 　　　　　　　　　　　　　　　　　　　　　　弟沈從文

從信中的內容來看，大約是《中央週刊》主編劉光炎先生寫信向沈從文約稿，沈從文回信予以答覆。此信發表於該刊第二頁的「友聲」欄目，同時登載的還有邵力子、任卓宣、劉乃誠、孫文明、吳瑞章等人的信，或係作者來信說明何以未交稿，或係作者來稿附帶問候的便函，或係讀者來信商榷，信末注明時間均在民國三十七年八、九月間，以九月為多，沈從文此信雖未注明時間，大概也是寫於該年八、九月間吧！這個時間恰好是郭沫若發表〈斥反動文藝〉後的幾個月。

　　據劉光炎先生的女婿陶恒生（陶希聖之子）〈新聞界老兵「胖爹爹」劉光炎〉一文（原載《傳記文學》2000 年 5 月第四百五十六號）及其他相關史料，劉光炎先生的生平及著述情況如下：

　　劉光炎（1903-1983.6.21），知名政論家。民國十五年畢業於復旦大學後即投身新聞界。抗戰期間，擔任重慶《中央日報》總編輯，並兼課於南溫泉中央政治學校。民國三十六年十一月，自第九卷 47 期開始，接替張文伯在南京主編國民黨黨部刊物《中央週刊》。民國三十七年底到臺灣，擔任《新生報》及《中華日報》主筆。退休後轉職於教育界，講授國文、新聞、國際關係等課。著有《新聞寫作研究》（民國二十年出版）、《戰時新聞記者的基本訓練》（獨立出版社民國二十九年出版）、《中國共產黨外交理論的分析》（勝利出版社民國三十年出版）、《英美合作與日美戰爭》（軍事委員會政治部民國三十年出版）、《一年來國際關係的回顧與前瞻》（軍事委員會政治部民國三十年出版）、《近來之國際關係與太平洋大戰》（軍事委員會政治部民國三十一年出版）、《國際問題的縱橫面》（獨立出版社民國三十二年出版）等。到臺灣後著述更豐，如《歐洲現勢》、《新聞學講話》、《哲學導論》、《西奧特‧羅斯福傳》、《傑弗遜與美國民主政治》、《蘇俄政制剖析》等。

　　從以上履歷及著述情況來看，劉光炎是一個典型的國民黨官員，一個老資格的新聞時評家、政論家。他畢生站在國民黨的立場從事新聞思想宣傳工作，同時在抗戰期間為抗日做了許多研究與宣傳。《中央週刊》是國民黨黨部刊物，三年內戰期間多是發表宣傳反共思想的政論、時評，僅有少量文史作品，如〈與王芸生先生論曾國藩〉（王德亮），並連載《天風海濤樓札記》（伯商）、《梅隱庵譚胅》（厚菴）等。沈從文在信中說「稍遲時日必有以報雅命」，語氣非常肯定，似乎還打算寫些文章。可惜事實是，此時的沈從文已受到郭

沫若〈斥反動文藝〉等事件的衝擊，很少動筆寫文章；同時，此時的他也不可能不考量此刊的政治立場，也不可能不知道中國的大局。當年十二月他在給季陸的信中就說：「大局玄黃未定，惟從大處看發展，中國行將進入一個新時代，則無可懷疑」。直至該刊出到民國三十七年十一月十五日十卷 46 期停辦為止，亦未見有沈從文的作品發表。同年十二月三十一日，沈從文在贈一個朋友的條幅落款處寫下「封筆試紙」。這等於一代文學大師沈從文對外宣稱「封筆」。

沈從文與劉光炎相識應無疑問，但二人有何其他交往尚不知曉。此信對於考察 1948 年沈從文的思想或許提供了一個新的線索也未可知。望學術界尤其是沈從文研究者加以注意。

作於 2008 年 8 月
原載《開卷》2008 年第 9 期

關於「林率」

近讀陳子善先生《這些人，這些書：在文學史視野下》一書，其中有篇〈現代作家筆名小考〉之第二節〈林率是陳麟瑞〉中說：「『林率』則是陳麟瑞早期的筆名，目前所知最早於 1936 年 3 月在《東方雜誌》第三十三卷 5 期上發表〈產婦科的貓〉一文時使用。」

筆者對「林率」這個名字很熟悉，因為《朱湘書信集》經常提到他，他與羅皚嵐、柳無忌、羅念生、徐霞村、趙景深等都是朱湘那一圈子人，在朋友中又作「陳林率」。朱湘逝世時間是 1933 年，「林率」肯定在此之前就已經使用過。

陳林率（1905-1969），原名麟瑞，浙江新昌人，柳亞子的長女婿，歷任暨南、復旦、光華、震旦各大學教授，畢生從事教育、翻譯和新聞編輯工作，同時也是著名的劇作家（即石華父）。早年入讀清華，並加入清華文學社。1927 年，清華文學社《文藝彙刊》上還有署名「林率」的詩〈鴨聲〉，並附有「本社社員表」裡有「陳麟瑞」的名字。同時，《古城週刊》也有署名「林率」的詩文。1931 年，陳麟瑞還曾以「陳林率」的名字與羅念生在中華書局合出了一本譯作《傀儡師保爾》。

此文雖寫於十二年前，但陳子善先生去年重新編過一本「朱湘書信集」，且近來也有人稍稍提過「陳林率」，陳老師不可能沒有注意到，現在出版《這些人，這些書》真應該修改完善。指出此點，非向陳子善老師「求疵」，只是希望更多的讀者去關注「林率」，如果他的詩文能儘早搜集整理出版，那真是大幸事。

（《這些人，這些書：在文學史視野下》，陳子善著，湖北人民出版社 2008 年 5 月第一版）

作於 2008 年 8 月

翟一民先生印象記

我最早知道翟一民先生是先前讀過一本書，裡面收錄了他的一首詩。那本書名叫《一代師表》，是紀念著名教育家廖居仁的，編者是詩人李華白。那首詩的內容我早忘了，感情大概離不了懷念吧！只是作者的名字我覺得很有古樸之風，口裡念著，心裡高興，彷彿有所得，然而又實在不知得了什麼。反正我記住那個名字了。

後來一個偶然的機會，我竟然認識了翟一民先生，並且對我後來的道路產生了一點影響，我實在是很感激他的，他這個熱忱認真的老人。

去年，我因愛好廢名的緣故，寫了一點淺薄的文字，六月裡，在祖父的介紹下，去拜訪黃石遠先生。然而，黃先生並不怎麼瞭解廢名，他卻向我指引了一個人，說他是廢名研究在黃梅的中心人物，這個人便是翟一民先生。那是第一次拜訪他，我很拘謹的樣子，只是聽，不敢多說話。我尊他為「鄉之先達」、長者，我豈能不認真地聽？更何況他那熱忱認真的樣子，也不能教我感到厭煩。他邊說，還時常叫我坐，我只能唯唯，終究沒有坐下來。就是那一次談話，我才知道學術界興起了「廢名熱」，我們家鄉也要出版關於廢名的書了。北京大學王風先生正在編《廢名（全）集》，黃梅文史委員會在編《廢名先生》，都是為了紀念廢名誕辰一百周年。他還告訴我，武漢大學的陳建軍先生對廢名也很有研究。而我，早就覺得自己的文章捏在手裡汗顏了，他卻說這是他在黃梅一中發現的最早的廢名研究的文章，並且說我作為一個墾荒者不容易，要我繼續努力，好好地學。

　　就在當天晚上，我寫好了一封給北大王風先生的信。第三天，我再去翟家，託他作為推薦人將此信交給王風先生。翟先生卻指出這封信有三處毛病，說這樣的信怎麼能夠寄給北大的王風先生呢？他還一一地指出來，極為仔細，我被他那認真的樣子驚嚇壞了，就打消了給學界人士寫信的念頭。這才覺得自己還不夠格呢！連一封信都寫不好。最後，翟先生叫我修身，要向廢名先生學習。我知道，他只是這樣建議我去做，並沒有命令的意思，雖然我覺得他的話已經重了一點，畢竟我和他才是第二次見面，但是我從中看出他的性情來，是那麼地率直、認真，就是讓你受不了，又能怎樣呢？

　　暑假的兩個月，我除讀了朱光潛的美學、佛洛伊德的心理學，還有古典田園詩歌，再就是通讀了廢名的小說。那些讀書經歷的產物便是一篇心得〈一個風格卓異的小說家〉，約有四、五千字的樣子，在一個深夜裡，獨自摸索寫完的。第二天就列印了出來，順便給相關人士看了。翟一民先生自然在這「相關人士」之列，只是我已經擔心他早把我忘了，有點猶豫，就先去找文史委員會的負責人石雪峰先生。結果我見到了《廢名先生》一書，裡面有翟先生的一篇文字，大略看了看，唏噓不已，──文章做的這麼好！能夠寫出這樣好的老人文章，在文末還對自己的人生道路做了很好的回憶和總結，簡直達到了孔子所說的「知天命」的境界，這樣的人是智者，我怎麼能不去看看呢？

　　走進城關原農業局的舊門，往左走，上二樓，靠右就是翟先生的住處了。我不敢無禮，在敞開的門口連喊幾聲「翟先生在家嗎」。先生抬了抬頭，又抬了抬頭，似乎聽到了，原來翟先生有點耳背。不一會聽到翟先生的笑聲，起身叫我進來，還拉我坐下。那一次談話，很舒適，我是大聲說話，先生是邊說邊扭要寫在紙上給我看，再就是大家一起會意地笑了。一切拘謹和嚴肅的氣氛都消失得無影

無蹤了。他還說，他很理解我的心情，已經和馮奇男先生一起向馮思純先生專門提到我，說我是年輕的好學者，應該幫幫的。我聽後，驚詫不已，原來他最能體諒人，並不是簡單的不顧別人感受的「直來直去」的人。先生還說，你在武漢，應該拜訪武漢大學的陳建軍先生，虛心向他學習，並說此是「近水樓臺先得月」。就在這時，我真真覺得翟先生是個通情達理的熱忱的仁者。

後來我花四天時間細心地讀了《廢名先生》一書，覺得裡面的黃梅老先生們的文章數李華白和翟一民二位先生的文章寫得最好最有閱讀價值，簡直為我們勾勒出廢名抗日期間在黃梅的大致影子。我想以後倘若編「懷廢名」一類的書出版，把這兩篇文字和廢名的其他師友學生的紀念文字放在一起，剛好可以彌補廢名在黃梅這一時期的回憶的空白。讀翟先生的〈永不消逝的「聲音」〉，單看標題，就有很強的文學色彩，更不用談裡面大量的古典詩詞和引文了。我想他可能讀過好些書，記得剛進他家，朝右就是他的書架，而且他自己那時也「著實要努力學做一個文學家」，結果沒有實現，最終做了一個農藝師，頗有點像廢名的「小朋友」鶴西。另外，我還很懷疑先生在寫這篇文字之前，細心地讀了廢名先生的書，所以行文上有意無意地走著廢名的路子。但絕不是單純地亦步亦趨，而是以表達自己的感情為度，還配合黃梅方言和廢名、泰戈爾的詩文，所以很耐讀，自有一番風味。我不知道他有多久沒有寫文章了，如果他早年能夠堅持下來，說不定能夠成為一個晚年大成的散文家。只是終究不能夠，而廢名哲嗣馮思純先生說翟先生是廢名在黃梅最受賞識的學生，我不知道這算不算得一個遺憾。當我讀黃梅文史資料中有這麼一段關乎先生的文字：（1955 年冬）黃梅戲劇團誕生後，縣委縣政府給予了高度重視，派縣文化科副科長翟一民兼任劇團團長。我才知道他搞過戲劇，而不是散文。

　　去武漢上學後，曾在一段時期我鬱悶過，彷徨過，在精神上沒有著落，就在那時我給先生寫了一封信，文辭含蓄委婉，擔心他老人家不會回信。其實我也沒有打算他回信，真的，我把寫信的事都忘了。突然一天，我收到一封信了！一驚，熟悉的信封，陌生的筆跡，落款是「翟寄」。我迫不及待地打開信封，拿出來就讀。我彷彿看到一個身材魁偉、聲音洪亮的長者在對我說話，我的大腦嗡翁地響，信是看了又看。原來他一直在等待思純先生的回覆，好給我一個滿意的答覆。其實我哪裡要什麼答覆！他給我的信大意是，他總算做了一個搭橋人，勉勵我繼續前進！

　　後來，我和陳建軍先生通信了，他給我的感覺也是那麼地嚴謹熱忱，若想起翟先生的熱忱，是能夠使人感動的。後來我連忙回信告訴先生，陳先生回信了。最近我又知道，他後來回信思純先生，說我已經和陳建軍先生聯繫上了。做事是那麼地追求圓滿，在有些人看來後來的回信是多此一舉的。他們怎麼能瞭解一個老人的心，又怎麼知道翟先生就是那麼一個思想境界已經很圓滿的人。

　　今年五一，陳建軍先生託我向翟先生問好，表達心意，以後有機會一定到黃梅看他。我得到先生的回覆是：趁著我和奇男老還健在，我可以帶著陳建軍先生走走當年廢名先生在黃梅走過的路。說得多麼的直爽，聽後簡直看到一個倔強的老人在前面蹣跚。

　　後來，我聽陳建軍先生說，翟老先生對他的《廢名年譜》評價很高云云，看來他也是很認真地讀了那本書的，一個年約八旬的老人，我似乎總在他身上感受到力量來，無論是他的認真、熱忱，還是直爽，都可以讀出使人感動的生機來，促我生長和自新。他真正稱得上一個長者、智者和仁者。

　　「廢名熱」興起後，許許多多著名的廢名愛好者和研究者是值得提起的，還有一個人，似乎我們也應該有時提起，那就是翟一民

先生。我不是說，他有很深的學術造詣，我的意思是他是很容易令
人想起的！因為有一個老人也參與其中，他在晚年做了一件很有意
義的工作。再說，單憑那本《廢名先生》，我們不也看到了他的努力
麼？主編石雪峰先生不是在〈後記〉中說：「《廢名先生》之能付梓」，
「成書還得益於廢名的廣大愛戴者和景仰者」，而翟一民先生正是這
「廣大愛戴者和景仰者」中的一個老人和中心人物，為這本書的出
版鼓足了力量，也付出了個人巨大努力。

作於 2004 年 5 月

卷
二

中國山水文脈的探尋者

　　最近讀到張雨生先生的《山水文脈》一書，作者於我是陌生的；讀了這本書之後，漸漸對作者有了一些瞭解。作者是湖北黃梅人，少年時即離開家鄉。1999 年作者回家鄉一次，從此遍游大江南北祖國各地；2004 年作者又回家鄉一次，兩次回鄉帶給讀者的是這本豐厚的禮物，序言即寫於作者出生的農村。作者本擅長雜文，〈虎皮鸚鵡之死〉傳頌一時，被選入中學、師範教材和各種選本。

　　這幾年來張雨生先生的足跡走遍神州大地。這絕不是什麼「文化苦旅」，也沒有什麼「千年一歎」，我發現、體會到的只是一個中國山水文脈的探尋者堅強有力的發掘。「欣賞山水，我的興趣，是欣賞附著山水間的歷史文化，包括思想文化、政治文化、宗教文化、民俗文化、文學藝術……」（張雨生：〈《山水文脈》序言〉），諸如此類的歷史文化沉積在山水間，作者稱之為「山水的靈光」。多麼好的一個「山水的靈光」啊！只要我們具備歷史文化的眼光，山水欣賞絕不會只局限於自然景觀，我們的性靈、想像和其他思想感情一定會與山水同靈，熠熠生光！「追尋山水文脈可以走得很遠，上溯到歷史的文脈可以走得更遠」，張雨生先生正具備這樣深邃的歷史眼光，於是一切山水盡皆顯靈，與人性亦相契合。這裡絕沒有悲哀、沉痛乃至哭訴，作者對於中國傳統文化絕沒有否認和懷疑，所以也絕對沒有什麼超強的文化殺傷力，我們敬佩的當是作者那不停的發掘的精神，終於讓中國山水文脈較為清晰地呈現給讀者，讓我們對中國文化充滿自信，同時也提高了我們自身文化欣賞的品位。

　　張雨生先生的歷史隨筆集《山水文脈》提供給我們一些新的思考和新的感受。記得我曾經多麼欣賞遊記散文大家郁達夫先生的作

品，常常為他精美瀟灑的語言和古典詩詞的意境風味折服，現在讀到張雨生先生的《山水文脈》，原來我們還可以如此感覺旅行。這是歷史隨筆，也是旅遊隨筆，合在一起我卻又不敢籠統地說它是文化散文。文化散文是九十年代以來為某些讀者津津樂道的「新散文格式」、「大散文」，也為某些讀者斥為「作秀」、「文化謀殺」等。就我看來，張雨生先生的《山水文脈》不是余秋雨式的文化散文，還應是歸入籠統的隨筆為宜，何況作者坦白道：「我長期弄雜文，無意和有意之間，融入了雜文的見識和思辯；寫作時，又借鑒了散文筆法。傳統散文，長於描摹和抒情，多小巧精緻；近年來出現的大散文，善於考證和述說，多大氣磅礡。我盡力借鑒二者之長。」（張雨生：〈《山水文脈》後記〉）於是，張雨生先生這本隨筆形成了自己的文體特色與語言風格。這是值得玩味和推崇的。

日前李珂先生寄來他的〈為山水代言〉，恰好也是品味這本《山水文脈》。我才發覺我的視角、觸覺與李先生是多麼地不同！看看自己的欣賞，一面是惆悵，一面又是大增胃口。我所看到的是《山水文脈》一書在文化挖掘上的建設意義以及文體格式上的創新意義，而李先生看到的是山水文化被遭破壞和污染的摧毀性意義。至於這本書它的意義到底是在何處，竟然成了《山水文脈》作者需要回答的問題！

（《山水文脈》，張雨生著，福建人民出版社 2005 年 1 月版）

作於 2005 年 12 月
原載《中國國土資源報》2006 年 1 月 23 日

讀書人的精神家園

　　中國的讀書人歷來推崇「修身、齊家、治國、平天下」，這基本概括了讀書人的兩種不同層次和方向的追求，一是出世，二是入世。近百年來，中國知識份子命運坎坷，一再地分化並且邊緣化，漸漸缺乏自尊自信和團體力量。於是知識份子在出世與入世之間掙扎。縱情山水的田園精神已經一去不復返，知識份子如何堅守自己的精神家園？直到我讀了阿瀅的《尋找精神家園》一書，似乎才找到較為滿意的答案！

　　最早接觸阿瀅的文字，是讀了他的《秋緣齋書事》，很感得書香氣氛。後來我在「天涯‧閒閒書話」向他詢問《崇文》責編黃成勇老師和《開卷》主編董寧文老師的聯繫方式，並往他主編的《泰山書院》投稿，沒想到他會在今年 3 月 20 日的《秋緣齋書事》中作了記錄，這著實讓我受寵若驚。我還在「閒閒書話」求購《我的叔父廢名》一書，阿瀅建議找找「廢名研究專家」止庵先生。如此幾番來往，我萌生了走進阿瀅的精神世界的狂想，乃至萌生遍交天下書友，終生徜徉於書的海洋。寬厚的阿瀅寄來他的新著《尋找精神家園》，扉頁上題著「秀才人情一本書梅杰兄一哂阿瀅」，並蓋有「阿瀅」的印章和題款日期，為防止字跡未乾而塗抹了封面，阿瀅用一葉芳香紙蓋於其上。我微微受了刺激，相比之下，平素以「書生」自居的我，何能及阿瀅之萬分之一？「書生阿瀅」的形象再次在我心頭鮮亮、明晰起來。

　　生於齊魯大地的阿瀅，對齊魯文化熟稔於心，長期沐浴其中，儒家觀念漸入他思想的骨髓，乃至養成君子風範；在大多數年輕人

不通古文的今天，阿澄竟然會寫出〈新邑羊流郭氏支譜序〉這樣流利通脫的文言文！阿澄在文中說：「余喜聚書，尤好方志、族譜，每得一譜，必沐手拜讀，而後藏之。」可見阿澄對地方文化的關注、喜愛。在呼籲傳統文化復興的今天，國學應成為國人基本的文化修養，以至滲入國民的性格；然而復興國學，首先必須提倡地方文化的挖掘、傳承，需對方志、族譜進行科學的重新修訂，而一些人竟對方志、族譜的重新修訂視同洪水猛獸進行口誅筆伐，一棍子打死。阿澄為族譜作序正是他自身文化涵養的自然流露，也體現了齊魯大地傳統文化的深遠影響。

整本《尋找精神家園》，記錄了阿澄的書生履歷，無論成長、情感、書事等，阿澄的生命在這本書裡得到了延續，這是此書對於著者的一個意義；而對於讀者而言，如上面提到的提供了讀書人尋找精神家園的一個方子，所以書名與其說是《尋找精神家園》，倒不如直截了當的說成《尋找讀書人的精神家園》！陳子善序、自牧跋，又更為此書增添一份文化含量。

此書的精華之處在於第三輯《書香人生》，有關書人書事和讀書偶得輒然信筆記之，不離《秋緣齋書事》的風格，其中〈六月書事〉正是採摘自《秋緣齋書事》；〈書林漫筆〉都是簡短的讀書札記，個中不乏學術之真知灼見，雖如陳子善在〈序言〉中說「不為學院派所重視」，而據我所知所謂學院派的學者語言都不大過關似的，粗糙拗口，難得有這樣的澄亮剔透，有的甚至還抄襲阿澄的文章當作自己的「學術成果」；其他幾篇「淘書記」，我讀了都很感動，它們也記錄著我的相似的生命。至於《人生履歷》一輯，可以瞭解阿澄的性情，大抵不過書生之直率、真誠、迂闊，如〈都市女孩〉和有關初戀的文字。只是很奇怪〈品茗夜讀龔明德〉、〈我與文潔若的書緣〉、〈劉運峰和《書林獨語》〉等篇章為何不編入《書香人生》一輯？或

許阿瀅認為龔明德、文潔若諸人在他書生履歷中佔據重要的位置？第二輯《秋聲夜話》為我所不喜讀，所談過於散淡，恐怕也是書生清談之弊！與書香人生並無太大瓜葛，如〈說孝〉、〈網名趣談〉、〈網上聊天〉等小文章，實在意義不大，未見深厚的地方，但〈回眸2001〉、〈寫信的年代〉情感濃重，還是很能引人產生同感的。

　　稱阿瀅是自成一家的書話家，山東著名的藏書家、書話家，是不過分的。他和徐雁、徐魯等都是中國較年輕一代的書話家。而這個讀書人的傳統在更年輕的一代並沒有得到很好的傳承，特別是在新近崛起的80後中，很難見到「書生」的出場。在這些青年作者群中，小說家我偏愛王小天，詩人我偏愛谷雨，散文家我偏愛劉一寒，不因為別的，就只因為他們的作品更有一點傳統的色彩，繼承了五四文學的一些傳統，表現手法和藝術理想更純粹更厚重，更顯得有文化底蘊；而其他許多作者和作品，明顯中國文化底蘊不足，受時尚作品和外國文化影響要大些。如果我勉強算80後的話，那麼我也是80後當中鮮有的「傳統人物」。在80後中致力於評論和隨筆寫作的很少，甚至顯得有些抬不起頭，他們不倫不類，既很難得到傳統報刊的培養，又很難受到同輩的青睞、推崇。這與評論的地位在80後中的缺席是分不開的，同時也是傳統報刊借助「名家」吸引讀者的局限。於是這些作者在夾縫中生存，使得80後一代的文學發展極不平衡，同樣的情形在散文、詩歌、戲劇中也有不同程度的反映。今年爆發的所謂「韓白之爭」，集中體現了傳統文壇與80後的矛盾，80後對文壇的排斥心理，這與傳統報刊對他們幾乎沒有特別的親近和培養是有極大干係的，同時也體現了他們身上傳統文化修養的缺失。

　　懷揣此書，頗為書生阿瀅所感；遍覽今日中國，莫提建立讀書型社會，提倡讀書尤且羞恥也！教育不重視文史已成陋習，書生之

書或可為糾正讀書風尚獻一綿薄之力。我甚寶愛此書，也願讀者喜
愛它，喜愛讀書。

（《尋找精神家園》，阿瀅著，作家出版社 2005 年 12 月版）

作於 2006 年 4 月 23 日

原載《開卷》2006 年第 6 期

一場對抗庸人的文化戰爭

——讀富里迪《知識份子都到哪裡去了》

當我開始反思知識份子的自身價值與命運時，美國法學家波斯納關於公共知識份子衰落之研究引起我相當的興趣。去年九月，又發現新上市的《知識份子都到哪裡去了》一書，自此愛不釋手，進行為期半年的研讀，並關注此書的評論、介紹情況，令人奇怪的是本書尚未見到一篇真正意義上的書評，能夠全面推薦給讀者並給以深刻的洞見。這一冊小書，我是無法猝讀的，而是分多次啃完，一字一句地啃，這在我不長的讀書史上是一次罕見的較量。

全書甚薄，共分作六章，外加敘述寫作由頭和經過的〈前言〉、闡明全書基本觀點的〈緒論〉以及〈參考文獻〉，另有譯者戴從容先生的〈譯者序〉置前。戴先生在序言中說：「如今，真理、知識和道德價值越來越不再被認為是絕對的，而是代表著持有者的立場；知識份子也不自覺地不再充當普遍真理的代表，而是特定群體或特定身份的代言人……富里迪在這裡描繪的這些現象，雖然是英美發達國家學術和文化世界的情形，但是不可否認的是，有些情形在中國同樣存在，或者已經露出端倪。」同時譯者早年即已關注知識份子問題，於是適時地欣然地完成了翻譯此書的任務。可以說，此書的問世，對於當代知識份子不啻是一枚思想上的重型炸彈，有著警醒和鞭策的作用。

在〈前言〉中，富里迪先表達了自己的困惑和擔憂：「一段時間以來，我深切感受到知識份子的迷失，並為此煩惱不安，這種感覺似乎困擾著我們文化機構、大學和專科學校許多人。」其實，這種

困惑和擔憂是近幾十年來籠罩在一些正直的知識份子心中揮之不去
的陰影。（現在也已經在國內得到明顯的反映和證實，大陸關於知識
份子問題研究的專著日見其多）。於是富里迪先生開始了專門的研
究，並得到學術界許多朋友的支持，同時自然也有許多不解、憤怒
乃至阻撓，這在〈緒論：穿越庸人之土的個人旅程〉中可以找到實
例。富里迪先生從自己一篇名為〈如今大學起什麼作用？〉一文談
起，探討了當今校園中學術刺激與挑戰的相對缺失，大學生對大學
生涯深感厭倦，許多學生可以在大學裡待上一年而沒有完整地讀過
一本書，揭示出查理斯・克拉克對「學者追求真理」的嘲諷所蘊涵
的庸俗學術風氣。蜜雪兒・福柯則聲稱並不存在真正普遍適用的真
理，許多學者開始不斷聲稱「並沒有真理這類東西」。這類冷嘲熱諷
的態度得到一種共同看法的支持，這一看法用懷疑的眼光看待發現
真理的可能性，這樣真理很少被當作客觀事實，而是常常被描繪為
主觀見解的產物，與其他同樣令人信服的觀點相抗衡。這時，富里
迪一針見血地指出：「假如真理被降格為主觀的看法和闡釋，它就不
再具有本質上的重要性。」同時，失去真理作為內核的知識也變得
沒有意義，而成為一種可以販賣和再生產的特殊商品；而作為真理
化身的知識份子也因「真理地位的降格」而開始衰落。這種衰落可
以從兩種不同意義加以理解。既然「為思想（真理）而戰」的傳統
知識份子已經死亡，作為職業化的當代知識份子只能從強大的主人
公變為迷失的靈魂，這些「迷失的靈魂」一面維持自負的顏面，一
面又懷疑公眾的理解和接受能力，而不斷炮製媚俗文化。另一面，
知識份子失去固有的中心地位，而開始喪失許多其他方面的待遇。
這些已經在現實生活中有著明顯而具體的反映。「在一個真理變得如
此難以捉摸的環境裡，對高雅文化與低俗文化的傳統區分喪失了意
義。傑出的作曲家喬治・本傑明與流行歌手諾埃爾・加拉格爾都是

一流的音樂家。」而在中國，享有民族魂之譽的魯迅與搞笑巨星周星馳可以一起當選為中國十大文化偶像。富里迪還把批判的矛頭指向職業化和工具主義，「一旦啟蒙傳統賦予知識的特殊地位失去了可信性，就很難賦予學術和藝術活動任何特殊和本質性的意義。這類活動被當作職業，在性質上與其他職業沒有差別。」而實用的工具主義則使文化弱智化。面對這些變化與錯位，富里迪並沒有指責和抱怨公眾，反而是批判了知識份子自身的庸人悲觀主義態度和工具主義態度，呼籲「優秀標準」、「最高標準」。在〈緒論〉末尾，富里迪闡明了本書的寫作目的。

在接下來的六章中，富里迪花費大量篇幅就以上觀點進行深層次解說、闡釋、論證。從第一章〈知識份子貶值〉開始，富里迪指出「文化生活平庸化的一個最顯著的表現就是知識份子變成特別不重要的人」，並從歷史的角度簡要分析了知識份子並不是第一次被視為「社會中軟弱的成員」，這一現象以及「最後的知識份子」論題的出現反映了知識份子被普遍疏離，缺少對社會的群體影響。富里迪把知識份子衰落的原因歸結為「市場對學術生活的影響」、「學術生活制度化職業化」、「媒體力量的增強」以及「行使意志自由的公共空間遭到侵蝕」。使得知識份子異化的力量不僅使知識份子的地位發生改變，也影響著「社會與知識之間的不安關係」，人們對啟蒙傳統的理性主義的否定態度。一些學者甚至指出「我們今天面對的許多不確定正是由知識的增加造成的」，質疑了人類的認知潛能。由此知識份子的理性主義讓位給了實用主義和一種明顯的對待生活的工具主義態度。這是第二章所提出的問題，緊接著，作者在第三章〈弱智化〉中指出在強大的文化壓力下促成了一種衰弱無力的知識，這時政治的討論水準也日益下降，一個事實是美國總統演講水平的下降，使用的辭彙級別逐漸降低。討論的地位越來越低，更降低了社

會對智力昇華的尊重，一些深刻的爭論者往往被斥為頑固、「扮演上帝」、自以為是。書中最後三章是〈社會改造〉、〈媚俗文化〉、〈把民眾當兒童〉是對〈弱智化〉的展開，大量低能的娛樂性質的文化泡末產生，甚至是對古典文學藝術的粗淺改版，一個實例是 2003 年 9 月洛衫磯古典實驗劇院推出一系列適合觀眾的莎士比亞戲劇，對莎士比亞劇作進行簡單化處理，並打出招牌「誰害怕莎士比亞」。表現在中國就是一些泡末劇的流行，大量古典文藝的所謂「現代版」製作，一些不中不外不倫不類的穿著「古裝？」操著現代漢語的「藝術形象？」遍佈影視螢幕。

　　如同一本社會科學的教材一樣，全書最為重要和精當的部分是緒論，而不是分論本體部分。全書脈絡清晰，敘述清楚，警句頻出，值得稱引的隨處可見。也許是中國當代知識份子對身份意識的迷茫和困惑，抑或對正在失去的「文人議政」、「為民請命」、「為真理殉身」的古老傳統的惋惜和痛心，此書一經傳到中國，彷彿刺到一些學人的痛處，於是《文匯讀書週報》、《文匯報》、《資訊時報》、《中國圖書評論》等紛紛發表書評、書介予以介紹，可惜大多草率簡略，甚至單純圍繞知識份子衰落和庸俗化展開，表示一己的憤慨，而沒有看到富里迪對這一現象的整體把握以及本書的寫作目的：「本書並不是哀悼學術生活的黃金時代已經一去不返，旨在對我們當前著手發展思想、教育民眾和塑造新型公眾的方式展開研究，對當代教育和文化政治的反民主根基和保護主義根基同時提出質疑，即把大眾參與與描繪為無法與保持優秀標準和諧共存。庸人工程保護大眾，把民眾當作需要保護的兒童，防止他們遇到令人不安的文化和思想的挑戰，本書的觀點是，真正地擴大公眾參與的前提條件是向民眾提供社會所能給出的最高標準。」而其他一些書評給人的感覺是蓄意介紹危言聳聽，片面強調知識份子的衰落，大眾的庸俗化，

表達書評人自己的哀怨和理想。例如有人說：「富里迪對知識份子從公共視野中消失的情形感到憤怒和不解，他認為這種不負責任的表現對知識份子而言是最大的褻瀆和損害」，「知識份子的貶值和知識演變的趨勢讓弗蘭克‧富里迪深感傷心，他不能容忍庸人主義主宰這個世界，他不能接受一個輕飄飄和蘇小小認鄉親的生活方式，他要以筆為槍，和眼前這個無形之幕戰鬥，以古希臘以來多少世代知識份子參與建構的理性價值，以一種理想主義的情懷，他試圖重新為知識份子找到當下的角色座標」。

（《知識份子都到哪裡去了》，弗蘭克‧富里迪著，戴從容譯，江蘇人民出版社 2005 年 9 月版）

作於 2006 年 2 月 20 日
原載《學位》2006 年第 3 期

耐人尋味的「心得體」

——讀《劉緒義〈詩經〉心得》

　　近來書市出現很多種閱讀古典名著的著作，而東方出版社乾脆在《劉緒義〈詩經〉心得》上稱之為「心得體」，並揚言「把心得體進行到底」。這種心得體從一開始出現就受到大眾的歡迎以及學術界的質疑，個中緣由無非是評價標準的問題，但若拋開評價標準的討論，我們似乎也不得不承認「心得體」有某種優勢，有某種值得稱道的地方，讀者不妨根據個人的層次需要決定買與不買。

　　最近在光谷書城發現一冊《劉緒義〈詩經〉心得》，古色古香，不禁翻了翻，封底有「不管什麼時代，人類都需要一種貴族精神」之語，讓我眼前為之一亮！多少年來，我在被迫接受著一種至今無法理解的觀點，如「看問題要站在人民的立場」。我不知道這個抽象的「人民」如何理解，誰能代表人民的立場，人民有什麼樣的立場，正是在這種情形下，「人民」被利用被濫用被操縱！於是，《詩經》的作者也被栽到「人民」頭上。

　　劉緒義先生似乎想對這種觀點進行一種「清算」，他通過自己閱讀《詩經》，並結合先秦的史料，在文中反覆宣揚這樣的觀點：《詩經》不是民歌，〈國風〉更不是民歌，它是國教，它是抒貴族君子之志的詩……。從學術上講，這是充滿爭議的探討，甚至它是非常偏頗的觀點，而對於本書，它或許成為引起人們關注的「視點」吧！但我絲毫不懷疑作者創作的初衷，是嚴肅認真的，而絕不是嘩眾取寵，這是難能可貴的獨立精神。

　　我寧願將《劉緒義〈詩經〉心得》看作是作者的讀書筆記，一種私人化的閱讀心得與記錄，而不願將它稱作學術著作。當然它與古代的讀書筆記還是有「質」的差異的，至少古代讀書筆記往往是算作文史學術類著作的，這種「心得體」筆記姑且只能看作是還不成熟的「半成品」，它離學術著作還是有很遠的一段距離。雖然從書中我們可以看出作者是一個古典文學的行家、專家，它的語言也是學者的語言，洋溢著精英的氣息，這其實也正是一種貴族式閱讀，對於提升大眾的精神品格也是有幫助作用的。所以，這類心得體著作有其文化價值，作者至少比古代私塾先生和說書人專業多了。

　　在市面流行的多種心得體著作中，這本《劉緒義〈詩經〉心得》在我看來遠在安意如甚至于丹、易中天的著作之上。安意如的著作是否屬於心得體？似乎不靠譜，更多是文學的想像，但其實也是閱讀心得以後的製作，學術價值全無，甚至毀壞了古典名著的面目；那我為什麼說《劉緒義〈詩經〉心得》在于丹、易中天的著作之上呢？那是因為《劉緒義〈詩經〉心得》在行文和觀點中已經放下學術著作的架子，而全面照顧作者私人化的感受、心得，並在作者的史識範圍內寫作。這是一種純粹的正宗的「心得體」，而不像于丹、易中天的著作搞得不倫不類。

　　真正的「心得體」是不必公開於世的，但它若公開似乎只求一種共鳴而已，不求學術上的認可贊同。若追求學術上的認可贊同，則跑出「心得體」的範圍了。在這點上，《劉緒義〈詩經〉心得》犯了一個錯誤，它也追求認可，並將「《詩經》不是民歌，〈國風〉更不是民歌，它是國教，她是抒貴族君子之志的詩……」觀點急切拋給讀者，甚至要求讀者接受和認可一樣。我認為，真正的「心得體」，是一種安靜的閱讀，一種安靜的寫作，我相信在《劉緒義〈詩經〉心得》之後，會有更成熟的「心得體」著作，那將是公民閱讀的典範。

　　另外，一個不爭的事實是，「心得體」已經開始有些氾濫了，一些圖書策劃人為了牟取經濟利益，甚至將一些不知名的小子解讀（其實是歪讀）古典名著的著作進行包裝，兜售給大眾讀者，這是要批評的，予以抵制的。在這方面，《劉緒義〈詩經〉心得》的獨立精神、貴族式閱讀、個人化感受值得欣賞，值得大眾讀者學習。

　　（《劉緒義〈詩經〉心得》，劉緒義著，東方出版社 2007 年 6 月出版）

作於 2007 年 9 月

原載《青島日報》2007 年 9 月 15 日

真正的考證派

　　關於《紅樓夢》研究，自胡適運用科學精神、史料論證的方法以來，漸漸陷入煩瑣、乏味而又頗懸乎的考證一途。至於考證，又分作兩派，一是索隱，根據不可靠或暫時難以論證的史料來推斷、想像，最終捕風捉影，得出的觀點不能令人信服，但吸引了不少讀者的眼球；二是考證，一種真正的考證，有一分史料說一分話，不妄下結論，不能用史料證明的，姑且存而不論。

　　以胡適、俞平伯等代表的新紅學派，在史料挖掘上下了很大的工夫，但有些根本而重要的觀點又顯得捕風捉影，如他們認為曹雪芹即賈寶玉的原型。這種對號入座、捕風捉影的手法影響了其後的周汝昌等人，在現時尤以劉心武為甚——劉心武是一個徹底的索隱派！許多以考證派自命的紅學家，大都逃不出捕風捉影的宿命，實成索隱派，這真是怪事！恐怕這與中國人的詩性想像力豐富有關，如周汝昌根據《詩經・大雅・桑柔》中「秉心宣猶，考甚其相」一句，推斷子猷名宣，於是得出曹寅的弟弟叫曹宣的結論，這當然與後來發現的史料是相符的，卻不是考證得來，而是穿鑿附會。

　　華中師範大學教授李廣柏先生新著《誰懂紅樓夢》，是一本真正的考證派學術著作。李先生自五十年代末開始關注《紅樓夢》研究，八十年代開始發表紅學研究論文，雖不多，但極其精湛，許多因新發現、新立論引起一些關注，如〈曹雪芹是滿族作家嗎？〉〈曹寅的詩友卓爾堪〉等。李廣柏先生以其嚴謹的學術作風贏得了學界同人的歎服和尊重，其所著《曹雪芹評傳》是紅學史上第一部曹雪芹的學術傳記，該書為應「中國思想家評傳叢書」編委會之約而作。

　　該書共分五大部分，第一部分四篇專門研究曹雪芹的家世及《紅樓夢》的成書與各種版本的沿革；第二部分研究分析《紅樓夢》的藝術特色和成就；從第三部分開始，編排上顯得有點雜亂無序，如第三部分主要是分篇評價胡適、周汝昌、劉心武的紅學研究，屬紅學研究之研究，卻又插入了一篇袁枚研究關於曹雪芹的點點滴滴，此篇大可與〈曹寅的詩友卓爾堪〉並作一部分，因為它們同屬於《紅樓夢》研究的衍生；第四部分主要是研究曹雪芹的著作權和民族身份；最後一部分研究曹雪芹的籍貫。

　　全書二十一篇，只有第二部分是研究作品自身的藝術特色和成就，其餘都是煩瑣、乏味的生平、民族、籍貫研究，乃至由《紅樓夢》研究衍生出來的旁支研究，至於廣告所云「正解紅樓」更是虛妄之至！所以此書的書名大可換成《誰懂曹雪芹》了！但考慮到此書要在市場上求勝，這些枝葉問題恐怕也是作者無可奈何的了。

　　年屆七十的李廣柏老先生在紅學界不是大紅大紫的人物，更多的人只知道紅學史上的胡適、俞平伯及尚且在世的周汝昌、馮其庸等人，更不用說紅學明星劉心武了。名望、地位，並不是李廣柏先生最迫不及待的，三十年來他孜孜以求的是對《紅樓夢》的研究實現「義理、詞章、考據三者的統一」，整個是與桐城派一致的手法！李先生喜歡考證，他說考證「就像做幾何題一樣」。他反對用想像彌補史料的空缺，更反對喜歡比附的「索隱」，這種嚴格的、枯燥的學術考證，他認為是研究紅學的不二法門，也是他做一切學問的根本方法。在本書中，他對「抄本」、「印本」、「祖籍」、「著籍」、「伴學」之說等首先都做了概念上的研究，再根據史料論證，駁斥其他紅學家的觀點，其嚴謹如此，真叫人歎為觀止，而又不能不信服，紅學界有此「憨牛」學者，可謂鮮矣！

　　我認為，李廣柏先生是一個真正的考證派，對他科學嚴謹的治學作風非常欽服，甚至對他的一些觀點也會舉手贊成，但我也提出一點疑問：把嚴格的自然科學中的證偽手法完完全全、點點滴滴輸入到人文學科的研究中來，是否在某些層面有違「人性」？我們不能因為沒有史料證實，便不能推斷出什麼，有些可以適度做一些人性上的想像、推測，似乎在文學研究中是有必要的──但筆者也是反對索隱的！

　　《誰懂紅樓夢》一書，雖屬學術著作，裝幀卻顯得媚俗，有炒作之嫌，光看封面，就是市場操作的模樣，異常華美，初看還以為是送給少男少女的，並在腰封上面寫著：「不與周汝昌、劉心武諸君苟同，直斥劉心武的『秦學』象（按：應為「像」）炒作公雞下蛋一樣可笑！」我不知道，李廣柏先生的學術著作有必要這樣進行市場包裝嗎？熟悉圖書操作的讀者再去翻看版權頁資訊，便可知道此書其實是由武漢悅讀時代公司整合推廣並製版印刷的。如果是針對大眾讀者，如此操作便也罷了，但對於學術著作，也進行像「塗抹胭脂」一樣的「化妝」，就實在有點可笑了。

　　（《誰懂紅樓夢》，李廣柏著，太白文藝出版社 2007 年 8 月第一版）

作於 2007 年 9 月

原載《中華讀書報》2007 年 10 月 17 日

「追懷」張中行

——讀《說夢樓裡張中行》

　　張中行先生的逝世，在去年曾引起頗長一段時間的悼念與追懷。中行先生生前平淡，逝時想必亦安然，正所謂「壽終正寢」。至於身後親友、學生輩追懷其人其文，並集結成書，恐怕於逝者非其願。然而，逝者已逝，無論其願何如，追懷之於後死者，總是一種回憶的方式。所以，孫郁、劉德水先生做了一件善事，讓我們通過二人編選的《說夢樓裡張中行》一書，於先生文章之外知道更多有關中行先生的「文」和「事」。這裡所謂的「有關中行先生的『文』和『事』」，是指他人眼中的中行先生的「文」和他人回憶中的中行先生的「事」。因此，如編者所說：「我們不想把這部書編成一部單純的『懷念文集』，更想使它帶有一點兒研究性的色彩。」應該說，編者的初衷是達到了。

　　初衷是達到了，書也是好書，書裡邊兒的文章也有一些好文，然而真正從「編」的角度看卻未必編得好，只能說搜集了一些文章，堆在一起而已。何謂「編」？在我看來，至少包含以下幾種意思：一是「選」，二是「校」，三才是「編」（含義相對狹義的「編」）。至於本書編者只能說前兩種工作做得尚可，而後一種則未敢苟同。此書目錄四頁，每頁十四篇文章（最後一頁十二篇，加進「著作繫年」「編後記」才有十四篇），也就是說，追懷或評論中行先生其人其文其事的文章總共五十四篇，很可惜編者沒有按照一定的類別將所選之文分門別類，因此讀者翻閱起來很是不便，如同是關於中行先生的生平文章很可能相距甚遠，我們就很難將其一生聯繫起來比照著

讀。依我看來，應該是序跋的歸序跋，訪談的歸訪談，研究生平的歸研究生平，評論其文的歸評論其文，如此等等。

孫郁、劉德水二位先生認為：「張中行先生的學問思想、文章風骨、人格價值，在二十世紀後半葉，是一個獨特的存在」，「他的出現，填補了我們精神傳統中某些缺失的東西」，為了這一魅力不至於隨著老人的離去而暗淡，他們才編了這本書。以上所說「某些缺失的東西」乃是指「中國優秀的古典人文傳統、五四精神、西方的科學理性」。從「選」的角度來看，二人做得相當成功。他們都是中行先生晚年的追隨與仰慕者，對其人其文嚮往不已，因此對中行先生的文品和人品有相當深度的把握，平時亦對有關中行先生其人其文的文章有所搜集整理。從附錄劉德水所編〈張中行著作繫年〉，可以看出他對「張中行研究資料」的掌握是多麼豐富，亦可見其扎實的資料整理的功底。可以說，此書在一定程度上是首部「張中行研究」的著作，真正揭開了「張中行研究」的序幕，讓世人更多瞭解中行先生其人其文，從此也知道「張中行研究」的必要了。

在本書洋洋灑灑數十萬言的篇章中，我們可以讀到許多從不同側面、角度評述中行先生其人其文的，有的還不乏精闢之論。有的文章是專述中行先生的羅曼史，如〈且覓黃英伴老夫〉（李豐果）；有的專門研究中行先生的散文，如〈五四「遺孤」〉（林賢治）、〈他是那樣的舊，又是這樣的新〉（止庵）、〈讀《負暄續話》〉（啟功）等；有的專門研究中行先生的哲學研究和思想，如〈《禪外說禪》讀後記〉（啟功）、〈珍惜生命的詩哲情懷〉（劉德水）等，有的評述中行先生的古典文學著作，如〈《詩詞讀寫叢話》前言〉（張厚感、陶文鵬）；有的則從整體綜述中行先生的哲理思想、藝術成就，如〈哲思與激情〉（孫郁）、〈風入寒松聲自古，水歸滄海意皆深〉（李世中）等；還有許多是先生的一些「二三事」。讀罷此書，我們將對中行先生其

人其文有個立體的把握，乃至窺探出其「神」來。我想，此書是「選」得很到位的，想瞭解中行先生的，在讀其文以外，此書亦不可不讀。

下面讓讀者分享一下其中的一些精闢論調吧，或許讀者讀了之後也喜歡中行先生的文章和思想來：

> 張中行等復興了一個散文傳統……他是把言志一派文章中的「土」與「平民化」發揮到了極致……他執著於現代文明的精神，卻無意於現代文明的物質。——止庵。
>
> 他的文，不像老年人，生氣流動，精光內蘊，不同於枯寂沉悶的一般死筆呆文字。讀他老的文字，像一顆橄欖，入口清淡，回味則甘馨邈然有餘。這裡年面也不時含有一點苦味。——周汝昌。
>
> 他讓我們看到流行了四十餘年的文風的孱弱性。與他這樣沉浸在東西文化之海的文人比，當代輕薄的文人應該感到慚愧。至少，這位文化老人，他的深厚的歷史感和獨立的人文品格，對我們當下浮躁的文壇來說，是一個深刻的提示。」——孫郁。
>
> 我更欣賞他對西方普世的價值，也即現代性內容的認同態度，他對自由、民主、科學理念的堅持使我想起五四那一代人。他到底是「五四」的遺孤。——林賢治。

以上殊堪知人知文之論，中行先生有如此之眾知音讀者，真可謂善矣哉！願讀者親自翻閱，想必如我等好中行先生之文者，浸潤其中當不知日月之幾何也。

（《說夢樓裡張中行》，孫郁、劉德水編選，中國工人出版社 2007 年 6 月出版）

作於 2007 年 9 月
原載《中華讀書報》2007 年 10 月 31 日

這樣的傳記還是少些為好

　　關於文史人物傳記的種類，有多種分法，一種簡單的分法是三分法：學術傳記、文學傳記、通俗傳記。其中，野史類傳記大可入文學傳記，亦可入通俗傳記。所謂「通俗傳記」是指語言平實、觀點膚淺、史料混合運用的一種傳記。關於張愛玲的傳記恐怕不下數十種，有的是學術評傳，有的是文學性的傳記，當然也不乏通俗讀物的張愛玲傳。

　　以上三種傳記，前二種意義應該說是很大的，且各有優劣，並且文學傳記相對更容易普及。但隨著圖書出版的市場化，某些紅熱作家的傳記出現一些雜糅體，貌似文學傳記，實則通俗傳記，其運做方法是：把一些多種版本的學術或文學傳記用自己的筆調整理出一本通俗的傳記。我以為，這樣的傳記還是少些為好！對於通俗傳記，也應是學術傳記或文學傳記的簡明縮本，倘若信口開河、任意褒貶，只能讓讀者特別是其中涉及的當事人及後人覺得不舒服，最終難以卒讀。

　　新近出版的《色・戒：張愛玲與胡蘭成的前世今生》即是我說的雜糅體怪胎的傳記。作者在〈後記〉中坦白地說：「本書有著濃厚的『編』的特質」，又因含有「感性的評論文字」而沾沾自喜地說：「也不乏『著』的特徵……因而對於本書恰當的定位，應該是編著」。可見，作者對於本書的「含金量」是有自知之明的。可惜，筆者認為，此書夠不上「編著」的性質，「感性的評論文字」、「個人對悲情戀人的看法」談不上有什麼新意，遑論為「著」？直言之，是一本十足的市場化通俗讀物！

此書裝幀精美，紙質尚可，撫摩起來有利索之感，彷彿是一本「經典之作」。但觀其內容，數十萬言竟無一可取處，於史料、於新見、於教育似乎皆無助益，僅為作者讀張胡二人相關材料的筆記而已！如果人人都這樣做，真不知這個世界上有多少人在出書了！

全書共分八章，除五、六章合敘張胡之間「孽緣」的締結與消散，其餘則是奇數章節講張愛玲，偶數篇目講胡蘭成。這種穿插比較的方法寫合傳，是一種慣用手法──雖然，此書實際以張愛玲為中心，文字之間作者對張愛玲的推崇、喜愛也是汪洋充溢，對胡蘭成的鄙薄、諷刺更是滿口直說。作者文筆一般，並且時常有錯字出現，如第兩百一十五頁：「張愛玲幾乎不怎麼接電話，自己的住址也輕易不像外人偷漏。」短短一句話，竟然錯了一個字和一個詞，從「透露」到「偷漏」不知如何錯起，彷彿作者連普通話都不過關呢！至於辭不達意、濫用詞語就更不用說了。這也說明，出版社的校對工作很不到位，再次證明此書是市場化操作的圖書！

作者認為此書有「著」的特徵，理由是雜糅了一些「感性的評論文字」，且看她是怎樣的評論文字？！作者的自知之明是：她承認她的評論文字是「感性」的！也就是說，他對張胡二人其人其文其情的認識都只是停留在感性膚淺的直觀之上。所以在行文中，她首先就有先入為主的思想在起作用，她的愛憎是分明的，好壞是一目了然的，甚至將自己的道德評價也加了進去。正是如此膚淺的搜集整合資料，作者難免有些不擇輕重並虛擲評論。如第四十頁有有一句是評論胡蘭成的：「事實上，他從未孝敬過父母，他只知道索取而從未回報，像他這樣的人真是讓人心寒。」且不論語氣是多麼地絕對化，只看最後一句就讓讀者感到很可笑──這樣的評論語言有加進去的必要嗎？這就是作者所說「著」的特徵？像這樣漫不經心地任意行文，在書中比比皆是！

　　此書若真論可取之處，只是作者的自知之明和誠實的態度而已，她將寫作此書所用的主要資料羅列於書後，共十八種，其中竟有十五種是張愛玲的學術評傳和文學傳記！但願讀者的眼睛也是雪亮的，也有自知之明的，但願這樣的傳記還是少些為好，這樣也用不著筆者費口舌了。

　　（《色‧戒：張愛玲與胡蘭成的前世今生》，夏世清著，陝西師範大學出版社 2007 年 7 月出版）

作於 2007 年 10 月
原載《新京報》2007 年 11 月 16 日

一個文學家的讀書筆記

——讀《王安憶讀書筆記》

我不太喜歡書評家的書評，而喜歡文學家的讀書筆記。讀書筆記與書評相比，最大的特徵是隨性。這個隨性可以從多種角度理解：不嚴謹但切己、只抓一點不及其餘等等。它的局限性卻又成就了它，因為它把讀書當私事，而不關乎宣傳及名利。一個真正的獨立書評人倘若少讀書評多讀讀書筆記，我想是一條好的路數。這樣，或許他寫的文章對不起讀者，但至少對得起自己吧！

我喜歡寫書評，是從讀古人的詩話、讀書札記以及近人李健吾、廢名、周作人、止庵等人的書評、序跋而來的，至今還感到受惠不少——而那些書評家的文章大多一掃而過，只當書訊讀過。

以上拉雜道出這麼多，是讀了《王安憶讀書筆記》生發的感想，覺得不借這個機會說出來太遺憾了。

作為一個文學家，將多年在創作之外的讀書筆記整理成一本書出版，對她的讀書生涯應該是最好的總結和紀念。在《王安憶讀書筆記》中，有許多關於讀書及讀書生活的精闢見解，可見她是一個優秀的讀書家，以下稍作摘引：

> 「書齋」對我來說，並不是個空間概念，而是一種生活方式。
>
> ——〈我的「書齋」生活〉
>
> 閱讀的第一要素，我想是信賴。少年時候書本給我們神聖的感覺，好比人生的老師……當我們逐漸成長的時候，我們仍然以信賴的態度讀書，而這時候的信賴卻是一種理

性的信賴⋯⋯晚年時的閱讀信賴，我想應是建立在寬容
之上。」

——〈閱讀的要素〉

閱讀的心境很重要，因文章是另一種現實，要走進去，亦是
需要契機的⋯⋯閱讀就是體驗另一種現實，這可在我們有限
制的經驗與時間中再創造經驗和時間，但它不是身體力行，
而是由心境來完成，所以，我們就需要訓練心境，使之利於
閱讀。

——〈閱讀的心境〉

　　此書共分作三輯，第一輯是〈代自序〉，由十一篇小文章組成，
以上所引均來自這些小文章。我最愛讀的正是這組小文章，裡面都
是一個文學家關於讀書的心得、故事、經歷。她在文章中說自己是
「吞書長大」的，有時喜歡四周都是書，愛讀誰就讀誰，有時又希
望唯讀一本書；對過往的歲月中讀到的不記書名和作者但又有若隱
若現、深刻難忘的書表示「眾裡尋他」的掛念，甚至還關心起「書
中書」來；她說她喜歡「在偏僻的地方讀書」，又主張人們「到圖書
館去」。她是一個愛讀書的人，沉到書裡讀書的女人，一個真正的書
癖患者。我想，真正的書評家和讀書家，都應該有如此精神吧！
　　第二輯是〈讀書筆記〉，收錄作者日常寫下的關於各種文學作品
的讀後心得，現代的，當代的，國內的，國外的，無所不涉及。與
其他評論家的文章相比，她的這些文章的特點是：不講套數、不講
文體，只講自己感受最深最想說的部分，順暢地給寫出來就完了。
她不講理論，也不追求全面，只通過實例略加發揮，再得出自己的
感性論點。如〈大陸臺灣小說語言比較〉一文，在一些語言學者看
來，這本是個很高深的課題，而在王安憶的筆下，完全將所有條條

框框解構下來，只留下鮮活的語言實例，讓讀者具體地認識到大陸和臺灣的小說語言的差異。

第三輯是〈序言集次〉。我曾在〈廢名與書評〉一文中說：序跋是書評的前身之一，又略申文學家多讀書隨筆和序跋而少專門的書評，往往在序跋中表明讀書的趣味、觀點和態度之意。這在王安憶，是相似的情形。許多文學家沒有專門的書評集，但他們留下的序跋，往往構成了整個有關讀書的評價體系。王安憶的這些序跋再加上第一輯中的一組文章，基本將自己的讀書趣味、觀點、態度以及對小說、散文、電影等表達了自己獨特的認識，如〈我看短篇小說〉、〈我看散文〉、〈上海影像〉等。這些文章構成了瞭解王安憶心靈世界的一面最直接的視窗。

在第三輯〈序言集次〉中，我們更加深入體會了王安憶不俗的讀書水準和藝術眼光。她將自己的視野投向小說、散文、電影等廣闊地領域，表現出非常自我的文學觀，以下也稍作摘引：

> 短篇小說的材料是非常特殊的，一方面它是小體積的，另一方面，它又絕不因為體積小而損失它的完整獨立性……專注局面，不等於是胸襟狹小，無論我們創造的是怎樣的自我的小世界，我們都應當對那巨大的存在抱有熱忱和情感。
>
> ──〈我看短篇小說〉
>
> 在白話文的時候，散文實際上是無可奈何地衰退了，它變成了一種小品式的文體，抒情或談閒……我寧可認為散文是一種現代的文體，我們其實是白手起家。
>
> ──〈我看散文〉

讀著這些有深刻感受的讀書筆記，我彷彿是在回味這幾年的讀書生活，真正有一種身臨其境的感覺。這本在讀書界、出版界

毫無反響的讀書筆記竟然成了我即將過去的這一年印象最深刻的書！

（《王安憶讀書筆記》，王安憶著，新星出版社 2007 年 1 月出版）

作於 2007 年 12 月
原載《藏書報》12 月 24 日

致敬鄭也夫

　　現在已經有很多高校不把碩士文憑與發表學術論文掛鈎了，此舉在國內已進行多次辯論。與此同時，取消本科生畢業論文的聲音也不絕於耳。堂堂高等學府，只教博士生與教師搞學術研究耶？那麼，大學還是進行深造的高等學府麼？還是通往學術殿堂的大道嗎？讀了鄭也夫的《與本科生談：論文與治學》，我不禁增添了幾分欣慰和勇氣，大學與學術還是根脈相連的，還是有許多學者在提倡、鼓勵、指導大學生進行學術研究的。

　　本書共由八講構成，外加〈後記〉及兩篇附錄，一是〈深圳演講後答同學問〉，二是〈三校論文選編前言〉。八講的目錄如下：〈讀社會學有什麼用〉、〈怎麼讀書〉、〈學術與日常生活〉、〈選題的智慧〉、〈敘事與理論〉、〈深度訪談〉、〈文獻搜索〉、〈論文體例〉。在這裡，不惜筆墨將八講的名稱加以羅列，實是因為欽佩講義的結構及標題，有些不待筆者道明，相信讀者光是看了目錄也會產生閱讀渴望的。

　　據我所知，現今高校在舉行畢業論文動員大會之時，導師和學校最強調的是「論文體例」，至於「怎麼讀書」，如何寫作，怎樣進行文獻搜索，大可置之不問，最多在會上一閃而過。結果是：一篇論文不管內容怎麼爛，怎樣地大拼湊，只要你的體例是「學術」的，盡可大搖大擺地參加答辯，再讓你過關了事。他們彷彿認為體例是關乎顏面甚至校風的，這種自欺欺人的做法多麼可笑！而鄭也夫是把「論文體例」放在最後講的，讓人感到意味深長。

　　從開場白〈讀社會學有什麼用〉，一直到〈論文體例〉，鄭也夫其實是在教大學生在寫論文之前怎樣進行充分的準備，先讓你瞭解社會學，再教你怎麼讀書，並讓你在日常生活中發現學術的因子，當這些真正準備好了之後再是如何寫論文的問題了。接下來從〈選題的智慧〉到〈論文體例〉，才是論文寫作本身。〈敘事與理論〉講的是作者所提倡的一種文體，敘事的而非理論的，〈深度訪談〉與〈文獻搜索〉則是方法論了，最後才是〈論文體例〉。這種編排結構，緊湊、自然，循序漸進地讓讀者瞭解了論文準備和寫作的全過程。

　　然而，與所有的論文指導大全一類著作相比，《與本科生談：論文與治學》有它的特色。它不媚俗，不教讀者投機取巧，也就是說不迎合讀者，不教讀者走捷徑。它只教你最基本的東西，其他靠讀者自己實踐、探索。它具有的思想深度和學術追求，不是一般論文指導大全所有的。

　　〈讀社會學有什麼用〉一講中，鄭也夫在第四節中為無用之學辯護。他引莊子「人皆知有用之用，而莫知無用之用」的話說：「如果我們把很多無用的知識扔掉，我們就不能在這個世界上立足」，「無用之學最後才大有用處」，並列舉了許多實例證明「眼下無用的東西日後可能有大用；眼下有用的東西，對我們充其量是個小用」。在這裡，鄭也夫對實用主義思想進行了狠狠地批駁，並教育學生「擺脫實用主義的價值觀」。在〈怎麼讀書〉一節中，鄭也夫最重視的是「讀書興趣之開發」，對中國初等中等教育「過於重視成功，過於重視結果，輕視了當事人的興趣」進行了有力的批判，指出教育應該「開發出一個人的讀書興趣，而不是摧毀一個人的讀書興趣」，同時他對現今大學生讀書興趣不濃表示失望。在此書中，類似於以上的思想火花到處閃爍，反覆閱讀，不禁擊節讚賞！

接下來幾講中，鄭也夫結合自己的讀書與治學經歷，表達了許多個人獨到觀點，如提倡同學在社會日常生活中發現問題，強調選題不與他人（包括前人）重複，主張「做經驗研究，不做理論題目」，並建議學生採用敘事的風格寫作，在敘事裡滲透出理論涵養，在〈深度採訪〉中教學生怎樣與底層人物接觸，在〈文獻搜索〉中注重培養學生的「遠連接」能力等等。這種飽含個人多年讀書、治學經歷的心得之談，委實有著真知灼見，對於培養學生濃厚的讀書興趣、縝密的治學精神、嚴格的行文規範有著良好薰陶。對比時下畢業論文抄襲、拼湊、拙劣模仿成風的習氣，真正深刻感受到鄭也夫這門課程的必要了。遺憾的是，這門應該在高校普及推廣的課程，鄭也夫本人也不打算再教了，只留下這本講義。

《與本科生談：論文與治學》一書是鄭也夫的講課實錄，經現場錄音之後整理成書的。我想，即便不是社會學系的學生讀了這本書收穫也是非常大的。鄭也夫這種大力提倡、鼓勵、指導本科生進行學術研究的精神，逆時下學風而動，我們應該向他致敬！

（《與本科生談：論文與治學》，鄭也夫著，山東人民出版社 2008年 1 月出版）

作於 2008 年 2 月
原載《中華讀書報》2008 年 2 月 27 日

顧村言談吃

最早接觸顧村言的文字，是讀了他的一篇〈會心之處話廢名〉，覺得非常有獨特感受，有些說到骨子裡面去了。後來就進了他的天涯博客「在水邊」，才開始大量接觸他的清新可人的文字——以後，他的博客，我是常進的。現在，又讀了他的新作《人間有味》，更是對他的揚州故鄉有不勝嚮往之慨！

我讀顧村言的文字有一種似曾相識的感覺，總覺得這些文字彷彿在以前也存在過，後來又漸漸不見了。非常地清新古拙，略帶有民俗氣息，還具有小品文的味道，非常見性靈之美。有點兒接近《詩經》，又有點兒接近晚明性靈派散文，又像民國的知堂一派文字——反正大略就這些氣息、神韻、味道吧！啊，久違了！真沒想到，我在今天還能讀到這種文字，所以發出了久違了的感慨。如果說這是一種幸福的話，那麼這是顧村言贈予給我的，我應該感謝他。

以上是有點先入為主的評說，實在是因為按捺不住內心的喜悅才發出這樣的感歎。要真正說服讀者，還是讓他的文字還說明吧：

> 螃蟹的吃法很多，最普遍的大概還是要數清蒸，將活蟹洗淨後，用線繩捆蟹鰲，然後入蒸籠，蒸透後取出，去繩，一個個整齊地碼入白瓷盤中，紅蟹白盤，桌邊上有用鎮江香醋與薑末調好的作料……據說真正的美食者吃這種蟹要有一整套傢伙，即「蟹八件」。——〈螃蟹〉。這是談吃法的。
> 夏夜時，約二三好友著短褲背心，於習習晚風中大喝生啤，大啖螺螄龍蝦，暢談人生如意或不如意處，實在是一大快事。——〈螺螄〉。這是談吃的豪爽入境。

《人間有味》一書共分四大部分，即「鮮」、「清」、「境」、「人」。
第一部分談動物，第二部分寫植物，第三部分是「情」或「境」，第
四部分是「人」，可謂一應俱全，吃的對象、吃的情境都囊括進去。
這是一整個與吃有關的散文集，它營造了一個吃的世界，美的世界，
可以讓我們更加熱愛自然，更加珍惜生活……。

讀著讀著，我又有些不甘心，天下這麼多談吃的小品文、散文、
說明文或史料之文，顧村言的文字到底是哪裡打動了我，與別種文
字到底有什麼不同？若說他的文字與一些說明文、史料之文相比，
自然是「文采、情思、意境」過之，但與知堂、汪曾祺、梁實秋等
談吃大家相比，又如何呢？

在李陀的序言及顧村言的序中，他們都傾向承認村言的文字接近
廢名、沈從文、汪曾祺一派，我甚不完全以為然。顧村言的文字既有
「文人之文」的色彩，又多體現鄉野氣息，有「原生態」的味道。所
以他不是完全的士大夫的那種欣賞姿態，更不是紳士的姿態。若說知
堂、廢名、汪曾祺（特別是知堂）近於士大夫氣，多「文」氣，而少
「野」氣，梁實秋則是紳士氣重了，知識份子味道足了，而顧村言呢？
既吸收了他們一部分語言的特長，更保留了野氣，這樣便雅俗共賞了。

在這裡，我大膽地將顧村言的文字與這些前賢大師相提並論，
或有虛誇之嫌，但願我不是在虛誇，顧村言總有被大眾乃至文學史
認可的一天！只要這一脈文字有讀者存在，在我國散文史上，也終
將有顧村言的一席之地。

（《人間有味》，顧村言著，重慶出版社 2007 年 6 月出版）

作於 2008 年 2 月
原載《藏書報》2008 年 3 月 10 日

憲政史上不可遺忘之一頁

——讀《歷史拐點處的記憶》

　　近幾年來，在品評歷史人物上，筆者有一個困惑，或許這個困惑也是許多讀者所有的。那即是：對以往許多不太「正面」的人物給予非常公允乃至偏頗的評價，似乎一夜之間搖身一變成了歷史的大功臣。他們紛紛開始以新的形象展現在民眾之間，再也不是兇神惡煞般模樣。

　　例如在一本 2004 年出版的《山西教育史》中如此評價「土皇帝」閻錫山：「山西教育在民國時期處於較快發展的狀態，特別是第一次世界大戰後，閻錫山抓住當時國內外有利時機，在『保境安民』口號下，推行『用民政治』，提倡『六政三事』，大抓人才教育……山西教育事業在這二十多年內獲得長足發展，許多方面走在了全國前列。」這種評價在以前是聞所未聞的，因為在大眾讀者中，閻錫山長期是以殺害劉胡蘭的「屠戶」這個形象示人的。

　　新近出版的一本《歷史拐點處的記憶：1920 年代湖南的立憲自治運動》也勾勒出了湖南軍閥趙恒惕鮮為人知的一面，高度評價了趙恒惕所領導的憲政運動。這場以聯省自治理論為綱領的憲政運動，是上世紀二十年代的特殊產物，也是一次有益的大膽的憲政民主實驗。對這段歷史進行重新回顧，並以新的視角和新的觀點予以評論，對於近現代史的細緻研究和對今天的民主改革都有極其重要的作用。

　　作者何文輝博士首先在〈前言〉中亮明瞭自己的考察視角：「對於聯省自治運動中的省自治這一課題，特別是對於湖南省憲運中曾

經進行的民主實驗⋯⋯一般歷史學者⋯⋯大都從軍閥割據的角度進
行解讀，認為所謂省自治，不過是地方實力派為使割據合法化而玩
弄的政治魔術⋯⋯但是，本文將轉換一下角度，將觀察研究的重點
放在湖南省憲自治運動的另一個側面——對立憲主義目標的追求及
其政治努力。」這一全新的視角甚至會產生顛覆性的影響，一個「反
動軍閥」有可能成為民主實驗的先驅！對於當時普遍存在的「粵人
治粵」、「湘人治湘」、「鄂人治鄂」等如果均以反動軍閥的行為視之，
而不進行細緻的個案考察，這種對待歷史的態度顯然是不夠嚴謹、
科學的。例如，事實證明，趙恒惕推行的湖南省自治與其後的胡宗
鐸打出的「鄂人治鄂」是不一樣的。

　　綜觀《歷史拐點處的記憶》一書，整本書的創作有如下三大特徵：

　　一、全書的寫作建立在豐富的史料基礎之上，旁徵博引之中無
一無出處，且所引資料大多是館藏的第一手資料，多來自當時的報
刊，如《大公報》、《湖南籌備自治週刊》、《申報》、《東方雜誌》、《太
平洋》、《湖南平民教育週刊》以及當時的諮文、電文、文告、報告
書等，有些甚至還采擇自地方文獻中的抄本。在書末，作者列舉了
主要參考資料，地方文獻、著述、資料彙編以及報刊竟達百種以上，
這也體現了作者嚴謹、務實的學術作風。在附錄中，作者還提供了
《湖南省憲法》與《湖南省省議會議員選舉法》的全文，從而讓一
般讀者也有了瞭解的機會。

　　二、全書脈絡清晰，結構完整，以時間為序，人物為軸，事件
為核心，層層遞進，頗具演義之風。該書從大的社會政治背景「1911
年後的中國」開始，講清了在北洋軍閥內部混亂之機，夾在南北之
間的湖南有了獨立自治的機遇。從驅張（敬堯）運動開始，譚延闓、
趙恒惕、唐生智紛紛登上湖南自治領導者的地位，唯趙恒惕最久也
最為徹底。整個湖南自治運動，雖然夾雜了三人的權力之爭，並受

到外界政治環境以及內部工農運動及各階層利益矛盾的影響、制約，但在湖南各界人民的推動下，自治運動開展得有聲有色。從官紳制憲、公民制憲、學者制憲的糾紛，到「中國第一部省憲出爐」，再經 1922 年湖南的全民直選，整個自治運動深入到省長選舉、裁兵運動、教育經費獨立運動、平民教育運動、司法獨立運動等，一場具有深刻實踐意義的民主改革運動正在湖南深入開展。中經護憲戰爭及省憲之修改，再到北伐軍平定湖南而導致「自治之終結」。面對這一段堪稱悲壯地自治運動，許多人看不出它的歷史價值，而何文輝博士卻以史家之獨到學術眼光，在浩瀚的史料之中追尋這一段漸漸被世人淡忘的民主自治運動史。作者的觀點，或許值得商榷，但他至少還原了一段歷史，至於湖南自治運動到底是一種地方實力派的作秀行為，還是真正的民主憲政的實驗，只有瞭解了這一段史實，才能予以評論。

三、作者學養深厚，同時語言通俗易懂。雖是一部學術著作，表達絲毫不顯得高深莫測，而是在深入淺出之中以明白曉暢的語言講述了一段塵封已久的歷史，整部作品甚至還有一些文學作品的味道，但它本身不是一本通俗歷史讀物。

在〈結語〉中，作者說：「1920 年至 1926 年湖南省的立憲自治運動，是在特殊歷史條件下，各方面力量共同作用進行的一次政治創新。這次創新的目標之所以指向立憲自治，是由於聯邦主義、立憲主義、民治主義等理論學說作用於社會與人心的結果。」誠如中國社會科學院研究員陳鐵健在該書的推薦語中所說：「民主，曾經在中國失敗，但絕不意味著不合國情！」但願這一場在近現代史上曇花一現的立憲自治運動受到更多歷史學家的關注，讓我們更好地反思民主及其在中國的發展……如果要寫一部「中國憲政史」來考察

民主在中國的發展歷程的話，那麼 1920 年代湖南的立憲自治運動將
是憲政史上不可遺忘之一頁！

作於 2008 年 3 月

原載《香港文匯報》2008 年 4 月 2 日

文學史的視野

──《蠹痕散輯》之一瞥

　　近讀「遠東收藏系列」之《蠹痕散輯》更是感慨有加：文學史之視角奈何如此狹窄耶？！該書所提到的作家或者是現代文學史上根本未曾提及的，如盧靜、莫洛、尤勁、吳奚如、祝秀俠、潘靜淑等；或者為世人所稍知但不知更有其他著作者，如「黃藥眠的譯詩集《春》」、「胡山源的譯作《早戀》」、「梁遇春的佚文」、「蒲風的第一本自費詩集《六月流火》」等；至於《期刊之什》中還提到許多一般現代文學研究者聞所未聞的舊報刊。總之，作者專拈些偏門的早已塵封歷史的舊書、舊報刊作為材料，別人當作「垃圾」的，他卻當作「寶」，洋溢出別樣的史家眼光，最終將這些集成一堆，它們像一抹微光掃過現代文學史，讓許多正在編寫現代文學史的專家學者大跌眼鏡。作者黃惲先生根據自己多年之所藏，以書話之筆調，從小處著手，將讀者帶進浩如煙海的民國報刊圖書之中，寥寥數語之外並配上大量民國書影，彷彿這些更能讓讀者嗅出「文學史」的味道呢。

　　如在《蠹痕散輯》中，有一篇「錢公俠編《語林》」。錢公俠（1907-1977）已經是一個名不見經傳的人物了，可在三、四十年代是一個較為活躍的編輯家。他所編的《語林》還牽引出與張愛玲有關的一段資料：

　　《語林》創刊號上有張愛玲中學時代的老師汪宏聲〈記張愛玲〉一文，中間還有張愛玲百十字的短文，而第二期則有著張愛玲與《萬象》發行人平襟亞的一段過節，分別是〈不得不說的廢

話〉、〈「一千元」的經過〉二文，可以看出張愛玲的健忘與平襟亞的斤斤計較的商人氣，不過曲在張而直在平。

這裡提到的〈記張愛玲〉一文一般讀者肯定是不知道的，甚至以發現張愛玲佚文著稱於世的陳子善先生在其所編《張愛玲的風氣——1949年以前張愛玲評說》一書中亦未收錄此文。本來以上所載之事在當時再自然不過，但當一切成為歷史，有些已經塵封不聞，甚至找不到絲毫線索，從而成為了秘聞或秘史了。只有找到當時記載其人其事的載體，如報刊之類，方可一解困惑，彷彿讓您回到了歷史發生之現場。

《蠹痕散輯》所作的努力，也正是回到現代文學史發生的現場，在發掘過程中甚至還可以見出一些尷尬的，即與現在一般學者所總結的文學史產生衝突。上面提到的許多篇目即是好的明證，這裡不以作者提供的材料為證，而另在他處尋找。

書中提到的錢公俠，曾與施瑛編了一套現代小說選集，名為《小說》，共分四種，啟明書局 1936 年出版，其中〈小引〉中也透露出一段鮮為人知的資料，當然這套書在現今的現代文學史教材上是未曾提到的，在這段材料中，也可以看出些許「尷尬」來的。

現在的學者均認為廢名是京派小說的創始人、京派的代表人物，然而在京派、海派的論辯中並未見到廢名的出場，廢名也從未自稱是「京派」。雖然這些研究者都毫無疑義地將廢名劃進「京派」，但要是能找到當時的評論或「說法」，能證明廢名在當時的文壇確系「京派」之一員，那該多有意味。

〈小引〉有言：

> 雖然現在的批評家，對於新文藝也有『京派』『海派』之分，
> 『京派』鄙薄『海派』帶幾分油滑氣，『海派』卻批評『京派』
> 近乎道貌岸然……國民革命之後，首都搬到南京，文風也似乎

> 渡江而南，可是現在的北平，仍舊並不寂寞，《現代評論》、
> 《語絲》、《北新》、《新月》等文藝欄的健將，仍在故都，
> 集成『京派』的一群，沈從文、巴金、馮文炳、章靳以等，還
> 有很多的創作……馮文炳後來以筆名廢名出現。他的小說，全
> 是一些卑瑣而純真的人物，故事異常簡單，簡直像素描一樣。
> 尤其在後來出版的《桃園》裡，更可以看得出來。但是他早年
> 出版的《竹林的故事》卻非常美麗。本編選了他的作品兩篇。
> 《竹林的故事》裡面寫著那可愛的三姑娘實是典型的東方少女。

文中還將廢名列入魯迅指導下的莽原社作家群。此段文字需要注意的除明確提到廢名是「京派」作家之外，它還將「京派」的構成作了一番解釋，即「《現代評論》、《語絲》、《北新》、《新月》等文藝欄的健將」（此與目前學界之普遍觀點也是有某些衝突的），並指出章靳以主編的《文學季刊》「近於京派」，由此得出在《文學季刊》上化名發表文章的巴金在作風方面也近於京派。將巴金、章靳以等納入京派，這可謂「咄咄怪事」，因為現在的研究者從未指出他們屬於京派，而是偏左的。

只有將史料進行盡可能地發掘，才能最大限度地還原歷史，這可能是這一批文學史研究者所信仰的。只是他們往往所獲的也僅僅是冰山一角，無法擁有所有的史料。但無可否認的是，類似黃惲先生（還有陳子善等）這種研究文學史的方法，或許對於現今的文學史將產生一些影響。

（《蠹痕散輯》，黃惲著，上海遠東出版社 2008 年 2 月版）

作於 2008 年 3 月
原載《中華讀書報》4 月 30 日

談《花雨滿天悟禪機》的策劃

　　近幾年來，在圖書出版市場上有一個見怪不怪的現象：許多個體圖書策劃人或圖書公司，以策劃的名義介入圖書出版行業，有些是擾亂了圖書市場，甚至有買賣書號的違法交易，而有些則操作地非常成功，產生了一些市場效應，一些暢銷書排行榜上的圖書往往就是策劃的結果。

　　這種現象的出現，是好是壞暫且不管，一個直覺告訴你的是：當你走進書店的時候，撲面而來的花花綠綠的「書叢」中，有許多包裝精美、時尚誘人的圖書，這些圖書很有可能就是「策劃」出來的。現在，這種現象已經有了氾濫發展之勢，一個明顯的證據是它已經延伸到人文社科類的學術著作了。這就不得不值得關注和反思了。人文社科類的著作往往並不容易暢銷，是什麼原因導致這些策劃人企圖「染手」的呢？這個缺口可能是從近幾年的「歷史熱」「國學熱」中打開的。這些飽含策劃因素的人文社科類著作，在一定程度上還改變了學術著作的傳統面貌，原來學術著作也可以包裝，也可以親近大眾的姿態來吸引讀者。當然，策劃人和圖書公司更多是包裝經典的、熱門的、有暢銷可能性的學術、文化類圖書，有些甚至還不是完全意義的學術著作。不管怎麼樣，這類圖書已經在市場上到處「炫耀」自己的身姿了。

　　陝西師範大學出版社近幾年來便出版了大量這類圖書，有些遭到書評人的臭罵，如《色・戒：張愛玲與胡蘭成的前世今生》一書；有些則包裝的還不錯，確實產生了不小的市場效應。該社新近出版的《花雨滿天悟禪機：李叔同的佛心禪韻》一書也還不錯（且不管

此書是否存在法律或其他問題），現以此書為例，談談此書的策劃以及策劃人的眼光。

李叔同是頗負傳奇色彩的藝術家，又是一代高僧，他的作品具有非常高的藝術性。陝西師範大學出版社曾推出過李叔同系列：《李叔同說佛》、《李叔同解經》、《李叔同談藝》、《悲歡交集：弘一大師李叔同的前世今生》等，製作均異常華美，在社會上已產生較大的反響，這說明已經反覆出版過的作品，只要它本身具有經典閱讀的價值，你善於操作、策劃，它照樣能在市場上獲得非常好的回報。在這個前提下，再推出《花雨滿天悟禪機：李叔同的佛心禪韻》或許可以獲得一個更大的收穫。可見，策劃人非常善於打市場上的持久戰，經過市場上形成的一系列連鎖反應之後，其社會效應與效益都可以得到滾雪球一樣的擴張。

依整體編輯情況而言，策劃人也敢於打破常規。它改變了以往請名家大家作序、編者寫後記的傳統模式，而直接將非常具有代表性的李叔同的四位友人追憶李叔同的文章置前，當作代序。又將其他有關李叔同的文章，如〈弘一上人史略〉、〈弘一大師的遺書〉等文章作為附錄，讓讀者可以更多地瞭解著作者本人相關資訊。

在編排上，也自成「選集」之特色。上篇以日記、遊記、傳記為主，中篇收錄談西畫、國畫、書法、篆刻等篇什，下篇以序言、題記、跋語、像贊等為主。遺憾的是，策劃人竟將許多詩歌放在下篇，而沒有單獨成篇，讓讀者感到匪夷所思，在體例上沒有依文體或內容進行「劃清界限」。這恐怕是策劃人有意為之？抑或有他因？

內容選編上，策劃人也非常懂得「同氣相求」。凡是不夠常見的李叔同的文章，許多甚至連「文章」都不算的一些短小「戒例」、「題記」、「像贊」等，他都收集起來，彙成一冊。可見，策劃人對李叔同的大部分作品非常熟悉，知道哪些是不常見的，有再次出版的必

要。這個選本，在以往的李叔同著作中自然也就有了自己的許多特色，甚至有些接近一些尺牘、散記、小品著作。所以，這個選本，也有它的看頭！

在排版上，注重文圖配合，打破讀書與看圖分開的傳統慣例，將大量李叔同或他人的書法、繪畫、照片等鑲嵌在相關文章中，讀起來別是一番滋味。這比一些採用少量插圖或插頁的方式更能有效地提高讀者的閱讀興趣，這在學術著作中，如果能很好的普及應用，或許能全面或局部改變人文社科類著作的面貌，讓這類飽含思想、文化的著作更好地親近大眾。

從整體而言，此書「策劃」地大氣、精美，而又未流露出過多的策劃痕跡，可以說是比較成功的一次策劃。當然，它是否會在市場上產生較好的效益，這只能讓大眾來決定了。至少，策劃人的這種勇氣是值得鼓勵的，這種探索的最終實現還有待市場和讀者來共同完成。

（《花雨滿天悟禪機：李叔同的佛心禪韻》，李叔同著，陝西師範大學出版社 2007 年 11 月版）

作於 2008 年 4 月
原載《長沙晚報》2008 年 5 月 16 日

生命的枝條自由朝向無垠的藍天

——讀《尋找北大》

一直以來，我都有一個夢想：做一個北大人，哪怕是一個北大邊緣人。雖然這個夢想一直都沒有實現，但是我一直在努力試圖接近北大的精神。

然而，這幾年來不斷有媒體認為北大失精神，關於北大的負面報導日增其多，彷彿北大已經沒有什麼特殊的，亦即北大失「魂」也。近讀《尋找北大——溫習一些故事和一種精神》一書，感慨更是多，最終得出的結論竟是：北大仍然是北大！尋找北大，不是尋找所謂北大已經失去的魂魄，而是不斷尋找、探索、總結北大人乃至整個人類的精神。

「尋找北大」或僅是一個噱頭，貌似迎合時下的負面報導，又借北大一百一十周年紀念之機引起更多人關注北大及其精神罷了。但願這不是我一廂情願式的猜度，且看以下如何證明。

該書推薦語有言：「本書追憶北大生活中的一些人，一些事，重逢一些讓人溫暖的情緒，輓留一種正在消逝的大學精神。」並在〈編後記〉中進一步說：「本書講述了一些故事，提示了一種已經消逝的大學精神。」推薦語中又說：「本書作者，年齡大者已逾七十，年齡小者二十出頭，他們的大學歲月分佈在自二十世紀五十年代以來的每一個十年裡，他們關於北大的記憶跨度與共和國的歷史長度相當。在他們色彩繽紛的敘述中，我們看到生命的枝條自由朝向無垠的藍天。」

請問，這些年齡懸殊如此之大的北大人，如何能從他們的敘述中找到共同的精神呢？「生命的枝條自由朝向無垠的藍天」又是一

種什麼精神呢？〈編後記〉中又「不打自招」：「在他們或激動、或遒勁、或昂揚、或低徊的敘述中，我們總能辨認出一點相似的嚮往：生命的枝條自由朝向無垠的藍天。」很明顯，編者是在幾代人的敘述中尋找北大人民主自由的精神，亦即「生命的枝條自由朝向無垠的藍天」，而不是「輓留一種正在消逝的大學精神」，如果已經消逝，「年齡小者」之北大人如何有與前輩「相似的嚮往」呢？

我們可否做這樣一個推想：之所以現在有人認為北大失精神，是不是因為今天的現實比過去複雜，所謂「人心不古、世風日下」的說法常不離某些批評家之口。說北大失精神，只不過是這種說法運用到北大之上的一個必然而已，當然是依照他們的邏輯。那麼，許多人在呼喊：北大，魂兮歸來！可能是一次集體性地盲目行為。由於今天的現實相對過去複雜，那麼尋找北大精神、人類精神或許難度較大而已，但這並不意味著北大失精神、人類失精神，恐怕是這些陷入盲區的思考者本身有問題。

在閱讀《尋找北大》的許多篇章中，我還深刻地感受到一種普遍地「厚古薄今」的哀輓思緒。這與當前大的文化思潮是有關的。「民國熱」已經不僅僅是停留在文化層面，甚至已經影響到許多人對社會的看法，以至影響自己的人生態度。而此書的編輯策劃，恐怕與這個思潮的影響也不無關係吧！至少在一定程度上是對這種思潮的呼應。

從整體而言，這是一部極具北大風格的文章合集。集子裡每一個北大人都以自己的方式來追憶北大，以自己的生活來反映每一個側面的北大，讓我們在字裡行間感覺到一種精神在流淌，異常地溫馨。其中我最喜歡的篇章是〈北大最美的十棵樹〉（王立剛）、〈煮鶴焚琴記〉（文珍）、〈北大是一篇散文〉（張一璠）、〈未名湖是個海洋〉（許秋漢）等。這些也都是上等的好散文，值得我們細細地品味，感受北大人的「生命的枝條自由朝向無垠的藍天」……

　　但願聰明的讀者們閱讀此書能走出時下某些武斷評論的誤區，得出一種驚人的結論：錢理群主編《尋找北大》直言北大失精神，而希望你們能有與我一樣的結論：北大仍然是北大！尋找北大，不是尋找所謂北大已經失去的魂魄，而是不斷尋找、探索、總結北大人乃至整個人類的精神。

　　（《尋找北大——溫習一些故事和一種精神》，錢理群主編，中國長安出版社 2008 年 4 月版）

作於 2008 年 3 月
原載《青島日報》2008 年 6 月 11 日

話說「溫故體」

　　古人喜寫讀書筆記或札記，偶亦在書信中品評人和書，這一傳統在當今有所保留，其形式不外乎個人筆記、書話、書評之類，只是現在已經很難將它們再算散文了。近讀止庵先生的《遠書》和魏邦良君的《給閱讀留一份紀念》，都是品評人和書的，我乃覺出讀書筆記的又一種寫法，它們與現今流行的個人筆記、書話、書評很有些不同。前者系個人書信集，且按下不說，今談魏著《給閱讀留一份紀念》。

　　此前，魏君有《隱痛與暗疾：現代文人的另一種解讀》行世，收入溫故書坊叢書，內中大文皆係「溫故體」，與《溫故》、《閒話》、《悅讀》、《書屋》一類書刊中流行體文史散文頗相契合，不以學術為追求，卻又不失基本史實，而以可讀性取勝，此類文字之文化普及意義較大，而流弊亦甚大。這本《給閱讀留一份紀念》大體也是承襲此一派文風的。

　　為了保證文章的可讀性、豐富的史料性，且保證體裁的散文化，《給閱讀留一份紀念》中的文章基本很少就人論人或就書論書，突破了一般書話、書評的狹隘，而是將多本書、多個人、多件事融入一篇文章之中，進行綜合的敘述，且在敘述中加入個人的思考。從整體上看，作者有較強的文體意識、讀者意識，並在寫文之前已經胸有成「文」──這當然是我在閱讀每一篇文章之後覺察出來的。正唯其有強烈的文體意識、讀者意識，並能有所建構，所以這種讀書筆記顯得非常大氣，不具有一般個人讀書筆記的散亂、零碎的特

徵，也超越了一般書話、書評的局限——這正是魏邦良等人所代表的「溫故體」成功之所在吧！

下面以魏著中〈頹廢文人：給嫖一個理由〉一文為例淺談「溫故體」的幾點特徵：

一、探求野味。「溫故體」的文史散文許多都是有點野史味道的，至少喜歡掇拾一點常人沒有注意到的略含隱蔽性野味的史料來做文章，以此來吸引讀者的眼球。〈頹廢文人：給嫖一個理由〉一文中材料都是魏先生在或隱或現的史料中發掘出來的，無非是郁達夫、包天笑、曹聚仁、胡蘭成嫖娼的陳年往事。標題冠以「頹廢文人」之名，據我所知，除郁達夫有人稱其為「頹廢文人」以外，似乎其餘三人都沒有被稱作「頹廢文人」的。郁達夫嫖娼幾乎是盡人皆知的，而包天笑、曹聚仁、胡蘭成嫖娼則是作者從浩如煙海的回憶文字中捕捉到的，而他們當中後二者的行為是否屬於嫖娼還有不同看法，據筆者看法，則充其量只能算做一段風流韻事吧！不知名女子與周訓德都是懷著求助或感恩的目的自動送入曹、胡之懷抱的，況且胡蘭成後來還娶了周訓德，他們二人的行為怎麼也不能和嫖娼劃上等號的！作者拈出這些少量的文字所記載的史料，大發了一通議論，可讀性是濃厚了，竊以為取材卻不怎麼高尚。

二、行文如流水，具有散文化風格，向文壇學界吹出一道別樣的文化之風。「溫故體」的文章不是嚴格的學術文章，也不是純粹的文化散文，而是在「穿戴」學術論文體例的「外套」下，尋求一點文化氣息，一點史料味道，一點啟示意義。與八十年代提倡的「學者散文」、九十年代流行的「文化散文」相比，「溫故體」學術性不如前者，文學性不如後者，卻兼具二者的一些文化特質，走出自己的文體模式來，也可謂一種創格了。平心而論，這一點是有其卓越之處的。〈頹廢文人：給嫖一個理由〉在敘述上，有講故事的味道，

能非常巧妙地摘錄引用文字，還在講述的同時發表自己的一點見解，讓讀者也能邊讀邊思考，在獲得閱讀樂趣的同時也讓讀者跟著「讀與思」了。

三、展現人性的另一面，並給自己和讀者以現實啟示意義。「溫故體」的文章因其選材特別，行文也別有風味，但作者往往始終不忘思考，並在文章中感歎人性的複雜，給自己和讀者以現實啟示意義。這在〈頹廢文人：給嫖一個理由〉一文中體現地不是很明顯，但作者卻在文章開頭旗幟鮮明地表達了自己的一些觀念：「在我看來，文人不應該放縱自己，更不應該為自己的尋花問柳尋找冠冕堂皇的理由。放縱本身就是錯，為放縱找理由就錯上加錯。只要我們認真分析一下，不難看出，頹廢文人為自己的荒唐所尋找的理由其實是十分蒼白、牽強附會的。」姑且也把這些認作是作者給讀者的一些「啟示意義」吧！

（《給閱讀留一份紀念——一位學人的讀與思》，魏邦良著，寧夏人民出版社 2008 年 3 月第一版）

作於 2008 年 6 月

原載《青島日報》2008 年 6 月 18 日

讀《開卷》，說民刊

　　什麼是民刊？似乎有多種理解。有人將民刊定位於非官方主辦的刊物，可是現今不少官辦至少半官方的刊物也自稱是民刊，例如一些地方文聯、作協主辦的刊物。而我卻以為，所謂民刊，是一班志同道合的讀書人按照自己的意願、興趣獨立操辦的在民間讀書界傳閱的同人刊物。也就是說，所謂「民」，並非刻意要求是否官辦非官辦，僅需保證自發、自願、自由、獨立，並在民間流通、傳播即可。

　　《開卷》可以說是知名度最高的民刊，而且它也的確非官辦，是由鳳凰臺酒店主辦、免費贈閱的一種內部刊物。這本小小的內部刊物，已經滿百期了，歷時也有八年整了，在民間讀書界形成了巨大而深遠的影響，並推出了開卷叢書，出版數十種著作。這些年來，在出版界也形成了一股不小的氣候。這真是一個令人稱奇而又稱道的文化出版現象！可以說《開卷》是成功的，它對於構建書香社會起到了推動作用。

　　以《開卷》為代表的民刊，很好地沿襲了中國數千年的民間讀書傳統，潛移默化的將書香散佈到千家萬戶，更重要的是很好地保護、培植了民間讀書種子，為文化的復興做了一番準備。下面集中談談我理解的「民間讀書」態度、興趣、追求，並以《開卷》新近推出的《我的開卷》、《鳳凰臺上——〈開卷〉百期珍藏版》為例談談民刊的定位和發展方向。

　　一直以來，我總以為讀書的種子在民間，甚至學術、文化等都是根源於民間的。晚清文人喻同模在〈《萬家堡略》序〉中說：「遠鄉村落，非縣治之區，其民力最弱，而情常渙，然有一二詩書之家、

才略出群之士，就其民而鼓舞之，則弱者可使之強，渙者可使之聚。」這生動形象地說明了「一二詩書之家、才略出群之士」的重要性。現今文化、教育普及，不應只是「一二詩書之家」，而應是家家提倡讀書，於每家每戶之中都能聽到讀書聲。然而，近幾十年，文化教育得到了極大地普及、發展，可是民間讀書的聲音反而越來越小，「讀書種子」也越來越少，許多人不讀書早已習以為常，有知識、沒文化的人多起來了，這直接導致地方學術文化萎靡不振。在文化、教育普及的今天，真是咄咄怪事！因此，提倡「民間讀書」大有必要，這對於保存、傳承、發展文化有著非常重要的作用。

　　我認為民間的讀書態度，首先是對文化保持一份敬畏之心。敬者敬仰，承認文化是一種難得的精神活動，認為文化活動是有益的，應該加以提倡，尊重文化、尊重讀書人，並對文化遺產、歷史名人產生一種崇敬感，自覺地適當地為文化的保存、傳承、發展盡一份力。

　　其次，「民間讀書」應是建立在個人情趣和愛好的基礎上，比如立足本鄉本土也未嘗不可，專門搜集、整理、閱讀本鄉本土先賢的詩文，並推而廣之，讓這些地方文化很好地流傳、擴散開來。如果每一個人都有這種想法和做法，都有一些讀書的嗜好，有自己的讀書範圍，並好好地吸收、保存、傳承，那麼文明之火將愈燃愈旺。

　　第三，「民間讀書人」也應有一種學術擔當的精神。敢於在自己愛好的某一個領域深鑽，提出一己之見，做出自己的學術文化貢獻。

　　以上所說的民間讀書態度，也正是當今民刊所堅持的作風和追求。就《開卷》而言，是實實在在地做到了的，所以止庵老師在〈我的開卷‧從「我與《開卷》」說起〉一文中說：「國內類似民刊不止一種……就中以《開卷》水準最高，也最穩定，雖是戔戔小冊，卻很耐讀。」現在集中閱讀了《我的開卷》、《鳳凰臺上──〈開卷〉

百期珍藏版》兩書，我想以「啟蒙」、「文人味」、「學術氣」三點來
概括《開卷》的定位與追求，也即是上面提到的民間讀書態度以及
當今民刊應該遵循的發展方向。

在《鳳凰臺上──〈開卷〉百期珍藏版》一書中，有兩篇是談
「啟蒙」的。一篇是董健先生的〈我喜歡光，我崇拜光〉。作者說：
「上世紀九十年代以來，不斷有多種否定『啟蒙』、解構『啟蒙』的
新論傳到我的耳朵裡，不僅絲毫沒有動搖我對『啟蒙』的重視，反
而激起我堅持『啟蒙』、批判『文化民族主義』的更大熱情。」二是
陳樂民先生的〈我們還需要「啟蒙」〉。文中說：「《開卷》總該與讀
書有關，蓋開卷有益是也。我『閒』時看『閒書』，但日常所關注者
卻不『閒』，念念不忘的，離不開吾國吾民何等不應該須臾忘掉『五
四時期』德先生和賽先生（尤其是德先生）留下的任務，那幾乎是
我們全民族的使命或天職……我們還需要『啟蒙』或『新啟蒙』、『再
啟蒙』。」兩位作者對「啟蒙」可謂飽含信心和深情，這未必代表《開
卷》所有作者的觀點，但《開卷》接納此呼籲「啟蒙」的文章，不
正是《開卷》相容並包的啟蒙作風麼？

至於《開卷》的「文人味」，我想這是顯而易見的。當今許多官
方刊物，所發文章比較拘謹，即便不是論文格式，也難得有文人情
調的詩文出現。而《開卷》，既發小品文，也發小詩，還發漫畫、篆
刻、書法、繪畫作品，含有濃濃的傳統文人味道，使得這本刊物帶
有民國報刊的遺風。《我的開卷》《鳳凰臺上──〈開卷〉百期珍藏
版》兩書正配有大量名家手跡、篆刻、繪畫，琳琅滿目，真讓讀者
一飽眼福，翻了還想翻。

《開卷》也是充滿「學術氣」的。收在《鳳凰臺上》一書中的
學術小品可以作證，如桑農先生的〈徐志摩《花之寺·序》殘稿〉、
董國和先生的〈《文藝》閒話〉、朱金順先生的〈試說魯迅先生編的

《文藝連叢》〉等，這些文章的學術含量，並不亞於許多所謂核心期刊上的文章。

筆者於 2004 年知道《開卷》，但真正與《開卷》接觸卻是在 2006 年。那時帶著忐忑與敬畏的心情向《開卷》投稿。接著，我成為《開卷》的一個作者了，一直受《開卷》栽培，已在該刊發表多篇文章。《我的開卷》、《鳳凰臺上》上也收有拙作，都暴露了我的坦誠、淺薄與幼稚，作為一個民間讀書人，能在《開卷》上留下最初行走的或深或淺的腳印，我是感到非常欣慰的。願更多的人知道並喜歡《開卷》。

（《我的開卷》、《鳳凰臺上——〈開卷〉百期珍藏版》，蔡玉洗、董寧文主編，譯林出版社 2008 年 7 月出版）

作於 2008 年 9 月
原載《全國新書目》2008 年第 10 期

止庵的書信集

　　在當代作家中，止庵是一個另類，而他的筆名也非常地最古樸。觀他的人，讀他的文，讓我們感受到民國時期一樣濃郁的書生氣。這股書生氣，實在太難得了，也太迷人了。在中國幾千年以來形成的文化傳統中，總是能夠聞出書生的氣息，見到書生的身影來，而最能體現書生的性情的、人倫關係的文字莫過於書信。所以，我一直期待著止庵先生也能出版他的書信集，藉此我可以瞭解止庵先生的心靈深處也未可知。

　　現在止庵先生的書信集《遠書》出版了，我獲贈了一簽名鈐印本，只可惜失望與欣喜並存，或許失望尤大於欣喜亦未可知。翻看《遠書》，方知此書信集非家書，更非情書一類，乃僅與友人談學論道之書也。在所有的收信人當中，屬親人者唯止庵的堂兄弟王亞非，可惜此信亦見不出二人的兄弟情長，而是談有關傳記的話題，特別是最末一句「偶然想起，寫呈如上，願聽高見」之套詞尤為我所不喜──兄弟之間奈何亦如此客套。所以，此書給我的最大感覺是「拘謹」──我寧願不說是嚴謹。

　　由此我想起止庵的讀書自傳《插花地冊子》，我是多麼地深愛此書啊！我從中讀出了止庵先生的許多親身經歷的讀書故事，還讀出了止庵先生與他的父親詩人沙鷗、兄弟王亞非以及詩人沙蕾等人深厚的親情、友情。現在看來，我是更愛《插花地冊子》，而不是《遠書》了。對此，我我只能感到遺憾。

　　不過，話又說回來，作為一本談學論道的書信集，《遠書》亦有莫大可讀價值也。如推薦語所概括最得要領：「本書收錄作者致友人

書信兩百餘通，涉及閱讀、寫作、編書、治學，偶亦臧否人物，議論世事。或通情愫，或敘事實，或談學理，有真性情，具真見識。雖信手寫來，卻是上等文字。」

以上所說，唯「或通情愫」「有真性情」稍不夠顯露外，其他都是有根有據的。譬如「臧否人物」，在致謝其章一信中評價韓石山：「惠寄的《山西文學》收到，韓文讀了（按：韓指韓石山，係《山西文學》主編）。外行話說得或大膽，或俏皮，仍然是外行話……說了半天，仍屬胡適講的『丐辭』，此公好像『研究』過胡適，卻未得其半點思想神髓，亦可歎也。」這樣的評價不可謂不低了，或許還會招惹筆墨官司。

《遠書》中的書信有些是專就某一個問題進行談論，有些是就各種著作、報刊或單篇詩文提自己的意見，大多均具有真知灼見，自成一家之言，若放到止庵整個創作當中去，有補充說明或輔助閱讀的作用，畢竟在止庵的散文中很少有「臧否人物」、「議論世事」的文章，何況有些問題根本是不必寫文說明的，只能以書信代之，所以這些書信也具有了它的獨立價值。

在致李大星一信中止庵道出自己為文的追求：有隨筆之態度，有論文之分量，最是理想。把這個作為止庵散文的宗旨來看，或許也說得過去，我們讀止庵的散文，大多確確實實是有「隨筆之態度，論文之分量」的，至少可以看出他的苦心追求來的。所以，讀了《遠書》，我們可以更多地瞭解止庵其人其文了。

（《遠書》，止庵著，大象出版社 2007 年 11 月出版）

作於 2008 年 7 月

原載《書友》2008 年第 9 期

思想者的身影

　　出生於 1982 年的羽戈是一個思想上的早熟者。正當 80 後的文學市場甚囂塵上的時候，他獨自待在一個地方思考，並對 80 後這個群體做出了精闢的分析：

> 他們現在大都二十出頭，花一樣的年齡，卻在黑暗裡老去。這一代際的孩子們，沒有上一代人對於文革時期國家浪漫主義苦難後果的痛楚記憶，亦不能像下一代人那樣漠視原本僵硬生成的各種界限逐次消失，因為能夠與地球另一面的夥伴們同時觀賞到毫無差異的風景而歡欣歌舞。他們的成長歷程正是一個國家急劇易變的過程。其間的波瀾起伏，已然註定了這一代人的性格充斥著動盪與反叛的因子。

　　如果倒退四、五年的話，這樣的描述未必是對的，甚至是駭人聽聞的！正當 2003-2004 年，80 後的文學大軍正佔領媒體的各個角落，並成為圖書、音樂市場的寵兒。陽光、時尚、脆弱、任性、大膽、前衛等一系列詞語都可以概括成 80 後的面貌。然而，事實證明，這是蒼白的，無意義的，驟然而逝的。在這一群體形象中，我們還沒有找到思想者，沒有思想哪來歷史？真正的精神面貌來源於思想的根部。一切幻影與假象終會如幻泡影般消失，而羽戈在 2003 年 8 月 30 日寫下的以上文字才被人們想起。在 80 後當中，他是少數先知，也是最早的思想者之一。

　　正當 80 後蒼白的假面具被揭下來的時候，真正的精神實體裸露在人們面前。每一個幼稚的個體終將面對殘酷的現實，並思考自己的靈魂、命運。而這些問題早在前幾年的一片喧囂聲中，羽戈就已

經做了深度思考。只不過，嘈雜的噪音遮蔽了思想的黃鐘大呂之聲，只有當嘈雜不在，或相對減弱，真正具有思想深度的黃鐘大呂之聲才悠揚地在這個世界響起。或許，這是 80 後發出第一聲思想之音，而這本《從黃昏起飛》也即是 80 後最早的一本思想隨筆集。

這是值得慶賀的，同時這也是充滿遺憾的。遺憾的是，從這本書中，我們只能看到一個個稜角而已，或者說僅僅是剛剛破土而出的萌芽。作者關注面非常地廣，從電影到武俠小說，從中國文學到外國哲學，從中外憲政史到當下時政，羽戈都做了廣泛而深入的思考。

《從黃昏起飛》共分作五輯：第五輯專門分析金庸武俠小說，第四輯賞析電影，第三輯談外國哲學和文學，第二輯談憲政與民主（其餘各輯中也有這類思想作為內核），第一輯則較雜，是關於譚嗣同、魯迅、高陽等人物的評說。起首一篇〈焚燒的家園與尋找童謠的一代人〉不啻是作者的自序，一部 80 後的精神分析，上文所引即來自此篇。此書吸引我的是作者文筆的優美、思想的縝密，讀此書，我的心頭很重，我的大腦非要緊張地思索著，久久不能放下，即使放下了，也難以丟開。作者所寫，可以說是個人閱讀史的總結，更可以說是一種獨特的思想筆記，如若拋開此書結合現實，心中定是熱血沸騰，為作者的思想所鼓舞。作者的思想未必是成熟的，但作者的思想是振奮人心的！

《從黃昏起飛》的出版，我們才在大地上依稀見到了一個幼稚而正走向成熟的思想者的身影。我想，它會越來越高大，而且會越來越多的！羽戈繼承了自由主義知識份子的傳統，而且具有濃烈的民主自由意識，類似的文風曾一度被遮蔽，現在又多起來了。羽戈帶給我們的，是一種希望！

（《從黃昏起飛》，羽戈著，花城出版社 2008 年 2 月出版）

作於 2008 年 7 月

也說《閒話》之「閒」

　　近來友人姚宏越君在編一本關於「說話」或曰「閒話」的散文集，問我有無發現此類文章？我翻出民國雜文大系「閒適派雜文」一卷，中有陳煉青〈論讀書與談話〉、王穎〈談閒話〉頗近之，乃以此二文答覆之。

　　最近收到青島薛原先生重寄的《閒話》之四《異性仇敵》——又挨著「閒話」一詞。這時，才真真覺得姚君的「點子」好！大家都來說「閒話」，都來從「閒話」中打開局面，好不熱鬧！然而，姚君的「閒話」與薛君的「閒話」實有不同，前者是「閒話」一詞之本身，而後者是落得一個「閒話」之名，內中的文章與「閒話」有無關係尚在其次。

　　然而，也不盡然。薛原先生在《閒話》之三《無關娛樂》的「札記」中說：「《閒話》的文章雖然不是以學術性為旨歸，但也絕非道聽塗說的名流『八卦』，如果說有一種『閒話』體的話，『閒話』的特色是否可以說是以學術的態度來掃描名流人物的人生，但在文本上卻讚賞『八卦』的精神——也就是追求一個『閒』字。『閒話』是講史料來源和解密獨見的，但不是學院派枯燥的考據和生硬的論述；『閒話』是追求『重新發現』的，但不是街頭巷尾的捕風捉影。」這一番話，可謂有薛先生的一番苦心在焉——他是有破有立的，最終是為自己做一番辯護。薛先生將「閒話」一分為二地看，一方面讚賞八卦的精神——「閒」；另一方面，又強調是以學術的態度，並追求「重新發現」，這就突出了自身的價值。

以上說法，似乎是在回應我在〈話說「溫故體」〉（原載薛原先生主編的《青島日報》2008 年 6 月 18 日）一文中的某些觀點。因為，我在該文中也將《閒話》納入了「溫故體」，薛先生的「札記」尚在此文之後問世。該文說：「溫故體」的文史散文許多都是有點野史味道的，至少喜歡掇拾一點常人沒有注意到的略含隱蔽性野味的史料來做文章，以此來吸引讀者的眼球；「溫故體」的文章不是嚴格的學術文章，也不是純粹的文化散文，而是在「穿戴」學術隨筆的「外套」下，尋求一點文化氣息，一點史料味道，一點啟示意義。

現在，反反覆覆閱讀了《閒話》一書，我乃更加覺得我的觀點是對的。學術要求嚴謹，「閒話」終究是「閒」的，二者果能完美地同存一體麼？試以《閒話》之四《異性仇敵》中〈郭沫若：不對稱的愛與婚姻〉一文為例來「閒話」一番吧！這篇文章所用的材料都極其常見，無甚吸引人處；只是掇拾了郭沫若一生的情感往事為題材而已，以此證明郭沫若是「風流成性」，對不住對他忠貞的幾個女人。最讓我感到驚訝的是，作者落筆非常地輕鬆、草率。例如：「在中國現代作家當中，郭沫若可以說絕對是一個風流才子……郭沫若是以才子的面目出現而風流成性……新婚之時的郭沫若能夠克制自己的性慾，拋開新娘，出走他鄉，確實不容易。」這樣的語句、這樣的表達，只能讓我「瞠目結舌」了。且不談郭沫若對安娜等如何負心，但作者又何以認為郭沫若拒絕包辦婚姻，離開第一任妻子是負心之舉呢？當年類似郭沫若這樣的情況還少嗎？為什麼到了郭沫若頭上就不是仁人志士反封建包辦婚姻的壯舉？而調侃成「新婚之時的郭沫若能夠克制自己的性慾，拋開新娘，出走他鄉，確實不容易」，「閒」是「閒」了，如此便無甚意思。

　　薛原先生的追求是不錯的，希望《閒話》能夠按照他的想法、宗旨好好地辦下去，只是在對於「閒」的把握上，有時著實為難，只怕薛先生所選的某些文章也難免滑到他所抨擊的一面上去了。

　　（《異性仇敵》，臧傑、薛原主編，青島出版社 2008 年 6 月第一版）

作於 2008 年 9 月

一個年輕作者眼中的書評與書評週刊

　　近四、五年來，我與許多讀書類報刊產生了密切聯繫，其中有些報刊對我的悉心栽培常讓我感懷於心，例如《中華讀書報》、《藏書報》、《香港文匯報》、《開卷》、《博覽群書》、《魯迅研究月刊》等，當然最早是《中國圖書評論》發了我多篇書評。正是由於以上報刊的牽引，我才走上了書評寫作之路。《中華讀書報》的「書評週刊」即將出滿百期，聞報社擬舉行一些紀念性活動，心底遂湧起許多感慨，打算借此機會說說印象中的「書評週刊」以及我對書評的一些不成熟看法。

　　我最早與「書評週刊」有了聯繫是在「書評週刊」創刊不久。當時一位編輯先生在一朋友處讀了我的一篇文章，覺得可以用在「書評週刊」上。這是我第一次在《中華讀書報》上發表文章，從此書評寫作的熱情更加高昂，因為我把《中華讀書報》看得很高，被它認可對我是極大的鼓舞。可惜一直到現在為止，我還不知道這位編輯先生是誰。或許，一個作者對於編輯的認可，在內心裡總是充滿感激的！這種感激與一般的幫助帶來的感激有所不同，因為這不僅僅是幫助，更是被認可與接受。

　　然而，接下來很長一段時間，我給「書評週刊」投稿都沒有採用，我悵然許久，彷彿它又將我拒之於門外，不理不睬，讓我覺得好遙遠……只是，我有一股韌性，能夠堅持不懈，一年半之後，我又在「書評週刊」發表文章了。而且在不太長的時間內，我發了五、六篇之多，作為一家週刊，編輯竟捨得這樣去栽培一個年輕作者！

關於「書評週刊」上的書評，我覺得是比較純正的書評，既貼近一般讀書人，又注重文化，並適當靠近學術。在當今書評報刊中，堅持這種嚴肅的書評已經不多，許多報紙的書評版都已經大眾化，跟著大眾讀者走，追求時髦、瞄準市場，而不是面向讀書人。在這一惡風影響下，真正的書評已經不多見，主要是集中在一些學術期刊或專業書評雜誌中。而《中華讀書報》同樣面臨大眾讀者問題，它也能堅持純正的嚴肅的書評，委實難得！

關於書評，我覺得不屬於一種獨立的文體，更不存在什麼「書評學」。它僅是評論的一種，只不過其對象是書而已，好比樂評、影評、球評、時評等，也是評論的一種，因對象不同乃有不同的名稱。如果存在書評學的話，那豈不也有樂評學、影評學、球評學、時評學麼？那天下的學科、學問也真是太多了。各人對一本書的感受不同，看法不同，然後書評的寫法也不同，自然會產生各種不同相貌的書評來，但這些都不能算書評的類型。假如書評存在類型的話，並且出現類型化書評寫作，那只會降低書評寫作的層次，使其減少了獨創性，而增加了可複製性，這樣對書評和圖書的傷害是極大的。書評作為評論的一種，其核心仍然在於獨創性、個人性，包括獨特的視角與感受、新穎的論點與寫法、切實的表達與呈現等，或者以某一點為切入口帶動對一本書的評價。如勉強要我將書評加以分類的話，也只有兩種：一是讀後感，二是專業的學術書評。前者層次較低，一個普通讀者都可以寫下自己的讀後感；後者非常專業，且注重學術。當然在平時所能見到的書評中，也經常有兩相結合的情況，例如「書評週刊」上的許多書評，所以這種分法有時也顯得很勉強。

作於 2008 年 6 月

原載《中華讀書報》2008 年 7 月 9 日

我與《開卷》

　　頃接寧文先生約稿函，擬以「我與《開卷》」為主題寫一小文，作為慶賀《開卷》滿百期及八周歲生日之資。說來慚愧，這一兩年，我蒙受《開卷》及寧文先生栽培，屢屢有了亮相的機會，我想這是《開卷》及寧文先生給我特別的恩寵，而我卻實在難以算得《開卷》的忠實讀者。但與《開卷》結緣，成為《開卷》之一作者，實是意外之喜。

　　近四、五年來，我一直在創作與研究中痛苦掙扎，最終認命於研究；又在「學院」與「江湖」間掙扎，最終認命於「江湖」，至今「落草為寇」無意於「招安」，以「民間讀書人」自居。當 2006 年春，我開始將目光投向民刊，《開卷》成為我第一注意的對象，因為此前我也知道開卷文叢及其系列。既然有了「落草」之心，我開始在「閑閑書話」瞭解民刊資訊，從阿瀅先生那裡知道了不少民刊的聯繫方式，於是向我心目中的民刊第一刊《開卷》投稿，第一篇是〈讀書人的精神家園〉，如果能獲得《開卷》的認可，我想這對我無疑是很大的提升，或許我因此有更多拜師學藝的機會。當時的心態是不妨試一試，所以帶著企望與焦急。意外的是，我在別處知道 2006 年第 6 期的《開卷》上將此文發表了，可是到了 7 月我還未收到樣刊，去信問阿瀅先生，他說也沒收到。只好發郵件詢問寧文先生，很快就收到當年好幾期的《開卷》，並有寧文先生短函一封，內含鼓勵之語，這著實讓我受寵若驚——他已經把我當《開卷》的一個作者了！

　　我因年輕，資歷尚淺，要想發表文章，只能以質取勝。這幾年來，大大小小的文章很是寫了一些，尤以研究廢名的文章為多，可是有好幾篇很難替他們找到「婆家」，而我又自信他們很有些價值，能提供些新材料，於是只好又投給《開卷》了。這不是我在「欺負」《開卷》，而是信任《開卷》。〈又發現廢名的三封佚信——廢名書信研究之三〉就很有些學術價值，許多學院派的報刊不發，認識不到價值，最早就讓《開卷》給發了——其實此文價值經歷一年多的證明，確有很大學術價值的，2008 年第 1 期的《魯迅研究月刊》又再次發表了此文。這些都是《開卷》的幫助才得以儘早發表問世的，這體現了民刊的自由學術精神，一種氣質上的豁達！

　　2007 年，我在《開卷》還發了兩篇文章，一篇是〈浮出水面的詩人廢名〉，一篇是〈再談《林黛玉日記》及其作者〉。前者主要部分早在 2004 年 9 月完稿，只因《廢名詩集》拖延出版，因此找不到報刊發表，只好求諸網路（當然是宣傳了一些錯誤出版資訊）。2007 年 7 月，《廢名詩集》出版了，我很想讓它找到一個發出聲音的視窗，但許多報刊都以網上已有為由拒絕發表，他們看不到文章的修改、變動，連最有發表意向的《出版人》雜誌也將原有的編排計畫調整撤下此文。我是欲哭無淚，無處辯解，這時我想到了《開卷》，它會接受這篇稿子麼？我將基本情況告訴寧文先生，請他定奪。很快得到消息，以最快速度發於 2007 年第 9 期。發排前，寧文先生還專程就此文的一些疑點請我訂正，其工作之仔細讓我倍感殷服。比我先收到樣刊的桑農先生發來消息說第一篇即是我的文章，等自己收到刊物時，真有一種受寵若驚的感覺，在這樣一家著名的有影響力的刊物上把我的文章排在第一篇，這無疑又是寧文先生的厚愛了！《開卷》敢於打破體制內報刊的慣例，不發網上文章、少發年輕作者文

章，完全以質取文，有二、三十年代民國報刊之遺風，這體現了《開卷》求真務實、開拓進取的精神。

一次很偶然的機會，讀到《城市晚報》王國華先生的〈民刊的非贏利性意義〉一文，其中提到「青年學者眉睫」，又有我給《開卷》寫信之類云云，這讓我感到很蹊蹺。於是我在博客中寫下〈我非青年學者，而是民間讀書人〉一文予以澄清，「落草」已久，何敢奢望做什麼學者？只是我實在不知道他是從哪裡知道我給《開卷》寫信的？說實話，我從未給《開卷》寫過信，只給寧文先生發過郵件或短信，結合其文意，我猜測是不是寧文先生將我某次給他的短信編進「開有益齋閒話」，王國華先生當信件予以摘引了。那個短信中對《開卷》的評價是含帶批評的，我不是以批評為高明，只是直呈我的想法而已。現在我還沒有完全改變這個觀點，《開卷》仍需不斷探索、發展，不能只注重軟性的、乾澀的、陳舊的情趣，也要更多培養多種趣味的讀者，將一些新鮮的空氣帶進來，兼顧更多年輕的民間讀書人。這個工作在《開卷》已經開始做了，如上文所述，希望《開卷》做得更好！

在我所接觸的報刊中，《開卷》的發文速度是較快的，更有意思的是，發出稿費速度更是快，有時我甚至先收到稿費後收到樣刊，一般情況是只隔幾天都會收到，所以我從不擔心樣刊及稿費，由此也可以推知，第一次的故障純是郵局失職行為。

除了發稿之事，我很少與寧文先生聯繫，與其亦無私交，但他所負責的《開卷》對我的厚愛我是銘記在心的！謹將我與《開卷》的點點滴滴敘述如上，望《開卷》在 2008 年及今後更上一層樓。

作於 2007 年 12 月底

購書小記

　　我很小的時候，就對鄉土文化感到濃厚的興趣。前不久發現一套《湖北文徵》，十三大本、六百萬言、精裝，是湖北近百年來集幾代人之心力，搜集元、明、清三代鄉賢遺作，鉤沉拾墜，取精掇華而成，收文八千餘篇，蔚為大觀。於是動了購買之心，一看定價五百三十元！我簡直要哆嗦，退了出去。後來在網上舊書店，發現早已有人收購此書，再轉賣要價不足原價一半，於是我又動了購買的心思。

　　最近收到兩張稿費匯款單一百七十元。於是我決定用這錢去買《湖北文徵》。五一前我便和書店老闆聯繫好了，生怕它被別人搶先買走，答應五一去買，還可以節省郵掛費。孰知五一被拉去遊玩了一趟，去了湖口石鐘山、彭蠡龍宮洞，後來覺得現在旅遊實在沒意思，根本不能怡情養性，哪能如古人所說吸天地之靈氣。五一過後，我急忙去找那個老闆，還帶著幾本覺得沒用的新書，看能否換些書錢。

　　一大早，我就起來了，還約了吳忠山君。本來約好是十點見的，可是我們去的太早，不到九點就到了，於是在東湖中學附近遊逛，到報刊亭翻看雜誌。等老闆來時，已經十點了。到了他家，發現他有一個專門的收藏古籍舊書的房間，裡面較亂，我們搜尋了將近一個小時，發現不少寶貝，都愛不釋手，可惜都太貴。我只選了王葆心的《方志學發微》和唐唯目的《方志學常識》。我們戀戀不捨的走出他的「書房」，老闆幫我裝好《湖北文徵》，我點清了錢，像是廢名小說《桃園》裡的王老大買了假桃子的心情，癲癲地走下樓去，想著也只有我這種傻子才買這樣的書吧？忠山似乎看出我的意思，

傻呵呵地笑了。平日裡，我就笑話他讀什麼革命著作，在別人眼裡，我還不是讀著廢物一樣的書。

　　提著《湖北文徵》，我感覺周圍人都在看我似的，現在很少見學生走在路上還抱著書的，何況我抱著的是什麼書啊？那一片時空，我是最特別的，它是專屬於我的！我也不知道別人要真注意了我提的什麼東西，還真猜不出他們是什麼想法哩！管它呢，我讀我的書。忠山執意要去武漢大學附近的集成舊書社看看，我們只好半路在珞珈山停下。集成舊書社我曾去過多次，還在那裡買過周大璞的《訓詁學要略》；那裡還有《湖北兒童文學大系》，可惜只有一冊，不全，只好割愛。忠山在那裡溜達了多時，我半步都沒踏進書店，一直守護著我的《湖北文徵》。半晌，忠山出來了。此時已近十二時，我們便在那裡吃飯，為了支持我買《湖北文徵》，這次伙食忠山包了。

　　飯還沒吃完，武漢大學的一位老師發來短信，要我過去小坐。於是這個「沉重而光榮的任務」交給忠山了——要他幫我帶回去。其實這次出來已經很累了，我知道這樣很麻煩，但出於友情，他還是幫我扛了回去。

作於 2006 年 5 月 14 日
原載《崇文》2008 年第 6、7 期

卷
三

走進「波波熊」的世界

——一個大朋友讀後的話

蕭袤的短篇童話集《波波熊的故事》今年出版了，他贈予我一本。那天從他家走出的時候答應是要寫一篇書評的，後來一直未曾下筆，心中乃覺不安，彷彿欠了著者一筆債，雖然沒有人來催債，但自己終於還是不安。

其實，這本近似方形的小兒書一拿來我就一口氣讀了數章，只覺得我與波波熊似曾相識。也許是自己心理發育遲，「內模仿作用」比別人強烈一點，形象思維退化慢一點，直到中學還是個孩子。後來上大學，現在的大學也是個現代社會，一切純潔的心靈都會蒙上塵垢——所以我說是似曾相識，而不免還是隔膜，難怪讀著讀著有點昏花，不為裡面的奇思妙想所動，終於還是暫擱一段時間。

小時（十歲左右）愛讀《三國演義》、《東周列國志》一類的連環畫，這些終究是歷史，與小孩子還是隔了一層，不算純粹的兒童文學；後來愛讀陳粵秀、王蕤、田曉菲（不大喜歡已經過時的韓寒和即將過時的郭敬明），而這些都是少年文學；長大後才有機會看見大量的兒童文學，我真搞不懂中國的教育。然而教育是不能損害於我的，我從稀缺的連環畫、神話、《小朋友》、《童話大王》、鄭淵潔（唯一相親近的童話作家）和我自己豐富的想像力中編造自己的兒童樂園，所以我的兒童精神世界是豐富多彩的。現在面對這麼一本由短篇連綴而成的長篇童話（前面我說是短篇童話集），我有一種久違了老朋友的感覺。只是這位老朋友與我記憶裡的又不完全一樣。我記憶裡的「波波熊」彷彿是個王子，而不是動物。走進波波熊的世界，才發現波波熊與王子一樣的聰明、勇敢、正直。

　　我小表妹梅夢沁，今年七歲，她讀後說：「那老師寫得真好！」
她稱蕭袤是「老師」，我這才覺得蕭袤真是小朋友的好啟蒙老師，老
師真應該像蕭袤學習。我八歲以前是根本沒有這樣的書看的，即是
說我八歲以前沒有受到很好的啟蒙教育，這真是可怕的黑暗世界。
也許那時的我只是在夢裡為自己尋找光明吧！小孩子的感覺總是切
實的，感覺又是小孩子的評價，所以這本書確乎是好，我彷彿不該
來插嘴似的，但我又能說出小孩子不能說的。

　　蕭袤是黃梅的一位童話作家，據我所知黃梅還有兩位寫過兒童
文學的作家。一是廢名，周作人稱他的《橋》是童話文學，《橋》是
虛幻的空中樓閣式的田園詩意小說；再一個是馮健男，他寫的是充
滿鄉土氣息的農村兒童生活。然而真正稱得上童話作家的卻只有蕭
袤。這不是我的偏愛，是我的直覺，同時也是事實。蕭袤的《波波
熊的世界》，它的情節比《橋》還要單薄，結構也很稀鬆，卻都是波
波熊的故事，這是它的特色。它還富有現代氣息，什麼現代通訊工
具、市場觀念等都會出現在波波熊的世界裡。它的讀者都是現代小
孩子（不考慮城鄉差別，農村孩子現在也是現代的）。

　　後來我認真地讀這本書，是用小孩子的口氣讀的，我放下了大
人的架子，因為我知道這在大人看來都是「騙人的東西」（這是偏
見）。現在我真覺得這裡的文章實好，真有童趣、童真、童心。兒童
的生活總是詩意般美好，所以這裡的文字簡潔、詩化、雋永，很有
意蘊。引我注意的還有括弧裡的語句，一般童話似乎沒有太多按語，
蕭袤的按語簡直是他自己行文的一大特點，是「蕭袤式」的。蕭袤
似乎在說：「最好的解釋都在書上，千萬不要再問我。」如果真要問
蕭袤這裡的每一篇文章是怎麼寫出來的，我想倒也不難。故事它總
有一棵種子，然後破土而出，長大起來，再長一點，就是一棵枝繁
葉茂的參天大樹。這棵種子是蕭袤的奇特想像力，奇特而又不失真，

還具有教育意義。一時的靈感，稍作完善就可以織就一篇文章。然
而事實又不這麼簡單，蕭袤的這裡篇章好多都是「謎語式」的結構，
謎底往往出乎讀者意料，我總為此叫絕！這是蕭袤的創造，而蕭袤
的想像力也不是一般人學得來的。這裡說的是波波熊世界裡有命力
的東西，也是蕭袤童話受大眾歡迎的原因所在。

　　安武林說波波熊是男孩子，很適合低齡小男孩讀。其實波波熊
不大見得就只有男孩子喜歡，我的小表妹不也喜歡可愛的波波熊
麼？我也喜歡波波熊，走進波波熊的世界，我彷彿在夢中走過童年，
覺得波波熊就是我的童年。我愛童年，所以我愛小孩子。夢中醒來，
我是波波熊。

作於 2004 年 7 月
原載《中國圖書評論》2004 年第 12 期

少年飛車手

中國童話作家蕭袤今年出版的兩本書《波波熊的故事》和《飛車手包頭龍》，皆是他近幾年的精心之作，連載以後反響頗大。

《飛車手包頭龍》是蕭袤最新出版的力作，係「金版新童話之恐龍冒險島」叢書之一。同一系列裡還有張秋生的《劍龍與笨熊》，湯素蘭的《偷蛋龍歷險記》等。書共四十八章，每章都可以獨立城篇，但前後又有一定聯繫。書中字體較大，每頁都配上了與內容相關的插圖，讀起來輕鬆活潑。

主人公包頭龍從小在古奇鎮長大，生性膽小，但他善良、聰明、勇敢，並有一個美好的夢想──當一名摩托飛車手。古奇鎮的三個搗蛋鬼土狼呃兒、豪豬呼兒、果子狸菲兒經常開著敞篷車招搖過市，幹盡惡作劇。膽小的包頭龍一次次破壞他們的行動，遭到三人的嫉恨、欺負，於是雙方展開激烈角逐。

他們先後來到繁華城、百花谷、地下王國、狂歡鎮、阿里巴巴島等奇妙的世界，最終包頭龍在與他們鬥爭的過程中實現了他的夢想，並與三個搗蛋鬼在阿里巴巴島成為好朋友，四人盡釋前嫌。移動的阿里巴巴島有一天把他們帶回了古奇鎮，包頭龍與奶奶又見面了。

這部中篇童話的寫法依然承襲傳統手法，依稀可見我國古典小說《鏡花緣》的影子。但作者又將之植入了許多現代色彩，使它富有時代氣息。

譬如地下王國裡的「機器我」。「機器我」的產生源於機器人、克隆人。然而「機器我」形象的創造又另有深意。西方許多作品表

現現代人疲於奔命，簡直沒有真正做過人，這是「人的異化」。而「機器我」則代替「原人」應酬一系列使人異化的活動，同時作品裡又思考機器我是否會因為有思維、感情而取代「原人」這樣的問題，這與許多人擔心克隆人會取代人類一樣。這些是作者對現代社會「人的異化」和高科技前沿問題的深入思索反映在童話中的結果。

　　蕭袤童話不同於一般的童話就在於他的童話裡有許多深入的哲理思考，發人深省。這些思考像人體的骨骼一樣，給浪漫輕靈的童話添加了分量。

作於 2004 年 11 月

原載《新京報》2004 年 12 月 10 日

豐子愷的童話

　　近讀北師大兒童文學博導王泉根先生的〈中國兒童文學五代人〉。此文大體將五四以來的兒童文學作家，按照輩份和傳承關係作了勾勒，並將每代作家都作了詳細列舉，甚至發掘出一些鮮為人知的童話作家，如民國文學研究家趙景深。近年來，也確實有一些童話選本選了他的作品。但令人惋惜的是，文中也漏選不少名家、大家。如果這篇文章只是代表性列舉也就算了，可是作者似乎是為反映近九十年來中國兒童文學實績，盡量地作了列舉，甚至不惜筆墨加上了鉤沉的作家。

　　據筆者所知，這篇文章至少遺漏這麼些作家：現代的豐子愷、梅娘，毛澤東時代的何其芳、馮健男。另外，冰心因許多富於童心的散文、詩歌，也被視為兒童文學作家（後來還有冰心兒童文學獎），其實寫田園小說近於童話的廢名、寫朦朧詩近於童詩的顧城又如何不可列入兒童文學作家呢？他們與冰心一樣有著一顆乾淨的童心，在他們的小說和詩歌裡，也有他們自己留戀的童話世界。無論怎麼說，上述諸人都應是兒童文學研究中不可忽視的存在。對以往兒童文學作家作品的鉤沉輯佚，重新審視中國兒童文學，對於擴大「兒童文學」的認識，打通兒童文學理論研究中的薄弱環節，深入闡明中國兒童文學源流與傳承關係無疑起著極其重要的作用。

　　現代作家梅娘的《青姑娘的夢》曾收入新民印書館「創作童話」叢書第三種，於 1944 年 2 月出版，該套童話叢書由兒童文學理論大家周作人作序；馮健男的《東山少年》（秦耘生插畫），於 1954 年出

版，在當時也產生不小的影響，深受農村兒童喜愛。下面主要談談新近出版的《豐子愷童話》。

豐子愷先生是我國漫畫大師，同時也是著名的散文家，而他自己卻以「老兒童」自居。這個老兒童生前至少出版過五本少年兒童文學作品集，一是 1932 年 10 月上海中學生書局出版的《中學生小品》，二是 1937 年 3 月上海開明書店出版的《少年美術故事》，三是 1944 年上海作家書屋出版的連環畫《文明國》，四是 1947 年 10 月 10 日上海萬葉書店出版的兒童故事《貓叫一聲》，五是 1948 年 2 月上海兒童書局出版的短篇童話集《博士見鬼》。《豐子愷童話》主要取自《博士見鬼》，其中的散章均在 1947-1948 年的《兒童故事》上發表過。

《豐子愷童話》以畫配文，「讀其文，樸實自然，而寓意雋永深邃；觀其畫，清新樸拙，而匠心別裁」，這本童話較好地讓讀者領略民國童話的風格和豐先生兒童漫畫的品格。豐子愷先生在《博士見鬼》序言（也是《豐子愷童話》的序言）中說：「茯苓糕不但甜美，又有滋補作用，能使身體健康。畫與文，最好也不但形式美麗，又有教育作用，能使精神健康……笑話閒談，我也不喜歡光是笑笑而沒有意義。」豐子愷先生的童話創作是「茯苓糕式」的：一個故事背後藏著一個教訓。然而我又覺得豐先生的不少童話顯露著當代童話和外國童話的風致，如〈有情世界〉、〈大人國〉、〈獵熊〉、〈赤心國〉、〈伍元的話〉等。〈有情世界〉以孩子的眼光看有生命力的花草溪月，好似人間幻境；〈大人國〉反諷世人的貪婪、醜惡，完全站在顛倒的角度看人世，幽默、有趣；〈伍元的話〉用一張五元的紙鈔，刻畫一段流亡史中的人情冷暖。

豐子愷先生曾歎道：「孩子能撤去人世間事物因果的網，看見事物本身的真相，他是創造者，能賦給生命於一切的事物，他們是『藝

術』的國土的主人。」正是這樣，豐先生在許多散文中表示對兒童的嚮往。可以說，他一生的藝術都是童心的藝術，他以兒童的心理看待人生、國家和社會，創造出獨有風格的「子愷漫畫」。他的童話創作雖然只是他藝術生涯中浩繁的作品中的一部分，而這部分作品也是他「童心藝術」的另一種表現方式。他許許多多的散文、漫畫其實不也浸潤著兒童的藝術，這不也是兒童文學嗎？

豐先生在〈我與《新兒童》〉中說：「讀過我的文章的人，看過我的兒童漫畫，而沒有見過我的人，大都想像我是一個年青而好玩的人……我相信一個人的童心切不可失去。大家不失去童心，則家庭、社會、國家、世界，一定溫暖、和平而幸福。」說這話時，豐先生已經五十二歲了，我們看到的仍然是他孩童的純淨的心。正是這樣一個把畢生心血奉獻在「童心藝術」的大師，卻遭到兒童文學界的漠視，試問現在有幾個童話作家知道豐子愷先生是兒童文學大師呢？

作於 2004 年 12 月
原載《文藝報》2005 年 2 月 24 日

仰望「孩子的天空」

何騰江的兒童詩集《孩子的天空》於 2005 年年初出版了。這位生於 80 後的青年作家，與同輩青春派作家有極大的不同。而且在 2004 年出版的《我們，我們──80 後的盛宴》中也沒有收錄他的作品，儘管早在 2002 年花城出版社已經出版了他的《追夢時代》，他也被視為「80 後校園作家代表人物」。何騰江的存在，使得我們不得不認為：青春派作家與 80 後作家不能劃上等號。

造「星」編輯胡瑋蒔在〈那麼紅〉中說：我更希望那些在純文學創作道路上辛苦摸索的作者能真的出個大師級的人物，讓我在物質主義薰心的生活裡還能體會藝術的價值感和崇高感。何騰江正是這樣一個「文學苦旅」的作者。正當青春派小作家一窩蜂瞄準市場化「文壇」的時候，一些對文學有真熱愛的青年作家正在悄悄奠定 80 後承接六、七十年代作家的文壇重構任務的基礎，並且在他們的創作中顯現出自己的實績。在 80 後作家剛剛登上文壇的時候，一切都顯得熱鬧而又混亂，真的天才與混水摸魚者一齊亮相，各自的藝術特徵又沒有成型，從他們中間要劃出派別來實在為時尚早。而何騰江卻在默默的耕耘，並找到了自己的藝術領地，在兒童文學和校園文學裡開始有了收穫。

作者出生於「充滿著詩情畫意的雷州半島」一個貧窮農家裡，由讀小學就發表新聞稿而萌生作家夢，在經歷了六年中學文學嘗試的鍛煉，並發表處女作散文詩〈父親〉，甚至「擬寫一篇反映農村改革開放之中所滋生的腐敗現象的長篇小說〈憤怒的鄉村〉」之後，終於打開了他文學殿堂的大門。多年的苦讀，一次次失敗，磨礪了詩

人堅韌不拔的品性和對文學夢的執著追求，同時也為以後的文學創作打下了堅實基礎。作者在〈我的文學苦旅〉中說：「在我的文學苦旅上，給予我寫作靈感的是我的父母親。」母親編的故事和兒歌在詩人幼小心底留下深深印記，及至成為十年後文學事業的胚胎。無怪乎作者歎道，「這些無字的歌，演繹開來常常就是一篇絕好的小說、優雅的散文、深沉的詩歌。」詩人的本性使作者成為一個「老孩子」，一個童心的呵護者和歌詠者，一個永遠生活於過去的藝術者。

我們隨便翻開詩人的自序，第一句就是「我是一個孩子，一個不想長大的孩子」。這簡直就真的是一部孩子寫的詩集。整個詩集分作六輯。在「男孩女孩的故事」裡，詩人採取簡單的敘事，絲絲將故事和生活中的詩意發掘出來，並在異性色彩的單純和甜美裡給讀者一個溫馨的遐想。如果說，這一輯詩有現代詩的特徵，那麼在「幼稚無邪的童心」裡就體現得更為明顯了。這些以兒童心理觀察和感受城市生活的城市詩，將成為現代城市詩一個獨具風格的存在。它們很容易令我們想起簡單的城市詩和顧城的童話詩。它的題材是取自城市的，這與簡單的城市詩同屬一類；而角度卻是兒童的，不是成人的，這又與顧城的相類似，可是顧城的童話詩又多是觀察自然的。成人與兒童的矛盾在這裡得到了藝術調和，這些詩歌無疑成為整本詩集的佳構，城市孩子的天空給我留下一個仰望「孩子的天空」的姿態。至於「花季雨季的印痕」和「回想童年的細節」等無不顯現出詩人感觸的細微和視角的獨特，並可以略略看出詩人對詩藝的追求，並不因其是童詩而失去進一步藝術探索的可能性。

作為一本兒童詩集，語言的明白曉暢，輕靈俊逸，結構的緊湊和稀鬆搭配適宜，很能引起小朋友閱讀上的怡悅。而作為成人詩來讀，也可以說是詩藝上的另一種追求，可以說何騰江的某些童詩與成人詩的接近處將在詩歌領域大放光彩。

　　有人說，評論家不是法官，而是科學的分析者。我認為這個觀點其實也是錯誤的。我面對著《孩子的天空》，仰望著，彷彿「在哈爾蓋仰望星空」，充滿了神秘感和膜拜感。

　　我已經完全走進「孩子的星空」了。我在追尋著我的童年，彷彿我還是個孩子，我已經失去作為一個具有理性的科學判斷者的條件了。

作於 2004 年 12 月

原載《孩子的天空》長城出版社 2005 年 8 月版

童年和童話

　　我接觸童話，是無意中的。很早很早的時候，我愛書如狂，在夜深人靜的時候，我獨自翻看當時能夠找到的所有的書，其中就有一本騎士文學，那時我大約十歲。這種超功利的完全沉浸式的閱讀，我大概堅持到了中學畢業以後。

　　多少個夜晚，我曾為灰姑娘和賣火柴的小女孩落淚；但隨著年齡的增長，這種感動已不是出於自然流露，而是理性地對待。甚至在塵世的「造化」下，我已經開始略略世故起來。這兩年來，我越發覺得童年遠了，天真也離自己遠了。我有一種害怕長大的心理，同時我又渴望長大——我正處於人生的一個分界嶺。在入世的途中，我遭受一些打擊，自然變得「乖順」了。我痛苦過，頹廢過，也浮躁過，真不知道哪種思想可以作為自己的救命稻草，成為一種信仰堅持下來。

　　正當我對文學尚未完全失去信心和興趣的時候，我遇到了童話作家蕭袤，他送我一本他早年的童話《電腦大盜變形記》。這是一本短篇童話集，是他青年時創作的一個作品選集，也算是他的成名作吧！

　　我總以為童年遠逝了（包括有人說童年在消失），兒童文學自然也就慢慢失去它存在的土壤，何況今天的兒童文學又有多少能勾起人們對童年的懷念呢？童年與兒童文學的脫離恐怕是兒童文學現狀的一個大問題。許許多多粗糙的缺乏靈性的兒童文學正大步入侵兒童的世界，使得他們在狂歡中失去對愛和美的追求。一些不中不外、不倫不類的形象正在扭曲兒童觀察世界的的視角，把兒童帶入一個

虛幻的不切實際的遙遠的「伊甸園」、「魔界」。這些作品刺激了兒童的神經，卻乾涸了兒童的精神。我讀蕭袤的童話卻喚醒了我對童年的記憶，不安的靈魂也得到一定程度的安歇。他的「波波熊的故事」，彷彿是發生在我的童年，於是我欣然寫下一篇書話〈走進「波波熊」的世界〉，表示對他的祝賀和對童年的追憶。

這本《電腦大盜變形記》讀得要比《波波熊的故事》晚，才發現這裡有一半也還是「波波熊的故事」。無意間興味損失不少，我暗自惋惜（甚至嘟囔了一陣子），要是先讀這本該多好啊！況且這本極薄，拿在手上便於翻閱。即是這麼一小本童話集子，蕭袤在文學情趣上的追求也是一目了然的。蕭袤的老師周銳先生好像在哪裡說過，好的童話是情理趣的結合。而蕭袤的這本童話似乎是以「理、趣」取勝而少「情」。「趣」總是少不了的，小男孩式的幽默充溢在蕭袤整個童話世界裡，有人乾脆稱之為「蕭袤式」的，這是否得當我還說不大清楚，但這種幽默確乎是蕭袤所有，且形成他自己的一種追求，至於別家的作品裡是否也有這種味道，我還沒有去瞭解。但有的兒童文學作品裡有許多「惡趣」，我是發現不少的，這種「幽默」其實不是幽默，是純粹的笑話、玩笑，讀了也就算讀過，扔了吧！但蕭袤的幽默，是微帶深刻意味的，是與「理」相結合在一起的，所以不會讓你大笑，而是微笑或者默許。我總以為這種幽默存在的價值和意義要大，這也是我選讀作品的標準之一。

記得周銳先生在《電腦大盜變形記》的序言〈比「內功」〉中還特地強調語言功底對於一個作家的重要性：只有具備「內功」者，才可以成為大家。所謂文學是語言的藝術，如果語言沒有藝術特色，這樣的作品必然在文學性上大打折扣。許多兒童文學作品過於幼稚、粗淺，也壞在語言，以至被譏笑為「小兒科」。兒童文學在成人文學面前長期抬不起頭來，與語言是有很大干係的。蕭袤的語言，

還算質樸、明朗、簡約，有點中國古典意味，但我總以為追求和探索還不夠。也許我的閱讀，還淺顯，沒有說到蕭袤童話的骨髓裡去，那也是沒有法子的事情。

　　蕭袤君我已是久不見了，偶爾還會想起他，心底有那麼一個影子在，彷彿他給我一個中國童話的世界，他也給我一個中國童話作家的印象。每當我走過書市，看到大量外國兒童文學作品和國內仿作的「外國兒童文學作品」的時候，這種印象也就更加鮮亮起來。我凝望著手中那本舊舊的《電腦大盜變形記》，於是衷心祝願蕭袤能夠寫出更多的中國特色的童話來。

作於 2005 年 12 月 7 日

原載《成長》2006 年第 6 期

紀秋山譯《霍桑童話》附識

今年三月，我開始頻頻進出「天涯‧閒閒書話」，早就聽說這裡高手如雲，是書評書話界在網上的洞天福地。在這裡我先後結識了阿澄、沈勝衣、柳已青、朱曉劍、思郁等朋友。最早讀到的一篇文章是紀秋山先生（網名井岡秋山）的〈《奇跡書》後記〉，當時對他把 A Wonder Book 譯成《奇跡書》頗有不滿；他譯的兩種霍桑童話並不是合本，而他在行文中又用了書名號，容易造成誤會，於是留言說明我的看法。紀老很快地回復了，稱謝我的提醒。一個多月後，收到一封陌生人郵件：潯陽人眉睫先生收，想寄兩本書給您。當時覺得很蹊蹺，哪個未謀面的朋友會如此故弄玄虛呢？稀裡糊塗地回覆了自己的地址，可見內心還是有些貪欲的。後來真收到兩本書：《奇跡書》、《叢林故事》，這才明白是誰寄的，一時受到了些震動——因為這些事我已經全部遺忘了！

A Wonder Book 意思是一本令人感到驚奇、激動的書，意若這本書裡的故事讓你興奮不已，讓你感到閱讀的饑渴！既然如此，譯成《驚奇故事》似乎順順當當，何況她的姐妹篇 Tangle Wood Tales 譯成《叢林故事》（其實是叢林童話），這樣更接近童話書的命名。其實霍桑這兩本童話的書名早已有人譯過。朱光潛《給青年的十二封信》中有一封是「談讀書」的，專門向國內青少年讀者推薦世界名著，裡面列舉了一些，其中就提到「霍桑的《奇書》和《丹谷閒話》（Hawthorne：Wonder Book and Tangle Wood Tales）」。可見，朱先生把 Wonder Book 意譯成《奇書》，把 Tangle Wood Tales 音譯並曲譯成《丹谷閒話》，都不像是童話書的名字。後來國內出版的各種

霍桑童話，也有多種譯法，如浙江少兒社 2004 年出版的一本《A Wonder Book》就是譯成《驚奇的故事》（這個版本是全譯本的《A Wonder Book》，但沒有包括《Tangle Wood Tales》）。朱先生在 1929 年向國內青年讀者推薦的兩本霍桑童話，半個世紀後才首次由紀老譯出，可惜未能出版問世。直到再過二十餘年才由哈爾濱出版社出版，與青少年讀者見面。在這期間，我發現的霍桑童話在國內至少有五種版本，分別名為《霍桑神話故事集》、《霍桑童話》、《霍桑童話故事》、《噴火女魔》等，都是作為世界兒童文學名著引進出版的。這些版本或是選本，或是改寫本，或是刪譯本，都不是全本。紀老並不知道在他的譯本問世前（他在〈《奇跡書》後記〉中自信地認為在他這兩本霍桑童話出版以後，「中國人只知有安徒生童話而不知有霍桑童話的日子結束了」），中國兒童文學界已經出版了多種版本的霍桑童話，但又沒有哪一種比得上他的古樸忠實、原汁原味！這對於譯者是悲哀，還是幸事呢？

納旦尼爾・霍桑是美國十九世紀最傑出的浪漫主義小說家。1804 年 7 月 8 日出生於麻塞諸塞州的薩勒姆鎮。在大學裡，霍桑說自己是個「懶學生」，但「老在念書」。畢業後霍桑回到家鄉，開始了他與世隔絕的隱居生活，長達十二年之久，他把關自己的房屋叫做「貓頭鷹的巢穴」。對於自己的生活，他解釋說：「我被生活的主流拋到一邊，再也回不去了……我把自己弄成了囚徒，關進了地牢……現在卻找不到放自己出去的鑰匙。」據說他讀完了當地所有的書，並開始了他的寫作生涯——起初失敗了，並窮困潦倒。霍桑曾認為自己是「美國最無名的文人」，但 1850 年出版的《紅字》使他一舉成名，被評論界稱為「本世紀的最偉大作家」。從此，霍桑告別了窮苦生活，發表大量著作，成為美國文壇聲名最顯赫的作家。1852 年、1853 年霍桑出人意料地發表了兩本童話《A Wonder Book》、《Tangle

Wood Tales》。此後他並沒有再從事童話寫作，所以霍桑童話僅此兩本而已。對於霍桑為何寫這兩本童話，留給讀者的只能是猜測，這可能與霍桑最早接受的文化傳統以及他自閉的性格有關。面對的人性的罪惡與他內心無法排遣的壓抑，使霍桑沉迷於象徵主義，迷醉心理描寫，而霍桑童話或許是他安放靈魂的另一種表達方式。

霍桑不是專門從事兒童文學創作的作家，其實安徒生也是如此，但「不湊巧」他們的童話都彪炳千古，成為世界兒童文學的經典之作，安徒生更是因童話而享譽全球。非兒童文學作家創作的童話，不一定是專門寫給兒童閱讀的，或者是寫給成人閱讀的，或者大人小孩都喜歡，這在外國兒童文學裡是一個奇特甚至常見的現象，在中國則不然。霍桑創作童話的初衷或許是寫給孩子的，但不能簡單地認為他的童話就是專門寫給兒童的，而是「不管是大人還是小孩」。近十年國內出版的霍桑童話，都是由中國婦女出版社（1997）、北京少年兒童出版社（2001）、延邊人民出版社（2003）、金城出版社（2004）作為童書收入世界兒童文學精選叢書、世界經典童話寓言珍藏文庫、青少年課外讀物寶庫、世界童話名著全集的。而且它們在翻譯的過程中，往往是節選和刪譯的，沒有保存霍桑童話的原貌，甚至稍微改變了霍桑原有的語言風格，這對於霍桑童話本身無疑是一個損失，其中文學的分量和意義減輕不少。一個典型的例子是，霍桑童話中所有的引子、後記都不無例外的刪掉了，估計是譯者認為兒童不感興趣或者根本懷疑兒童讀不懂，而這些引子、後記，都是闡釋和接近霍桑童話文學意義的視窗，也是霍桑童話在體例上與現代童話的差異。《叢林故事》的第一章〈代序〉其他譯本也都沒有，而這篇〈代序〉（也可看做是《奇跡書》的跋），是解讀霍桑童話乃至其文學觀的必讀文章。從這種意義上講，紀老的譯本，具有彌補其他譯本種種缺憾的作用。

　　紀老並不是按照翻譯兒童文學作品的想法來翻譯霍桑童話的，雖然這兩種童話仍然是作為童書收入《金海豚經典譯叢·經典童話》。他翻譯霍桑童話，源於六十年代初發現一本英文的《A Wonder Book》，欣喜不已，於是動了翻譯的念頭。這一工作直到 1979 年才完成，葉君健先生推薦灕江出版社出版，終因徵訂數過少而未果，使得霍桑童話在中國的問世至少推遲十年。可見，當時國內對霍桑童話瞭解的人是微乎其微的。類似遭遇，在出版界不知有多少。當年周氏兄弟翻譯《域外小說集》，自費出版，僅賣出二十本。直到新文學運動以後，《域外小說集》才成為暢銷書。國內最早出版霍桑童話的，是 1989 年甘肅少兒社的《霍桑神話故事集》，蒲隆譯，但影響不大。一方面可能還是缺少介紹，另一方面可能也出在書名上，現今問世的霍桑的這兩本書，都是以童話命名的，很少以神話命名的。可見童話比神話更容易為兒童所接受，霍桑童話也因此成為固定的說法了。《霍桑神話故事集》以後，僅有延邊大學出版社 2003 年出版的霍桑童話《寫給少男少女的神話》是以神話命名的。霍桑童話以古希臘、羅馬神話為素材來源，但脫離了神話的圈圈，成為獨立的童話創作。在《叢林童話》的第一章《代序》中霍桑借尤斯達士（一個虛構的人物，霍桑說他是這兩本童話的作者，而自己是整理定稿的編輯）之口承認《A Wonder Book》（原譯《古希臘神話新編》）「增添了更多的傳說」，並說「這些故事改變了它們原來的（神話）形式，重新形成了被認為可以佔有這個世界上純潔的童心的童話」。霍桑憑藉他的天才完成了神話到童話的飛躍，其實是把民間童話改造成作家童話，這使霍桑成為美國兒童文學的奠基者之一。格林兄弟之後，安徒生以前，霍桑是繞不過的一位童話大師。

　　這是霍桑童話迄今在中國最好最全的譯本，也是最廉價的，但也有一些缺憾。如譯者在〈亡羊補牢〉中指出的兩點：第一，插圖

沒有與各篇故事相對應,除了第一個故事的插圖之外,其他幾個故事的插圖,所處的位置與正文完全脫節;第二,在第二篇故事〈點金手〉中,出現七百多字的遺漏。這都是出版社的過失,也體現了現在某些出版社憑藉地位上的優勢而對作者、作品不夠尊重。另外,我還要指出的一點是,《奇跡書》中第六篇〈三頭怪物客邁拉〉遺漏了後記。我真心希望能夠出版一套《霍桑童話全譯本》,這就比紀老的譯本更符合、接近霍桑童話的原貌和真味了。

紀老寄給我的霍桑童話全集,其中《奇跡書》一本,他自己粘貼上了〈《奇跡書》後記〉(原書沒有)。因為其中有他一段翻譯《奇跡書》的故事,而這段故事恐怕是他翻譯霍桑童話的動力,所以紀老格外地珍重這篇後記,渴望讀者能夠讀到。現在重讀著〈《奇跡書》後記〉,似乎又覺得《A Wonder Book》在中國的問世,真是一個奇跡的過程,譯成《奇跡書》更好,更符合紀老的心意。從紀老的博客中我瞭解到關於譯者更多的資訊:井岡山羅浮中學退休多年的英語教師,愛好文學和翻譯,江西省作家協會會員。其實他也是國內年紀最大的堅持寫博客的作家之一。

作於 2006 年 5 月 20 日
原載《博覽群書》2006 年第 7 期

兒童詩〈信的翅膀〉侵犯了兒童的人身安全？

——叫停中山市人民法院受理此案

　　昨日〈中山商報〉登出〈律師與「童詩」對簿公堂〉的新聞：

　　「『郵票貼在信上，信就飛到四面八方，郵票是信的翅膀。如果把郵票貼在我的身上，我會不會也飛起來，去看看祖國的天空、海洋……』這是被選入優秀兒童讀物《幼兒聽讀遊戲識字》中、已故著名兒童文學作家常瑞先生的童詩名篇〈信的翅膀〉。然而，中山一位律師對這首僅僅六行五十個字的作品提出異議，認為心智未成熟的幼兒，不能判斷是非，極其容易受到生動形象課文的誤導，模仿書中小朋友的『飛行』行為，於是將該教材的出版社告上法庭。」報導中相關資訊還有：該律師提出「判令被告人停止侵害，消除危險，賠禮道歉，賠償精神損失人民幣一千元和承擔所有訴訟費用」的訴訟請求，並在他的起訴狀中寫到：「〈信的翅膀〉嚴重地威脅到女兒的人身安全，持續造成其父母內心恐慌、不安，造成精神痛苦。」

　　讀到這裡，筆者感到很吃驚、可笑，繼而感到悲哀。

　　第一、〈信的翅膀〉到底是怎樣一篇作品？優秀的藝術作品？粗製濫造毒害兒童的劣作？這得從藝術的角度品評。從兒童文學分類的角度，〈信的翅膀〉屬於童詩中的幼兒詩，適合六歲以下的幼兒閱讀。「幼兒詩是兒歌的發展和解放，它是隨著社會生活的發展而誕生的、一種適合幼兒聽、適合幼兒吟誦的新詩體。」（蔣風主編：《幼兒文學概論》，希望出版社 2005 年 6 月版）這表明，幼兒詩並不是從一開始就有的，而是社會不斷進步、兒童文學不斷發展的結果。幼兒詩闖入幼兒的生活，對於幼兒想像力的培養、開拓，發展幼兒

的語言思維能力，都是大有裨益的。〈信的翅膀〉是著名兒童文學作家常瑞先生的童詩名篇，早已是公認的優秀藝術作品。該詩以「郵票」為觸媒，大大激發了幼兒的想像能力，使其思維進入一種超乎尋常的藝術空間，同時該詩的感情基調是愛國的。所以無論從藝術的角度，還是以思想政治作為出發點，該詩都是一首佳作、上乘之作、益智之作。但鑒於幼兒「心智未成熟，不能判斷是非」，「只能考慮問題的一面」，應在監護人的引導下進行欣賞閱讀，受到文學藝術的薰陶。這正是文藝作品提供的一點教育意義所在，可惜的是，一些家長很少思考過這些意義；即便是思考，居然有像這位律師一樣的擔憂：嚴重地威脅到女兒的人身安全。可見，提高父母的文學修養，加強他們對兒童文學瞭解、重視，對於教育下一代是多麼重要啊！

第二、律師該不該起訴？應如何舉證？律師聲稱「心智未成熟的幼兒，不能判斷是非，極其容易受到生動形象課文的誤導，模仿書中小朋友的『飛行』行為」，「〈信的翅膀〉嚴重地威脅到女兒的人身安全，持續造成其父母內心恐慌、不安，造成精神痛苦。」這裡所謂的「極易」、「嚴重威脅」、「持續造成」，都只是片面之詞，尚未能拿出實在的證據，甚至連他的女兒有無「模仿」行為以及「嚴重後果」的產生他都沒指正出來，不知他是如何在訴狀中填寫「侵權事實和結果」一欄的。既然沒有明顯的危害結果，如何能指證出版社、編者、作者的侵權？即使他的女兒萬一真的模仿飛翔而摔傷，該文作者是否應該承擔責任？接下來再推測下去，簡直有點無理取鬧了，但要說明道理，只好接著推測：這就要看他女兒的行為是否直接由該文造成。該律師在〈建議何作家聘請法律顧問〉中說：〈信的翅膀〉的作者沒有引誘幼兒飛下樓的主觀故意，但應當預見其作品會發生危害社會的結果（會誤導幼兒跳樓），卻疏忽大意或輕信能

夠避免，以致發生這種結果的，是過失犯罪。一首詩不會有這麼大的魔力，以至吸引一個女孩要飛翔，這是不符合常理的。作者也沒有保護讀者人身安全的義務，更不可能「應當預見」，也談不上「疏忽大意或輕信能夠避免」。幼兒在閱讀作品的過程中，應由監護人陪伴，負責保護兒童的人身安全，若發生意外將是監護人自身的責任！法律是調整行為的社會規範，往往是針對可以預測的某一類行為，它不是專門針對發生幾率極小的個別行為的。萬一真有人讀了〈信的翅膀〉而跳樓飛翔，為了體現法律的人性化以及法官的憐憫之心，法院充其量也只能酌令作者、出版社支付少量撫慰性的補償的，更多還得依靠人身保險及其他。該律師還稱，按照有關法律規定，「出版物不得含有誘發未成年人模仿違反社會公德的行為和違法犯罪的行為的內容」等等。根據上文第一點分析，〈信的翅膀〉屬於教育幼兒的優秀出版物，不屬於法律禁止的出版物。

　　第三、中山市中級人民法院應不應該受理？《中華人民共和國民事訴訟法》第一百零八條指出起訴必須符合的條件中的第三條是：有具體的訴訟請求和事實、理由。雖然法院有權決定案件是否受理，並不受原告訴狀中指證的事實是否屬實的影響，但必要的案前調查也是必需的，倘若法院已調查出該律師及其女兒根本無任何人身傷害及其他明顯的危害結果，法院不應草率立案，以節約司法資源。律師還在訴狀中寫道：判令被告人停止侵害，消除危險，賠禮道歉。不知道如果法院判其勝訴，該是如何「停止侵害、消除危險」的，除非把中國的兒童文學作家作品「趕盡殺絕」？

　　不管怎麼說，這個事件折射出的問題很有一些，應如何對幼兒進行安全的教育？如何看待文學（特別是兒童文學）的教育功能，立案應經過哪些必要的準備以及文學與法律的一些交叉問題。希望該律師能主動撤訴，達到和解的效果，同時也希望中國的文學、法

律都能得到充分地發展，增加學科間的相互瞭解，以減少這樣的鬧
劇場面。

作於 2006 年 5 月
原載《現代嬰幼兒教育》2006 年第 5 期

《雲狐》賞析

「灰濛濛的沙丘」、「天藍如清湖」是《雲狐》的童話背景。在這美麗、遼闊的天地之間，有一隻雲狐因獵人的槍聲、熊熊的火苗而帶著她的孩子們逃離山林，撞到這「浩瀚的沙漠」。雲狐異常地畏懼、饑渴、緊張，這與美麗的自然環境形成了一種略顯誇張的強烈對比，以至形成了一種令人感到窒息的淒美氛圍。遺憾的是，面對著「天藍如清湖」，雲狐並未找到水源。最終，「雲狐騰起身子，前肢伸向藍如靜湖的天空，欲撕開一道缺口，讓頭頂上的水傾瀉而下。如同一片潔白而神似的雲，雲狐被太陽的光明染上金色，在湛藍的天空漸漸地飄下……」這時，我們才明白為什麼這只狐狸被作者視為「雲狐」了，因為她有潔白而神似的雲一樣美麗的靈魂！

這篇童話飽含東方傳統的審美品格，語言非常地精美，在童話中營造了一種古典詩詞的意境美。作者尤善利用這些詞句達到渲染的效果。「灰濛濛的沙丘，在陽光的燦爛之中，少缺絢麗的光彩。在蒼茫之上，潔白的雲狐輕移梅瓣似的腳印，猶若蒼空飄蕩的雲」、「天藍如湖」等作為童話背景反復出現，並與雲狐的饑渴、急切、心焦交織在一起，將這種渲染推向極至，哪個幼小的心靈不為之所動呢？

《雲狐》在創作上有兩點創新，或曰反常。一是改變了狐狸在童話中一貫的形象：狡猾、貪婪。在《雲狐》中，雲狐是一個偉大的母親形象。二是不以想像力取勝（但並不否認《雲狐》也有想像，雲狐在饑渴中將「天藍如水」想像成「水」不正是幻美的想像麼？），以淒美的畫境襯托出強烈的生命意識以及偉大的母愛，同樣起到通過想像力表達一般童話的主旨。

作於 2008 年 8 月

兒童文學教育家思想家蔣風

一、蔣風生平履歷

　　蔣風（1925.10.21-　　）浙江婺州人。生於一個小知識份子家庭，幼承母教，熟讀詩書，並深受亞米契斯《愛的教育》影響。十二歲時曾在一所村小任教，歷時半年之久。抗日戰爭之初，與活躍在金華的革命文藝界人士交遊頗多，從此參加革命。1942 年考取東南聯大（暨南大學），並成為東南淪陷區小有名氣的詩人，處女作是童話詩《落水的鴨子》。不久改入英士大學，1947 年畢業。1946 年以後因迫於生計從事新聞報導工作，後被聘為《申報》駐金華記者。解放後從事文化、教育工作多年，業餘從事文學創作，關注兒童文學。1956 年因愛好兒童文學，改任浙江師範學院教師，成為新中國第一批走上兒童文學講壇的拓荒者之一。1959 年、1961 年先後出版《中國兒童文學講話》、《魯迅論兒童教育和兒童文學》等書，成為我國最早的一批兒童文學理論書籍。文革期間被關入牛棚，失去人身自由達三年之久。在獄中思索兒歌問題，出獄後文革結束即出版《兒歌淺談》一書。1978 年在浙江師範大學建立我國第一個兒童文學研究室（不久改為研究所），並以講師身份最早在全國招收兒童文學研究生，總共是十二屆二十三名，這些研究生如吳其南、湯銳、王泉根、方衛平等現在都是中國兒童文學理論界的中堅力量。1982 年出版《兒童文學概論》，被日本學界譽為世界「兒童文學論」的五本代表作之一。為了普及兒童文學教育，還舉辦兒童文學教師進修班。期間曾任浙江師範大學校長，並主編《中國現當代兒童文學史》、《世

界兒童文學事典》、《兒童文學原理》、《兒童文學教程》、《中國兒童文學大系》等經典著作。1994 年退休以後，成立「中國兒童文學研究中心」，免費招收兒童文學非學歷研究生，迄今已是第十屆。蔣風一生為中國兒童文學學科體系的建立、中外兒童文學交流和普及兒童文學教育花費了畢生心血，是一代兒童文學理論大家，堪稱一代宗師。他有一個未圓的夢是建立中國的「國際兒童文學館」。

二、兒童文學是教育兒童的工具？

　　蔣風在他具有開拓性的兒童文學理論名著《兒童文學概論》中對「兒童文學」作了如下闡釋：

> 兒童文學是根據教育兒童的需要，專為廣大少年兒童創作或改編，適合他們閱讀，能為少年兒童所理解或樂於接受的文學作品。它是文學的一部分，具有文學的一般特性，服從文學一般規律，但它又是文學的一個獨立部門，具有不同於一般文學的本身特點，即兒童文學的特點。它要求通俗易懂，生動活潑，適應不同年齡少年兒童的智力、興趣和愛好等，成為向少年兒童進行思想教育和知識教育的工具之一。

　　有人據此說：「蔣風的兒童文學觀，首先在於兒童文學的教育作用。兒童文學是進行思想教育和知識教育的工具。」這是武斷地、粗淺地理解蔣風的兒童文學觀的。在與「兒童文學是教育兒童的工具」這一著名的片面論斷的鬥爭中，蔣風又明確指出文學性是兒童文學的第一性，而教育性只能居次之。這說明，蔣風的兒童文學觀中的兒童文學教育思想是從根本上與「兒童文學工具論」不同的。只有全面地、綜合地、辨證地研究蔣風的兒童文學觀，才能看出蔣

風兒童文學教育思想的卓越的先進性、創造性。至於以往的「兒童
文學說教觀」、「兒童本位（中心）主義」、「娃娃文學觀」等蔣風都
做了深刻地批判，並從中吸收其教育、遊戲的因素，構成蔣風的文
學性、教育性、遊戲性三位一體的綜合型兒童文學觀。蔣風從來沒
有忽視兒童文學的教育性，他甚至明確地把教育性上升到一個高度
來論述：「兒童文學是根據教育兒童的需要……」在《兒童文學漫筆》
等專著名文中，蔣風一再強調兒童文學的教育性，並指出把兒童文
學的教育性擺在重要位置，是適合中國傳統和國情的；而文學性是
兒童文學作為文學的一部分應有的藝術追求，遊戲性則是因讀者對
象的特殊性而必需的。可以說，蔣風的兒童文學觀是先進的、卓越
的，同時也是建立在中國傳統和國情基礎上的。其中關於兒童文學
的教育性的定位及相關論述，是蔣風教育思想的的重要資源之一。

　　就目前來說，蔣風在二十年前提出的兒童文學教育思想，在當
今中國仍未過時。但文學總是受政治、經濟、文化、心理等諸多方
面因素影響而在不斷發展。「哈利波特熱」就在一定層面上反映出遊
戲性對於兒童文學創作的重要性，國外兒童文學觀對中國固有的兒
童文學觀進行了猛烈地思想衝擊，兒童文學的教育性再一次受到質
疑，甚至與「說教」的關係糾纏不清，兒童本位（中心）主義一度
抬頭，安徒生的童話也受到一些人的懷疑。凡此種種，都說明兒童
文學的文學性、教育性、遊戲性三者的位置在悄悄地發生戲劇性的
變化。蔣風在〈從口水吐向安徒生到哈利波特熱〉一文中就哈利波
特熱談了新的體會和看法，在一定程度上更加重視遊戲性的時代藝
術手法和形象，這是一個很有趣的現象，但蔣風從未停止對兒童文
學審美、詩教功能的宣揚。

三、非學歷兒童文學研究生

為了培養兒童文學研究人才和普及兒童文學教育，蔣風在他的晚年免費招收非學歷兒童文學研究生。這是蔣風教育思想的一個亮點和特色。它遠承先秦時期孔子開創的民間講學的風氣，近襲蔡元培的兼收並蓄的開放學風。這對於中國教育制度起到一個反省、借鑒的作用。

這個教育制度第一個特色是寬進嚴出。蔣風歡迎任何一個有志於兒童文學的人來學習，不論國別、年齡、學歷等外在因素，而強調學習的過程、目的。這對於普及兒童文學教育無疑起到重大作用，迄今就讀非學歷兒童文學研究生已達五百人。但拿到結業證書的卻不足五十人，這說明蔣風對生員的要求是較為嚴格的，它培養出來的照樣是合格研究生人才。

第二個特色是因材施教。參加非學歷兒童文學研究班的學員，並非都是立志做兒童文學理論人才的，有的是因為興趣，本著瞭解的意圖；有的是為了更好進行兒童文學創作；有的則是試圖將小學語文教育與兒童文學相結合。蔣風本著自願原則，以自學為主，面授為輔的方法對學員進行教育。學員根據不同愛好、目的，可以各自得到相應的收穫。

第三個特色是學術性濃厚。因為蔣風始終認為，辦中國兒童文學研究中心，培養理論人才是宗旨。因此，他要求學員多讀書，並按時交讀書筆記；學年論文與畢業論文要有一定深度。否則，很難拿到結業證書。為了提高學員理論素質，每年暑期的面授，蔣風邀請許多著名學者、作家為學員講授相關知識。面授當中有一個環節是討論課，這大大活躍了課堂氣氛，也使得學員的學術思想得到很好地交流。

　　蔣風開辦非學歷兒童文學研究生班，是對傳統教育某種精神認同，同時具有鮮明時代特色。這是一個大創舉，其成功得失，需要很好地總結。在非學歷研究生當中出現馬力這樣優秀的理論人才，是其獲得成功的一個例證。

結束語

　　因資料的嚴重闕如，以及筆者的能力有限，關於蔣風的教育思想只能點到為止，希望有志者能夠廣泛搜集有關蔣風教育思想的材料，並做一整理歸納，讓世人能夠更清晰全面瞭解蔣風的文學理論貢獻及其教育貢獻。

作於 2005 年 9 月

夢幻與現實交織的校園

──讀魯奇的《LOVE 離我三釐米》

福建少年兒童出版社出版的「幽默校園叢書之魯奇系列」，是青年作家魯奇的四本新書。書名分別為：《蝴蝶飛出侏羅紀》、《LOVE 離我三釐米》、《男生隔壁是女生》、《當老師愛上老師》。

當我讀到這四本新書的書稿後，給我留下最深刻印象的是《LOVE 離我三釐米》。我不敢說，《LOVE 離我三釐米》是這四本新書中最好的一本，但我喜歡從它說起，我想從中窺探魯奇的藝術。他的幽默的文風，別致的語言和略帶哲理意味的簡單體會，都引起我的思索，甚至一絲絲早已死去的記憶。

關於魯奇，大家都知道他是女作家饒雪漫的「私淑弟子」，果然他的這套新書就是由饒雪漫作序的。一個作家先有閱讀，才可能成為作家，他把自己喜歡的書進行一番感性的品嚐，就是絕妙的評論，從中我們可以看出創作和評論的區別和相對獨立。饒雪漫在序言中稱魯奇為「80 後天空一束明媚的陽光」。我想這裡所謂的明媚大概不同於郭敬明的「明媚」。魯奇的「明媚」，非指風格而言，而是說他在 80 後中應當成為佼佼者。像魯奇這樣的熱愛兒童文學和校園小說的 80 後作家，並不多見，因為大多數 80 後寫手都是通過新概念走向成功的。而魯奇更有磨練，他腳踏實地的打滾於兒童文學界。我想這樣的磨礪對於青年作家很重要，至少後勁要足得多。

我們還是談談他的小說。魯奇的校園小說，不是寫實的。雖然我對魯奇說了，我不喜歡空想和編造。但當我細緻地閱讀《LOVE

離我三釐米》的時候，我從中看到許多現實的影子，而且魯奇是帶著嘲諷的意味的。如主人公寧不悔在犯事後，自敘道：「過了幾天，我交了錢，政教處主任果真沒再找我麻煩。」通篇小說都是自敘的口吻，作者沒有刻意反映現實，卻通過主人公的自敘，在不經意間投影出現實來。也許，這是魯奇在創作中對現實的一種不由自主的流露，沒有哪個作家的創作是完全脫離現實的。我們從魯奇的小說中，可以得出一些創作的啟示來。

另外，《LOVE 離我三釐米》反映的也的確不是中學生最切實的生活。至少在中國，小說中所寫不完全符合學生現狀。魯奇的小說帶有夢幻色彩。他寫的校園彷彿是未來的，但又與現實有著難以割捨的臍帶。魯奇的小說中人物的名字，就很飄忽，如寧不悔、蘇美達、麥海佳等等。

魯奇的幽默，恐怕是他刻意追求的。這在《LOVE 離我三釐米》中就有很大體現。一個新概念 80 後作者在與我談到小說創作時，最強調的就是「閱讀快感」。沒有閱讀快感，他認為這個小說就是失敗的。雖然這個觀點很偏激，因為許多小說不是以情節取勝的，而依靠風格獨具的語言和細緻的心理描寫等，如女作家張悅然的新作《水仙已乘鯉魚去》。魯奇的幽默，就很有閱讀快感。他能夠讓我們學會輕鬆閱讀，讓讀者覺得閱讀不是麻煩的事情。這種舉足輕重的手法，大約是魯奇的創作上了一個臺階的徵兆。難怪他一口氣出了四本風格近似的書，好似左手一本，右手的一本就接著變魔法似的出來了。魯奇以後如能靜下心來變換風格，又是一個進步。魯奇的幽默與深閱讀的提倡，並不矛盾，從小說的現實意義可以看出來。我們可不能在輕鬆閱讀之後，拋棄了它的內涵。

我很喜歡魯奇新書封面上的句子：我們相距三釐米，我用心量了一萬次，想讓你聽到我心跳的聲音，你卻悄悄地提醒我，我們都

是聽覺脆弱的孩子，距離太近，聲音太大，我們將永遠喪失聽愛的
能力。它給我長久的震撼，讓這震撼也去感染其他讀者吧！

作於 2005 年夏

謝鑫的科幻小說

　　說起來，我小時侯沒怎麼讀兒童文學書籍，科幻小說直到初中才從一本殘缺破舊的爛書裡讀了一點點。後來上高中因為愛好文學，多少對外國兒童文學名著是有一點瞭解的，在科幻小說領域，《海底兩萬里》大概是經典巨著。對於中國的，那時我還沒怎麼看到國人的努力。現在我行走於兒童文學界，時常聽到一些抱怨，比如中國兒童文學沒有什麼大師級作家。這表明中國的兒童文學不單是科幻作品較薄弱，即是整個的都在發展中。不過，在我的印象裡，現代文學史上倒有幾個值得我推崇的「兒童文學大師」，如葉聖陶、張天翼、張樂平、豐子愷等。這些人的作品，如張天翼的《大林和小林》、張樂平的《三毛流浪記》，都是膾炙人口的經典之作，倘若流行於國外，也未見得相形見絀。我堅信，只要中國的作家勇於在兒童文學領域探索，我們遲早會有自己的安徒生、格林兄弟。

　　在科幻小說界，呼喚「中國的星新一」也有十幾年了，重慶科幻作者舒明武曾就被人這樣稱呼過。後來又有了安徽霍山縣作者謝鑫的橫空出世，也就是後來的「童心話」組合中的老大。2000 年謝鑫在科幻作家、評論家鄭軍的指引下加入了天津科幻小說創作小組「飛騰軍團」，從此他開始在大家的鼓勵下進行了大量的創作。加上以前的寫作功底，和後來的努力，謝鑫進步很快。特別是他的微型科幻小說，可以說在中國是獨樹一幟，自成一家。大作家冰波曾在《少年兒童故事報》這樣評價謝鑫的微型科幻小說：奇妙的想像和出人意料的結尾，搭建出這篇作品嚴密而精緻的結構。2002 年著名兒童文學作家楊鵬主編了中國第一部微型科幻小說集《花開花落》，

裡面收錄謝鑫作品十二篇，其中就包括他的主打篇目《花開花落》。幾年來，謝鑫在科幻、童話、恐怖、偵探四個門類中辛勤地開墾，碩果累累。《科幻大王》雜誌自 1999 年開始刊載他的微型科幻，一直延續至今，《智慧少年》雜誌自 2004 年斷斷續續發表他的微型科幻小說，又在 2005 年為其開辦微型科幻專欄。2004 年《智慧少年》舉行科幻大賽，謝鑫和大作家周銳同獲一等獎。現在，謝鑫已經在向一個成熟的科幻小說家轉變了。

繼 2004 年 4 月湖北少年兒童社出版謝鑫長篇科幻《魔法精靈》，謝鑫於去年推出《拳，妙不可言》。《拳，妙不可言》是謝鑫的一個短篇科幻小集子。這麼一冊小書，共有五個短篇：〈拳，妙不可言〉、〈超速行駛〉、〈地心緣〉、〈精靈〉和〈犯罪中止〉。在這裡，我們尊重作者的「吝嗇」和慎重。我們從中不難看出作者對自己的小說的細緻選擇，我想肯定還有好的作品作者已經割愛了。但僅就這五個短篇來看，已經足夠了。作者純熟的手法、技巧，隱人入勝的故事情節，以及心理描寫的微妙，已然看出謝鑫在思想藝術追求上的深刻與厚重。這本小書比作者今年出版的長篇童話《手機超人》恐怕更為耐讀（況且《手機超人》在語言上不夠錘煉，似乎尚處不成熟的草創階段）。下面就每一個精緻的製作來進行簡述和探討。

《拳，妙不可言》講敘的是絕望中的少年拳手阿育在一個科學家和他的孫女豐玲的幫助下，最終以自己的肉體力量戰勝「半機器人」的世界拳王波特曼。這表明「機器人再強大，也無法撼動人類堅強的統治地位」，科學的力量只有與正義同在時才是無敵的。作者在不到一萬字的篇幅裡，用一個簡單的拳擊故事證明了人類的意志無堅不摧。

〈超速行駛〉比〈拳，妙不可言〉在思想深度上更進一層。小說中的科學家秦博士成為典型的反面人物，他在金錢的誘惑下參與菲斯特走私集團，誘使羅松配合人體基因改造研究，充當第一個試

驗品成為超速行駛的飛車手，為菲斯特安全運送走私車。科學，在金錢的壓迫下竟會扭曲。這是我們高度發達的科學時代的悲劇嗎？人類在文明高度繁榮的現代會出現這樣的局面嗎？作者留給我們以深深的思考。

〈地心緣〉較之前兩篇科幻色彩要濃一些。故事發生在地球內部的地心城，人們過著現在的人類難以想像的奇異生活，但是這個城市也有現代人類的悲劇。一對英勇的科學家夫婦在人們不能理解他們的科學思想下獻出寶貴的生命。這不能不令我們肅然起敬，而又自然的想起人類歷史上的哥白尼和布魯諾。

〈精靈〉似乎是在講一個現代聊齋故事，讓現代的讀書人重溫才子佳人的美夢。當然所謂的才子都是落第的書生。這個故事在當今現實已經是不可能的了，那麼作者的創作是否還具有現實意義呢？我想是有的。任何人都有落魄的時候，這時能夠主動愛你護你的人都是美麗的精靈，她可以使你走出心靈困境。

上面四篇都不是純粹的科幻小說，自然地與現實緊密掛鉤，而〈犯罪中止〉成為全書中最是科幻小說的一篇。地球逃犯阿郎在送往外星球勞動改造的中途逃往卡其拉行星，並在這個人造的行星中有奇遇。為了獲得返回地球的路費，他又犯罪了。最後在登上飛往地球的飛船的時候，聽到抓捕他的消息，他在思想道德上有了鬥爭，最終決定「自首」。其實，在法學上，這不是犯罪中止，也不是自首，最多只能算坦白，因為警方在他決定自首前已經採取抓捕他的行動了。由於作者在知識上準備不夠充分，創作中發生類似的錯誤不少；另外詞語的誤用也時有發生。這是青年作家常犯的兩個毛病，我們希望作者在以後的創作中更加珍惜生活常識和重視個別詞語的運用。因為經典作家都是語言大師，他們甚至創造了只屬於自己的獨特語言，為豐富和發展祖國的語言做出了貢獻。

　　綜觀這五篇小說，我們發現作者一般採取第一人稱手法（除〈犯罪中止〉外），所以極其強調自我意識和心靈感受，這使作者的科幻小說極富人情味。而且小說裡邊總有一個美麗動人的情感故事，在影響著「我」，促使「我」成長和成功。這些女子一例地清純柔美而又心地善良，她們是〈拳，妙不可言〉中的豐玲、〈超速行駛〉中黛娜、〈地心緣〉中的黃蕾和〈精靈〉中的雨晴。我想，只要還對科學和良知有所追求的少年，一定喜歡這類略帶科幻色彩的催人奮進的小說，而不是某些小女生喜歡的與實際生活不大相合的有所虛構的校園青春小說。

　　今日筆者翻閱這些篇章，不禁怦然心動，深深為這裡面的親切和厚實感到振興鼓舞，彷彿多年的空白閱讀史得到極大滿足，這就真要感謝作者了。譚旭東博士曾撰文呼籲文藝批評界應當重視對科幻小說的評論和研究，現在筆者閱讀這本小書後情不自禁地寫下了上面的讀書心得，算是一個響應。另外，需要指出的是，作者本是一名人民警察（這在一定程度上影響和啟發了作者的小說創作），生性耿介、正直。他曾大膽指出某「著名作家」抄襲他人作品的劣跡，卻遭到一個「當紅作家」的指斥。兩相比較，我們該是如何地欽佩作者的人格和文格！

　　謝鑫，這個中國科幻小說界的新星，為中國科幻小說的騰飛插上了自己的一雙翅膀。我們期待著他奉獻出更多的佳作來。

　　（《拳，妙不可言》，謝鑫著，蘭州大學出版社 2004 年 9 月出版；《手機超人》，謝鑫著，海天出版社 2005 年 1 月出版）

作於 2005 年 2 月

展現一個作家成長的藝術符號

——讀楊鵬的《考試作弊大全》

　　稍微瞭解兒童文學的人，不可能不知道楊鵬；你一旦知道楊鵬，一定為他的成長經歷感到神奇！並且你一定覺得他是個絕頂聰明的人。

　　楊鵬的神奇與聰明，最集中的表現在你感到他雄厚的實力，並且這種實力又是以突飛猛進的形態表現出來。十八歲的他以當地文科狀元的身份進入北京師範大學中文系，次年便開始走以稿費為生活（包括念完大學、研究生和買房、辦工作室、辦公司）的令一般人無法想像而又眼羡的極端作家之路。在中國，據我所知，憑藉稿費安身立命，還不是正常的而顯得冒險的一件事情。他的創作天才在最初兩年就得到了極大的展現，〈永恆〉、〈墜入愛河的電腦〉分別獲校園科幻小說獎和中國科幻界最高獎——中國科幻小說銀河獎。這時他才二十歲。此後，他以噴發的姿態衝擊創作極限，在短短十二年的時間內創作七百多萬字。前幾年他提出的「兒童文學商業化寫作」、「文化工業」等理念是擺脫傳統寫作模式的一種大膽構想（這種寫作模式極有可能也對個人化寫作構成威脅）。現在，他的「北京楊鵬原創文化發展有限公司」正在實現這個理念。楊鵬的成長，是令許多文學青年瞠目結舌的。這裡的秘密何在？他的寫作理念，是我們這個時代的一個大創造和必然產物。但是，他的個人寫作天才，又何從尋覓呢？當我們讀到他的超短篇科幻小說集《考試作弊大全》的時候，也許會能略知一二了。

　　楊鵬說：「我喜歡科幻，科幻是工業革命時代誕生的一種幻想文學，是現代文明的產物，它永遠指向未來，指向未知……」現代科幻小說源於儒勒·凡爾納等第二次工業革命時期的作家，但外國科幻小說的真正繁榮並獲得相當地位卻正是在二戰後的資本主義恢復發展的黃金時代。楊鵬則是抓住了中國的這個發展的大時代，並成為晚新生代的領軍人物。短篇科幻的大量出現是科幻小說的成熟的表現，要在極短的篇幅內表達一個完整的思想內容決非易事。一個作家從事創作，往往也是依靠短篇來錘煉藝術技巧和豐富自己的思想。我們可以從《考試作弊大全》中來窺探楊鵬文學藝術成長的軌跡。

　　《考試作弊大全》基本上奠定了楊鵬作品的文學藝術的幾大特點：

　　第一、關注現實，抒發對生命的種種體驗和思索，表現他的愛憎，具有較強的現實批判性（蒲曼汀語）。在當今物欲橫流的時代，生命的意義何在？永恆和崇高是什麼？在楊鵬的處女作〈永恆〉裡，主人公常常冥思苦索並呼喚永恆。這表明即使是在高度發達的年代，思想不會終止，同時人們對永恆和崇高也不會停止追求。這對現在某些人的甘於物化、異化是極大的諷刺麼？但另一方面，主人公在外星人的幫助下獲得「永恆」之後遭受虐待，他番然醒悟：罪惡也獲得了永恆。多麼富於辨證思維色彩！我們的人生又何嘗不是如此，永遠處於尷尬兩難境地——生命便是如此，我們要善待生命，做一個真正意義上的人，而不是動物。在楊鵬的第一篇作品裡，我們就已經看到他圓熟的藝術技巧和深刻的思想，這如同天籟，學不來的。我不是在恭維作者，而是衷心地發出這樣的讚歎。在楊鵬的第一部集子《呼喚生命》的名稱裡，我們也可以很明顯的看出來這一特徵來。《考試作弊大全》所收入的楊鵬的最早期作品，是我們瞭解楊鵬藝術的一個最直接的視窗。此外，楊鵬在進入成熟期的

《Ａ市在黎明消失》等作品則表現得更富於荒誕色彩，其中有一段：現代社會是個塑膠世界，人們用過的塑膠瓶子、塑膠盒子常積得太多無法銷毀，而存放起來又是個大問題。這可是說是對現代社會的極大諷刺，最終「塑膠世界」消失。作者給我們以深刻的思考。

第二、現代生命意識和高科技裡的超越傳統的濃郁的童話色彩。中國傳統童話多是一些動物故事或者神仙故事，發生在脫離現實的幻境（古人的幻境，多有迷信色彩），在高科技飛速發展的今天，機器人、太空船、電腦網路等現代產物更令小朋友喜愛。中國傳統兒童文學作品不利於孩子接受新事物，而且限制了孩子的幻想能力的拓展。在這種情況下，孩子們的幻想空間只能在富有科幻色彩的童話裡尋找。而楊鵬的許多作品已經分不清楚到底是科幻還是童話，因為二者已經為楊鵬高超的藝術有機的結合起來了。作為一個科幻作家，他的作品也突破了傳統意義的科幻小說，這是楊鵬藝術天性的自然流露。在《Ａ市在黎明消失》、《告別地球》、《瘋狂薇甘菊》、《看得見風景的房間》等作品中，突現著關愛地球的中心主題。在傳統童話的背景不復存在的情況下，中國傳統詩意童話和安徒生童話成為永遠的回想。楊鵬在他的科幻小說裡建立現代人的「都市童話」，我們失去太多太多，高科技會還回我們的家園嗎？「重建家園」這個「成人童話」在楊鵬這部科幻集裡於是也成為一個永久迴響的主題。我們在他的作品讀到的不僅僅是荒誕、奇幻，恐怕還有思念和痛苦，乃至無力、無奈。作者的藝術匠心好似一根利劍直刺現代人的痛處，讓尚未完全麻木的人們回到童話世界，樹立起「重建家園」的信心和勇氣。在這個意義上講，楊鵬的科幻小說，突破小孩子的閱讀範圍，而進入成年人視野。

第三、科幻小說與校園小說結合正在一起。楊鵬的許多科幻小說發生的背景是校園。在這部短篇科幻小說集裡《魔表》、《考試

作弊大全》、《顛覆校園的行動》、《數碼老師》等後面許多作品
都是發生在校園。說來這些作品又與一般意義上的校園小說不同，
於是楊鵬的科幻小說又遇到類似上面的情形——文體的雜糅。或者
說楊鵬的科幻小說其實是「四不象」，他建立了一種獨有的「楊鵬
式」文體。在《考試作弊大全》這篇小說中，作者提供我們思索中
國教育的作料。中國的考試制度，使中國孩子萌生作弊的「正常念
頭」，正是這樣我們使用《考試作弊大全》軟體通過了考試，其實
它只不過是學習軟體——作者提出思索：如果這個軟體當時叫「考
試大全」之類的名稱，我是否還會使用它，我是否還能收到今天的
大學錄取通知書？這表明中國的教育已經在孩子們的心靈上蒙上
陰影。

在當今文學作品個人化寫作浪潮的衝擊下，我們很難得見到具
有人文關懷的作品，而面對楊鵬的科幻小說，我們可以讀出許多許
多東西。這部超短篇科幻小說集《考試作弊大全》成為我們瞭解楊
鵬藝術的一個簡明讀本，同時也成為展現一個作家成長的藝術符號。

作於 2005 年初

站在古典與現代的分界線上

　　最近我一個有著京派文風的作家，感到很驚喜。他是武漢一個青年兒童文學作家，近幾年來把兒童文學幾個大獎都拿到家了，這個「大滿冠」得主漸漸引人矚目。我很好奇，於是仔細讀了他的一個短篇小說集《四弟的伊甸園》（共十篇）。他的作品很少，很大一部分就收在這個集子裡，這個集子也最能代表他的主體風格和題材取向。

　　其實林彥的小說也只是在語言技巧上借鑒古典詩詞的一些長處，如文字簡潔、意境深遠等。這是京派風格的特徵之一。這個特徵有個積極的好處就是延續了中國文學的詩性傳統，古典文學「借屍還魂」，繼續以它特有的魅力展示給現代人。林彥的同學、作家謝學軍回憶林彥高中讀書生活時說：「他迷戀古典詩詞，每天下午曠課睡懶覺，晚上精神百倍地寫詩，然後抱著一堆破詩孤芳自賞。」作者又自言：「我是看過汪曾祺的作品之後，再來看廢名的。」這就不難理解林彥是怎樣從古今作家作品中吸收營養的。還是從他的作品來接近他的語言吧！小說集中有一篇〈點點的一棵樹〉，其中一段寫道：

> 那棵樹遠遠對著我的後窗，很老的桑樹，歪起脖子，藤葛垂垂，樹幹鏽出一個黑洞，宛如一隻眼睛，空洞而又深不可測地盯著我，讓人懷疑有一天它會漫不經心眨一眨。

　　這簡直是在畫一幅國畫，出自一個有童心的人之手，所以「懷疑有一天它會漫不經心眨一眨」。這樣的句子在他的作品中隨處可以見到，再如〈斷弦〉中寫新式青年教師和老塾師的孤獨：

黃昏的時候，偏分頭（新式教師）孤獨地坐在湖邊，吹口琴。

一腔哀愁都付與一湖煙水。

麻先生（老塾師）隔得遠遠的，也站在湖邊的一棵古柳樹下。

看湖。

冬天的湖，風景沒有顏色了。

寒水。輕煙。瑟瑟的蘆葦。

一隻鳥飛過湖面，劃過一道逝著的水痕，僅僅一隻。夕陽下去了，晚霞沒有翻上來。

又看孤舟遠去。

……

聽說林彥近來正努力試圖打破小說和散文的界限，這是林彥在文體上的努力，也是朝著京派文風發展的一個表現。

說到底，林彥的小說還是兒童文學，而不是成人文學。京派文學除了廢名的小說有兒童文學的味道外，其餘並沒有在兒童文學領域進行拓展。林彥將這股文風吹進兒童文學領域（當然不止他一人），想來可以對本來就斷裂過和薄弱的中國傳統文化教育，在少年兒童中進行很好的潛移默化的影響。正因為林彥的小說是關於青春和成長的，他的作品就不可能只局限文風的討論，而應更多放到兒童文學領域進行闡釋。

林彥讀高中時期，有他特殊難忘的經歷，所以青春與成長很自然而然的成為他的小說的主要題材來源。幾乎每一個文學青年，都曾在中學時期與中國教育制度對抗過。對抗的結果，往往是很慘痛的，如這本小說集的第二篇小說〈蝶夢〉中的文學天才謝愛農，他本是一個成績優異的學生，因愛好文學偏廢數學導致不能上大學的後果。據謝學軍回憶說，林彥在高中是一個「單薄而落魄的人」，

在謝愛農身上有他自己的影子。筆者也是這樣的學生，對自己在黃梅一中苦苦求學而上大學又前途未卜深感憂慮，作為「零餘者」的我，對那三年時光也有著刻骨銘心的難忘，有一點是可以確認的，我的主要學識背景和發展方向在高中時即已奠定。如果一個人在高中時期還沒有自己特別的興趣和終身奮鬥的目標，我想這樣的學生很難在某一領域出類拔萃，最終很可能全面平庸下去，因為沒有其他特長、嗜好或者天賦。但面對偏才，應當怎樣給予引導？林彥在他的小說中劃上一個大大的問號。青春期是人生的分水嶺，值得關注的問題決不僅僅是學生偏科問題，還有其他許許多多問題，這些都是林彥喜歡挖掘的，並注入他很深的理性思考。我想這樣的小說不應該僅僅是學生讀的，家長和教師特別是領導都應該好好的讀讀，深刻反思自己的教育是否存在誤導和武斷的簡單化處理等問題。

林彥小說中的主人公大都是有著另類人生的理想主義者，老師有〈遊戲〉中的錢受益、〈師表〉中的錢滿意等，學生有〈蝶夢〉中的謝愛農、〈四弟的伊甸園〉中的四弟等。小說發生的背景又都是新舊思想交替的解放初或者八、九十年代。這些理想主義者有的成功了，更多的則是失敗了。謝愛農的文友談文不無悲哀地在〈蝶夢〉中寫道：「我用青春織著夢幻的衣裳，還批著夢的衣裳不肯醒來，而當我驀然睜眼時，所有的夢幻竟織成了命運的繭殼。」四弟則發出慘痛和不解的呼喊：「每個人眼裡都要有自己的海呀……」提倡新教育的錢滿意雄心勃勃，五年後終於心灰意冷，離開破落的棲鎮中學到省城經商。這些慘痛的悲劇，如同陣陣雷聲敲醒了人們對教育反思的大腦。正是這些理想主義者，深深刺痛了中國教育的一些病根，林彥正是抓住了這些問題，進行深深地題材上的發掘，以青春和成長為中心，以社會思想變革為大背景，上演了一幕幕悲劇，如泣如訴。學者崔道怡在為這本小說集所做序言中以「青春之

美的系列悲劇」概括林彥小說的主題和題材。這是很準確的論斷，
大而化之，就是理想主義者的悲歌！

　　林彥的小說給我們展示了青春殘酷的一面，這是另類人生的必
然表現形式，同時也是八、九十年代教育對一部分師生的摧殘。我
永遠不能忘記〈欲舞〉中女主人公小蝶的死：

> 她睡得那樣恬靜，秋風拂動她美麗的睫毛，讓人懷疑她睡在
> 一個童話裡。她的遺體被移開後，我們都震撼了，凝滿秋霜
> 的地上竟被她用生命的熱度烙出一個人形，翩翩欲舞。

　　最後，我想說的是林彥小說存在的問題和他的一篇另類小說。
林彥的小說，據以上分析和解讀，風格和題材基本開始成型，這十
篇小說是他十年創作來邁出的堅實的腳印。但由於故事發生時間較
早，以上非正常現象正慢慢退出歷史舞臺。比如〈欲舞〉，現在的
讀者讀來就覺得有隔膜，小蝶的死更顯得不可信，另外小蝶遭遇淒
慘的時候，男主人公沈又在哪裡？而小說最後一部分居然沒有出現
沈，令人匪夷所思。再者，林彥借鑒古典詩詞筆法是很好的，但有
時過於賣弄，也就是有掉書袋之嫌，導致上下文連接不暢通，如〈點
點的一棵樹〉中：

> 這條也許是明年也許是明天就要消失的小巷，還留著江南古
> 典的情調，杏花春雨，小橋流水，彷彿伸手就能摸到千古詞
> 章。比如……

　　作者下面一連舉了三個自己不嫌煩的長長的例子，在摹景中林
彥有時也這樣，常常陷於古典氛圍難以自拔，自我陶醉，而沒有很
好與小說中的環境背景和人物心境進行銜接，顯得運用古典詩詞的
長處時比較生硬和突兀。這在廢名小說中，也略略存在這方面傾向，

作者不能把自己的審美觀和文學趣味生硬地強加給讀者，而應該是潛移默化的滲透。作者運用古典詩詞的長處，比較成功的例子是上文中提到的用景色襯托新式青年教師和老塾師的孤獨。

小說集中最令我回味和深思的是〈蘭草從來不開花〉，這篇小說獲得了成功，不僅僅因為具備林彥小說的一般特徵而更在於它在刻畫人物形象上更能採用現實的鏡頭，而褪去了〈欲舞〉的浪漫主義色彩。鄒開和是個好老師嗎？他以做生意為主，而對教學馬虎。他不是一個正直的人嗎？是！他的死是見義勇為？不是！林彥採用了寫實主義手法，全面反映了鄒開和這個活生生的人，現實中的人！他拋棄了以往帶有主題和理念先行的「高大全」的寫法，而開始反映複雜和正常的人性。我認為這是林彥在藝術觀上的一個突破，這部小說集也因這篇小說，讓我刮目相看，留下更深刻的印象，同時也反映林彥在不斷的蛻變。

林彥的小說基本可以代表八、九十年代教育的一個側面，它彷彿是林彥為祭奠一代人的青春而樹立的一個「墓碑」，那個「墓碑」正「站在古典與現代的分界線上」（林彥語）。

（《四弟的伊甸園》，林彥著，湖北少年兒童出版社 2003 年12 月版）

作於 2005 年夏

崛起的作家群

——關於 80 後的一點冷靜感想

　　1999 年的時候，我還在上初三。語文老師告訴我們第一屆新概念作文大賽的消息了。當時我們並不覺得作文大賽是什麼新鮮事，所以也就沒怎麼在意。我們錯了。不久上高中，就聽到韓寒獲獎的新聞。接著就是「韓寒現象」。那時我們看著韓寒酷，手裡抱著《三重門》的哥們不知有多少。也許他們是差生，但他們在證明自己不是差生。

　　徐敏霞說：〈站在十幾歲的尾巴上〉是我高二時寫的，沒處發表，沒想到獲首屆新概念作文大賽一等獎。陳佳勇說：新概念作文大賽的舉辦無疑給教育界提供了許多值得思考的地方，譬如什麼才是真正的素質，什麼才是真正的好文章。同時也讓大家看到了現在的中學生究竟是怎樣一個狀態，他們並不幼稚，他們有著自己獨特的想法。這表明，我們的教育制度真的應該反省一下，至少是語文教育甚至縮小到作文範圍；而且這還表明 80 後的一代是中國前所未有的一代最有民主和自由精神的一代。我們不怕權威，我們只相信自己和未來。

　　以上世紀末第一屆新概念作文大賽的舉辦為標誌，80 後開始有了自己活躍的舞臺。至今已有了六個年頭。我們湧現出一大批少年作家，如郭敬明、張悅然、李傻傻、蔣峰、胡堅等，特別是帶有偶像色彩的郭敬明創造出了市場奇跡，其他 80 後作家也紛紛表達自己的文學觀，如李傻傻的「寫作，首先是個動詞，其次是個名詞」等等，這些所反映的先鋒性和衝擊力極大，引起主流文學和社會的關注。許多媒體稱 80 後作家為「天才」，市場商業炒作很大，但我們自身應該有冷靜的認識。

少年天才很多，不惟獨今日才有。古時候的王勃、李賀，現代的梁遇春、張愛玲，建國初的劉紹棠，新時期的海子，外國的濟慈、彭斯。他們好多都是英年早逝，才活二十多歲，出名則更早。現在的 80 後作家能夠和他們相比嗎？以上所舉例的還只是很少的一部分。這些才是真正的少年天才，他們的作品能夠天生顯露大家氣質和風範，和那些最著名的大作家相比他們也不會遜色，他們的作品也是經典的，不是「青春文學」。他們的成熟，不是現在的作家能夠相比的。我也不是妄自菲薄，我相信，在我們的 80 後作家群裡也一定有這樣的天才，還需要時間來檢驗罷了。人人都是天生的文學家。少年天才並不是什麼可驚訝的事情。

當今時代是一個文化普及的時代，我們已經告別文化饑荒。網路媒體的發達，書籍的迅速翻新，出生於 80 後的我們完全生活在日新月異的現代化環境。我們有理由早熟，也有理由寫出更好的作品。寫作的普及已經是不可否認的事實。文學開始擺脫傳統模式而進入商業化時代，在 80 後表現的更加充分。張頤武教授說：普通人寫作的繁榮，這是大眾文化水平普遍提高的表現。同時社會需求的多元化使得寫作多元化，網路的普及使普通人寫作成為一件很容易的事情。而出版業近幾年非常活躍，需求量很大，這使圖書出版相對簡單，在一定程度上刺激了寫作的繁榮。在這個市場經濟時代，80 後嚐到寫作的便利和經濟價值。在文化普及的今天，出一本書，並不是難事。

另外，我們還應該看到，80 後作家有一部分帶有明星偶像的產生方式和思維。作者和出版商提前做一次聯姻，利用媒體宣傳有預謀的有計劃有步驟的完成造星任務。在 80 後身上有與生俱來的「市場母親」。80 後的讀者由於在現代社會普遍精神流失嚴重，只能依靠同齡人的作品暫時充饑乾渴的心靈，從中尋找一絲絲往事和成長的慰藉。一夜成名也是我們這個時代追求的，許多 80 後寫手也不乏

這樣的動機。這種明星偶像思維，在我們這一代普遍存在，並且成為現實也不困難。

80後的文學自然也有自己的優勢和特色。想像奇特、觀念前衛、思想敏銳，貼近學生實際生活。作品中的故事如學生的經歷一般，有笑有淚，而且飽含青春氣息。80後的作品生動、鮮活、忠實地記錄了青春的足跡。這樣的作品無疑受到正在成長或者不想成長的幼稚學生的喜愛。另外，80後十分重視生命體驗與生存之思，而且有著非常獨特的個人經驗，這與我們提倡的個性開放是緊密相連的，同時也是整個時代造成的現代「寂寞」。成長道路上種種體驗，都可以大膽的寫進文中，這是我們的自由，同時也就是我們的優勢。

另一方面，80後它的生存環境是在商業市場下了，寫作的商品化、個人化也是難免的。這種新的寫作方式，是一種觀念的更新，從根本上瓦解了傳統的模式。所以，80後所經歷的考驗和挑戰比以往要大的多。80後的隊伍中，儘管有許多是才子型的人物，但這些少年作家能不能承受各種壓力和誘惑，還需要繼續成長。市場是雙刃劍，你可以被它的黑洞吞噬掉，也有可能成為你成功的助推器。同時也正是80後面臨的是一個複雜多變的市場，而自身又是個人化寫作，這之間有很大反差，每一個寫手都面臨巨大壓力。在這種格局下，80後受到以往作家所沒有受到的巨大壓力，所以他們更成熟得快一點，思想更成熟一點。這可以帶來文學上的繁榮。我深信，再過三五年的時間，80後將會出現大量傑出作家，甚至有了大家。這些作品將成為這個年代的經典作品，記錄了這代人成長歷程，成為見證思想的活化石。

關於80後的定位，我認為它是獨立於兒童文學和成人文學的一種新的文學，這是從80後開始的。是這一代人創造的。90後乃至更以後，他們也仍然會有自己的文學，而80後的文學是他們最早的

讀本，這些作品有先驅的意義。但我們要看到，80 後文學正在成長之中，它暫時還是准文學，不是成熟的文學。也許 80 後並不能完成自己使之成熟的任務，而會交給 90 後。這也是可能的。但當我們面對李傻傻、蔣峰、胡堅等人的作品，我們似乎會增加很多信心。李傻傻的文字功底極其深厚，用語奇崛，直指現實，顯示一種陽剛之氣和刺破現實的美感。蔣峰的文字，透露出另一種近於蘊涵深刻思想的抒情式風格。他們二人代表 80 後文學一種蓬勃向上積極健康的成熟氣息和風格。然而就整個 80 後來看，創作普遍顯得底氣不足，不注重語言上的推敲，和思想深度的挖掘，而以擺酷的姿態吸引讀者，或者根本就是靠圓謊來編製一個大故事欺騙讀者。這樣的作品，也許買出去後，作者本人都不讀了，因為這只是商品，而不是作品。80 後有的代表人物，也這樣坦白過。這是對於文學沒有真誠藝術態度的表現。

總之，80 後所處的時代，是一個大時代，這個時代可以產生眾多優秀的作家，也可以產生一些大作家。但 80 後也遇到前所未有的困難，我們的成長並不太平。我們在文學道路上所下的工夫甚至會超過先鋒派作家。喝狼奶長大的年輕一代，是最具有膽識和才分的一代，我們懂得張揚個性，懂得尋找自我，如果我們在成長的道路上多注意反思，多注意汲取經驗，我們將會成熟起來。我們的作品也會在藝術技巧和思想深度上逐漸圓熟。未來是屬於我們的，我們將會佔領文壇，我們有這個信心！我們是──80 後作家群！

（注：此文由劉一寒所約寫，以作《〈1-6 屆新概念作文獲獎作者精品集〉代後記》）

作於 2004 年 11 月 9 日
原載《武漢科技大學報》2005 年 3 月 30 日

「悅然」已乘鯉魚去

劉一寒要我為張悅然的《水仙已乘鯉魚去》寫一篇評論。這在我，是義不容辭的。作為文學道路上的跋涉者，又同為 80 後生年人，我們勢單力薄，但我們緊緊依偎著。

雖說 80 後已經取得不少驕人的成績，並引起主流文壇的關注。但我們還是初起者，我們珍惜文學上每一個收穫。今年張悅然《水仙已乘鯉魚去》的出版，是打破 2005 年初文壇沉寂的一號炮彈。我們在去年有引起轟動的效應，現在我們又開始有新成績了。

說到張悅然，很令我想起張愛玲。在這裡，我無意於將他們二人相提並論，何況張悅然又何以能與張愛玲比肩呢？少年沈從文，少年張愛玲，這樣的稱呼是令每一個嚴肅的文學者聽了耳膜起繭而感到厭惡的話。然而，我又絕非在「打擊」張悅然，讓她多看些大師的作品，多仰望大師的人格，或許對於她乃至整個 80 後都是有好處的（某些所謂的天才作家不尊重和不瞭解魯迅等大師的行為，已經對 80 後的形象很不利了）。張悅然與張愛玲的相似，不僅在同姓，同性，和同齡出道，更在於她們對女性心理的細微瞭解。

青春期是最能代表成長最富於成長意義的時代，什麼可以挽留它們？作品！只有一個回答。然而，千百年來，我們並沒有出現真正代表青春的作品。因為它們往往出自於成人作家之手，成人作家描寫青春的作品，是以懷念為基礎的，而不是真實的表達，畢竟他們已遠離青春，再也不能真正體味青春和成長了。我們有許多出眾的女性作家，他們寫給女生的作品未必在心理上是真實，難免是回想和揣測，於是不夠自然，如秦文君、饒雪漫。80 後的一代，生逢

盛世，趕上文化普及的時代，寫作也流行起來，出版也不怎麼困難了。於是我們有了《三重門》時代的韓寒、《維不以永傷》的蔣峰和《憤青時代》的胡堅等。我們許多少年作家紛紛那起手中的筆，記錄我們成長道路上歪歪曲曲的痕跡。其中在女生作家中張悅然是最突出的一個，也最備受注目。

　　《水仙已乘鯉魚去》的故事情節並不複雜，甚至可以說沒有什麼曲折離奇的大故事大背景。這只是幾個人兩代人的愛情故事。小說唯一的線索是主人公陸一環從中學到大學的十年經歷了一次由灰姑娘到天鵝的蛻變。她有一個喪心病狂的媽媽曼，對她很惡毒，嫌她醜陋。曼在丈夫和婆婆死後，憑藉妖豔的身材嫁給了有錢人陸逸寒。於是她們搬進了桃李街三號。陸逸寒以前有個妻子是紅極一時作家叢薇，後來據說去了國外，留下一個兒子小卓由陸逸寒撫養。陸一環曾在這裡住過一段安穩日子，那時她的身體開始有了微妙的變化，它愈加的妒忌和憎恨她的媽媽。也在那時，她開始練習寫作，小卓開始練習美術和雕塑，環開始和陸叔叔交往。幾年後曼夥同陸逸寒最好的朋友騙取了陸逸寒的家產並將他們趕了出去。他們三人住在環的好朋友優彌那裡，就在那時環喜歡上陸逸寒了。而陸逸寒不能承受慘烈的打擊在酗酒後死了，而優彌在往桃李街三號拿東西的時候，被曼打斷了腿並送進了監獄。從此環和小卓過上一段難熬的拮据生活。環在進大學的時候開始為一些流行雜誌寫稿，稿酬頗豐，小卓的雕塑也換了一點錢，他們的日子慢慢好起來。那時小卓也成熟起來，越來越像陸逸寒，他們之間的關係發生了變化。不久環開始創作一部小說《笑靨如花》。可惜在快要結束時被她的大學同學林妙儀竊取了，林妙儀一舉成名。那時小卓和一個他們救的女子發生愛情，於是引起環的妒忌。故事發展到這裡，已經寫了一大半。出人意料的事是《笑靨如花》的編輯正是叢薇的編輯沉和，是一個很有眼光的編輯。他曾經常出入陸逸寒的

桃李街三號，中學時璟見過他。在說明原委後，璟決定再寫一部小說《良辰好景》，在沉和的打造下，璟像叢薇一樣成為最出眾的女作家。他們也相愛了，此後小說指明璟懷孕了。這時候曼在桃李街三號過著窘迫的生活，錢財被揮霍完了，和她私奔的男人死了，而這時的她已是徐娘半老，再也沒有能力去征服另一個有錢的男人了。她心理極度不平衡，一個偶然機會，她收到叢薇寄給陸逸寒的信，根據地址她找到了叢薇，發現她在瘋人院。於是曼認為發財的機會到了，將此事公佈於外，一時間沸沸揚揚。在璟和沉和的料理下，他們決定將「叢薇事件」後的名宅桃李街三號用重金買下來，他們四人一起住下來，這其中沒有曼。故事基本結束了。

這部小說，沒有寫好而嫌單薄的地方在小卓和小顏。小說的在後半部分，小顏的出現，使故事情節更進一步，卻顯得有點突兀。而後來又正是這個小顏害死了與陸一璟相依為命的「弟弟」。這一切都是讀者始料不及的。莫非張悅然真的因為喜歡悲劇，而有意害死可憐的聰明而又可愛的小卓。最後張悅然乾脆倉促得用一把火燒了桃李街三號，而結束整部小說。這也是一個值得注意的結局，細節在於到底是誰放的火？這是一個值得玩味的問題。

小說就這樣匆匆結束了一個故事，尾聲是曼和璟相會。曼也懷孕了，她滿是悔恨，認為當初不該那樣粗暴地對待璟，現在她想生下孩子，彌補自己的罪過。曼經歷了一個思想上的輪回。而璟呢，她在整個故事中，目睹了人性的黑暗，「常常陷於無愛的恐慌中」，她不想生下這個孩子。以上只不過是她講給腹中孩子的故事，然後她將把孩子弄掉，也無非是讓她避免人世的摧殘。

這些都只是小說的情節，為了讀者的方便，我從中抽繹出來，稍作說明。這部小說，因故事的簡單，而又能成為長篇巨製，主要在於細節的描寫非常精彩，女性心理的微妙變化刻畫得入木三分，

比喻亦（張悅然喜用「亦」字）最為貼切。璟是個最具女性魅力的女子，他對男子的感受，無不顯現她的敏感。他一共喜歡了三個男子，而妒忌兩個女子，分別是奪走她的愛的人。她所愛的是「父親」和「弟弟」，這不能不教人想起「愛列屈拉情意綜」。在性心理描寫上又極其令人想起《查泰來夫人的情人》。

從這部小說裡，我們看到張悅然是一個科學的心理分析者。她既討厭自己，又愛戀自己；既想擺脫自己又要念念不忘依依不捨。她沉浸於自我，沉浸於成長中女性的微妙感覺。我們擔心的是，張悅然是否因此固步自封，不肯邁出自我狹小的境界？這是一個突現轉折意義的作品，張悅然此後將何去何從？她帶給我們以女性特殊的成長感覺，我們需要這樣的作品。張悅然剛好抓住這個需要，她是一個成功者，不只是藝術上的，她也獲得了讀者。張悅然正在邁向成熟，卻又是「孔雀東南飛，五里一徘徊」，她的文字記錄了一代女孩的成長。也許，張悅然接下來是以「青年女作家」的面目呈現給讀者，她將接納更多的讀者，並被主流文壇接納。這或者是她告別青春期的一部祭奠之作，同時又是體現著走向主流文壇的姿態。我們似乎沒有理由懷疑張悅然會固步自封，一味留戀於少女時代，她已經開始成熟了。（這部作品很令我想起現代女作家廬隱的《海濱故人》和《象牙戒指》，不知張悅然讀過這樣的作品沒有？）

張悅然是熱愛人生的，她說：「在將要過去的這一年，我感到自己的意志和迷戀，像有力的脈搏一樣，成為『生』的證據。」然而，她又是厭世的，她說：「人世之輕，我真的不知什麼最可貴，可以在臨別的時候贈與你。」這是我們80後一代面臨的共同難題，父母把我們生下來，卻又讓我們面對殘酷的現實，讓我們「常常陷於無愛的恐慌中」，以至我們沒有勇氣生養下一代，擔心他們有著同樣的命運！

這部小說，我還很喜歡附錄的〈水仙鯉魚筆記〉。其中有一段，我認為很能代表張悅然的審美觀和心理原型。她在談到古希臘神話中自戀狂化身的美少年納喀索斯的故事時說：「這樣的故事，我卻不覺得納喀索斯傻，只覺得很美。我想，那少年看著他的影子時，應當是很專注的，好像在這世上，除卻他與影子，再無他物。」這樣的語言，真是好，平和沉靜，淡淡中咀嚼出美來，很見中國傳統的質樸。我愛這樣的語言，它還時常令我想起中國一個現代作家的《忘記了的日記》。

年前在 80 後曾發生關於張悅然是否實力派之爭。我認為這場爭論是很有意義的，這是 80 後作家群發育到一定階段發生的必然的分裂和重新整合。某些作家處於爭議的邊緣境地，是這場爭論的焦點非常具體和細緻的表現。我們可以從中看出關於偶像派和實力派的一些劃分標準來。這場論爭在今後文學史上有記錄的價值抑未可知。但從這部作品來看，我們還有理由否認張悅然嗎？

近來有人提倡深閱讀，以此抵制浮泛膚淺的文風和習氣。我認為，現代文學史上魯迅的雜文，周作人的散文，廢名的小說和卞之琳的詩歌等都是很好的深閱讀典範。今天，我們有張悅然的《水仙已乘鯉魚去》，儘管還只是一部沒有完全成熟的略顯狹隘的小說，但在今天已經是鮮有的深閱讀作品了。至少，你讀一遍是不會放手的，況且你要深入到人物特別是女性的心理。

張悅然此後倘若真的不再留戀少女時代，我們希望她能像李傻傻一樣將文字觸摸堅實的生活，以女性特有的眼光和魅力展現時代，或者寫出一些富於南洋色彩的作品。真的會這樣嗎？我們期待張悅然的答覆。

（《水仙已乘鯉魚去》，張悅然著，作家出版社 2005 年 1 月出版）

作於 2005 年 1 月

80 後反 80 後

　　自《我們，我們——80 後的盛宴》出版以來，80 後的作品選集日見其多。但何謂 80 後？這是一個很不確定而顯得寬泛模糊的概念。從文學的角度來看，80 後應當是出生在 80 年以後的文學青年的集合體。但並非所有的出生於 80 年以後的文學青年都承認自己是 80 後，何況一向被稱作 80 後代表人物最近也紛紛倒戈，要退出這個陣營。這是一個很有趣的現象。如果說 80 後的出現不是文學現象，而是文化現象，那麼 80 後紛紛拒絕 80 後這個「骯髒的標籤」，倒是發生在 80 後內部的一個文學現象，如同 80 後內部出現偶像派實力派之爭一樣同屬文學現象。這兩個文學現象，是 80 後作家群發育到一定階段發生的必然的分裂和重新整合。特別是在偶像派和實力派之爭中，某些作家處於有爭議的邊緣境地，是這場爭論焦點的非常具體和細緻的表現。我們從中可以看出關於偶像派和實力派的一些劃分標準來。這場論爭在今後文學史上有記錄的價值抑未可知；而 80 後紛紛倒戈，要退出這個陣營，更有著特殊的文學意義了。我們知道，最初的 80 後寫手，出自新概念（《萌芽》），而今日新概念作者群仍然是 80 後的重要組成部分；另外一批活躍在榕樹下、紅袖添香、天涯社區、蘋果樹、芳草、小作家聯盟等網站的知名網路寫手，也是 80 後的一個重要組成部分；再就是一些有一定實力的「散兵游勇」（如王小天），採取較為獨立的態度活躍在 80 後中間，並被視為 80 後代表人物。這三種人構成了 80 後的主體部分，可以說是 80 後的中堅力量，他們與出生在 80 年後的「地下寫手」暫時構成很不協調的力量對比，但在若干年後，要進行一場大比拼是很顯而

211

易見的，這將是一次更大規模的分化、重組。就目前來說，通常所說的 80 後是一種狹義的概念，也只包括以上所說三種人，而出生在 80 年以後的文學青年則是一種廣義 80 後的劃定範圍。很顯然，現在所從事的一切編輯出版 80 後作品集的工作，主要是針對狹義 80 後的。而這些寫手本身就有很多文學上的交流以及其他一些活動，可以說現在所說的 80 後是一個鬆散而又有一定聯繫的寫手群。

　　另外，80 後作品所面對的讀者範圍是什麼呢？一般對讀者範圍最大希望是所有文學愛好者，然而這在實際情形中是不可能的，就 80 後目前的處境來看，並沒有那麼大的影響，許多人並不接受 80 後及其作品乃至文學觀念和作風。甚至 80 後的同齡人當中也有相當一部分是處於排斥與「敵對」狀態的。中國傳統校園文學以文學社創作為主，這部分作者和作品至今還保持相當傳統特色，以作文習作為主，思想內容均較保守，他們對於 80 後也是感到隔膜的。另外一些業餘的自由的地下寫手，他們還保持著較為傳統的文學觀念，主要出現在一些傳統文學報刊上，這部分文學青年對於 80 後也是有一定排斥態度的，至少是保持獨立的警戒心態。而至於其他一些文學愛好者和作家，並沒有多少是在關注 80 後。我所擔心的是，80 後的讀者竟然還是 80 後！也就是說，80 後所鬧的玩意兒，不過是自己在炒自己，像虛幻的泡沫一樣，走馬觀花一般，終究是要退出舞臺的。我們時常看到一些校園裡的小男生小女生抱著 80 後的作品，或者是其他一些懷著單純、狂熱的文學幻想的幼稚「粉絲」在呼喊（而他們也自稱是 80 後並以此為「榮」）。更有意味的是，許多 80 後代表寫手宣稱他們根本不讀同齡人的作品。這種種現象表明，80 後存在的讀者基礎是不夠牢靠和穩定的。僥倖的是，我所擔心的並沒有很快發生，80 後這面大旗仍然在堅強而艱難地抗著。

　　80 後首先被媒體發現，然後被市場容納，最後才被主流文壇接識。這是中國文學發展過程中的一件新鮮事。他們先在媒體、市場的浸泡中孵化、催生，然後如同從天而降一般來到文壇。這給許多人一種措手不及的感覺，同時也帶來許多非議，一些主流文壇作家學者是帶著詫異、反感乃至不認為是同類的態度來對待的。

　　其實真正瞭解 80 後的人是不多的，80 後的崛起一開始便與媒體、市場緊密相連，甚至有被利用的嫌疑。80 後的狂妄、偏執、虛榮、浮華等固有鄙陋特性在媒體、市場的攪和下，得到最大的發洩甚至濫觴，呈現出一種「天才」的表像。而實質的情形是 80 後不能簡單地同天才劃上等號（那是媒體的錯覺報導），但他們當中又確實不乏才子。新文學運動興起的時候，聚集在胡適、魯迅、周作人周圍的文學青年如康白情、俞平伯、汪靜之、廢名、梁遇春等，他們成名時的平均年齡恐怕比現在所謂「80 後」還要小，但沒有誰說他們是「天才少年作家」。「天才少年作家」（還有「美女作家」等）都是商業標籤。還有一些有實力的地下寫手，恐怕沒有發掘出來。凡此種種都表明，我們的文學創作與藝術理想在諸多新的因素、新的成分下受到嚴重變異、衝擊而呈現多樣化發展態勢。如果說，80 後很快的實現了個人夢想和文學理想，那是媒體、市場的一大功勞（那在目前幾乎是不可能的）；如果說 80 後如某些人所說是在玩文學，那麼那都是媒體、市場惹的禍。但就目前的狀況來看，80 後已經比前幾年要成熟一些，「80 後反 80 後」，集中體現了 80 後對「商業文學」、「明星文學」的厭倦，而開始真正寧靜地寫作，追求純粹性的文學，實現和完成尋找文學真相的理想與使命。據新一屆新概念一等獎得主告訴我，80 後許多人現在開始回避媒體，因為媒體沒有真正報導他們的思想和態度。這些在一定程度上反映了我們的覺醒，

是我們開始走向成熟的一個標誌。當然，這又是一個漫長的較量與
演變過程，是文學與媒體、市場在聯姻的同時又與之博弈。

　　絢爛之極，歸於平淡，當代文學發展到 80 後已呈現濫觴的局
面，現在迫切需要節制濫觴的理性精神複歸，這個偉大的使命已經
擺在我們面前。就 80 後下一步發展來看，接近生活、接近純文學、
關注民生是很重要的增長點之一，追求藝術深度、思想深度，也是
在社會生活中陶冶鍛煉出來的，任何人都不可避免地被拋向社會，
80 後也不可能永遠停留在准文學的幼稚階段。另外，80 後有的代表
人物開始主張向文學大師學習，例如彭揚主張向魯迅學習，恭小兵
主張向廢名學習，這在一定程度上體現了 80 後開始對中國文學傳統
的某種精神認同。這些都是 80 後出現的一些新的文學現象，都是值
得注意的。隨著年齡和社會閱歷的增長，80 後寫手對人生、文學的
認識又會大大地改變，那時肯定又會急劇地分化，不知道又有多寫
手離開這個文學的「遊樂場」，而那些真正愛好文學、視文學為生命
追求的寫手最終在文學的馬拉松比賽中勝出，構成文壇的一道亮麗
風景。

作於 2005 年 11 月

原載《中國圖書評論》2005 年 12 期

80 後的最後一次集結上陣

　　早在世紀之交，老刀、馮昭等詩人開始提出「80 後詩歌」的概念。80 後從搞文字那天起就開始玩概念。至於後來的恭小兵、西門柳上等就更用不說了，以至到了 2004 年劉一寒借著這個概念真正讓 80 後火了一把。可惜，這場火到了 2005 年便開始漸漸熄滅了。那年年底的時候，我配合一家學術雜誌做了一個 80 後脫離 80 後的研究專題（可笑而有意味的是，當年年初時任該刊編輯的詩人馮昭策劃了一個 80 後崛起的研究專題），我採訪的田禾、王小天、谷雨等也開始對 80 後這個淺薄的概念感到厭惡和鄙夷。雖然如此，80 後脫離 80 後竟然也是一場鬧劇，也是 80 後玩耍的一次遊戲而已。這就是 80 後，一直都在玩，玩概念、玩文字，為的是什麼？成名？及早確立自己的文壇地位？迫不及待的被市場接受？恐怕這是一個複雜的問題。但一個肯定的事實是，80 後的陰影並沒有完全走散，這面旗幟還在被某些人抗著，或者說利用著。不久前，我在北京見到 80 後最早的詩人之一馮昭，如若不是我無休止地問起 2000 年前後 80 後的詩歌運動，他絕對不會想起那場驚心動魄地有預謀而忠誠的策劃，他也不會想起自己是主要的發起與參與者之一。他已經開始學會遺忘了，而那時到今天，所謂 80 後文學造山運動才不到六年。老刀也對我承認當年的幼稚，但幼稚裡也透露著赤誠。現在他對 80 後也緘口不語了，表示後悔。

　　當我在網上看到他愛等人還在編寫所謂 80 後文學史的時候，我驚訝於它的完整與翔實，也就是馮昭那天所說的細枝末節的問題，也都記錄在案了。我不知道這種編寫有何意義？自欺欺人嗎？80 後

真的會成為文學史上的概念嗎？沒看到那麼多 80 後已經不寫作了嗎？或者已經轉向圖書策劃了嗎？或者經商或者完全消失得無影無蹤了嗎？80 後真正值得記錄和留念的東西實在不多，真正優秀的作品確實不多，2004 年那本《我們，我們——80 後的盛宴》又何嘗不是一次有預謀的策劃，難道真的代表年輕一代的文學實績？80 後終於感到捉襟見肘了，感到文學的高深莫測了，時間將洗刷一切毫無價值的東西，將那些有價值有分量的東西保存下來。

如果說「80 後文學史」的意義是可笑的，那麼如何面對眼前這本《80 後心靈史》呢？田涯剛開始策劃這本書的時候，我們才認識不到幾個月。一年後，這本書終於出爐了。田涯在大武漢漂泊了幾年，過著一般人難以想像的日子，但他一直堅守著，這在他的自傳體長篇小說《黑暗中的舞者》中有反映。這本書的出版，對他或許是一個安慰，也是對他策劃才能的一種肯定。但對於這本書的價值和意義，我同樣是持有保守意見和態度的。

80 後尚缺乏「史」的意義，任何一種標榜、抬高都是狂妄、浮躁的表現。真正的 80 後文學史、心靈史並未形成，甚至他的文學史會終結，雖然心靈史會逐漸完善豐富起來。《80 後心靈史》中的作者都是文學人物，而他們是否能代表整個 80 後都是個問題。今年熱賣的一本《八十年代訪談錄》，思郁就在〈我的八十年代，我自己的神話〉中表露批評之意，查建英的目的並沒有達到，因為這本《八十年代訪談錄》太狹隘太單薄了，是不能概括整個八十年代的，也很難引起人們對八十年代溫馨、甜美的回憶。學者李陀在今年第 10 期《讀書》發文批評《八十年代訪談錄》時，還引用了思郁的文字，關於八十年代最細緻入微的回憶不知還有多少？或者那些生活細節、那些平凡人的平凡生活的枝節更能讓大眾去回味那漸行漸遠的八十年代。至於出生於八十年代的 80 後，他們的路才剛開始不久，

他們對這個時代和社會的影響還太小，80 後是未來的主人，這句話還沒有過時，他們對這個社會還缺乏掌控和預測。或者這些傳記式的回憶和訪談對於作者本人的個體生命有著總結與反思的意義，這倒實在一些。從整體而言，《80 後心靈史》並不比唐朝暉、一草等人編的 80 後成長成名史一類書高明多少。

這應該是 80 後的最後一次集結上陣，我不希望 80 後再被利用，而且是以文學的名義。

（《80 後心靈史》，田涯主編，湖北出版集團長江文藝出版社，2006 年 10 月出版）

作於 2006 年 10 月
原載《少年作家》2007 年第 1 期

唯美　沉痛　瘋狂　飛翔

——為田禾《迷失的病孩》而作

在我寫這篇文字以前，我多次催促田禾送我一本簽名的新書，後來證明是盲目的、草率的，甚至是感到一種褻瀆的羞恥，直到我再一次認真讀了他的文字之後，直到老天戲弄我，讓我與田禾第一次見面的整整一年後，預約的當天我卻沒有見到他。與其說見不到田禾是偶然的，毋寧說是對我的一種「懲戒」：在田禾的藝術宮殿前，我願意這樣認為；在任何一個真誠、純粹的藝術家面前，我都接受這樣的認為。

我為田禾的文字和生活迷醉。一個不願長大的孩子，註定要以人格的頭顱撞碎黑暗的地獄之門。門，沒有碎，碎的是我們的青春和夢想！當我第一次接觸到田禾的文字，我為之瘋狂。他表達了多少人渴望的生活，唯美、自由、流浪、飛翔、搖滾。也許你要說田禾是個頹廢的時代病孩，那麼他會說除了這個，我們別無選擇。在這個已經瘋狂了的後自然時代，有多少人還是正常的？所謂的正常，是迎合、遷就這個虛偽、庸俗、骯髒的社會嗎？他們願以青春和夢想的力量做最後的無望的掙扎。在《迷失的病孩》中，搖滾青年田樹、畫手羊君、音樂 DJ 陽萌、鼓手櫻子、自由寫手蘇婭、退學少女荀沫、妓女路辰以及學生柯藍等等都是有著特殊成長經歷的社會邊緣群體，他們逃脫美麗而淫蕩的大學校園，掙扎在城市的角落，為了理想與青春，有的付出了身體，有的付出了尊嚴，有的付出了生命。他們在某個側面都反映了田禾的一些影子。

　　田禾小說裡反映的的生活與現實中的田禾有幾分相近處，至少田禾的藝術靈魂是完全沉浸在他的小說裡。我知道，一個作家無法將他的藝術世界和生活世界完全隔離開來，否則他不是一個真實的純粹的作家。生活中的田禾離不開酗酒，抽煙，寫作，練琴，搖滾，這本身就是瘋狂的病態的藝術生活。在這個缺乏理性的年代，田禾和他的小說做了精彩的雙重詮釋。他要以自己的生命和藝術證明：我們是對的，社會是錯的。

　　任何一個真誠正直的文學藝術家，他在心底應當是極為嚴肅的！在整個所謂的 80 後寫手群裡，並沒有多少是真正的嚴肅的文學藝術追求者。對此，田禾有著深刻的認識：「價值崩潰，信仰危機，歷史瓦解，這是「80 後」的共性。他們精神空虛，而市場化的一些文化泡沫顯然滿足不了他們欲望的發洩以及壓抑情緒的終結，於是他們開始試圖將閱歷形式的虛無通過豐碩的外表矯飾及自我滿足式的寫作來掩蔽、偽裝，開始一段自我欺騙的實體主義表達。然而過度的虛榮及自我主義驅使他們丟失自已而盲目尋求他人的認同，他們的理想大多是建立在滿足個人私欲的基礎上，在藝術上缺乏本質的創新，所以他們永遠只是寫手，而不是作家。」在對藝術唯美性、純粹性的追求上，田禾無疑比他們當中許多人走得更遠更徹底！這樣一個純粹的文學藝術的虔誠的信徒，在藝術追求上又有著多麼嚴肅的一面。如果說李傻傻關於青春有剛性的沉痛描述，而田禾是以柔性的唯美描述來征服讀者的。這又註定了田禾在最年輕一代的作家中是邊緣化的，因為瞭解和接受他的生活以及藝術的讀者很少。即便是我，對田禾的瞭解也是極少的，我終究是一個常人，無法走進他的生活，更無法走進他的藝術世界——只有眼羨和旁觀的份。

　　「我像個時代病孩一樣，寄居在某個城市被人遺忘的角落裡，晝伏夜出，離群索居，逃避著各種光明與安全感，喜歡獨自行走與

幻想。」這是田禾的自畫像。韓寒是用「叫罵」來宣洩他的不滿，表現他的偏激和睿智；而田禾是用唯美的藝術層層剝開社會的陰暗潮濕的一面，青春的殘酷與沉痛一面。相形之下，田禾遠比韓寒更接近文學和藝術的實質。其實，讀了田禾的《美麗的廢墟》《迷失的病孩》等系列的「青春的葬禮」之後，他更讓我想起的是現代作家郁達夫，也是一個曾被視為抑鬱、頹廢、唯美的作家，不同的是，田禾是用現代的藝術手法並加入了搖滾的精神進行寫作，而郁達夫更傳統，更多是借用古典詩詞的渲染。這是時代不同的緣故。他們寫的都是社會邊緣分子、零餘者的形象，他們永遠在控訴這個社會的變態、骯髒，甚至不得不匍匐地潛行。郁達夫的小說最終獲得了讀者的認可，成為一代文學大師，又有誰敢保證田禾的小說以後不被大眾認可呢？

　　一個時代病孩，在幽暗昏黑的天地之間，漸行漸遠，他將走向哪裡呢？他是否在每個人的靈魂深處都有一些影子？天黑了，你的靈魂在哪裡？

作於 2006 年 5 月 27 日

湖北文學與武漢的 80 後

　　新文學運動以來，湖北的文學是很發達的，應該說是一個文學大省。民國時期的文學家代表有聞一多、胡風、曹禺、廢名等。當代也很不少，如徐遲、曾卓、嚴文井、葉君健等。至今仍然活躍在文壇上的照樣可以列出一長串名單來：池莉、方方、劉醒龍、熊召正、董宏猷。這些名字都是如雷灌耳的。從總體來看，湖北籍作家的數目總量是很可觀的，與產生以上眾多大家相互襯托，構成一個文學大省的實績。從文學的實力上講，湖北與一貫享有文學大省之稱的陝西、浙江、江蘇等有得一拼。

　　一個不容忽視的事實是，湖北的文學有自己的傳統和體系。若將湖北文學定位於湖北省內一切文學活動的總量，那麼上述一些湖北籍文學大家反倒不能算做湖北文學的實績，他們也不在湖北文學的傳統與體系之內，他們或者在省外開遍了文學之花。湖北文學大概以武漢為中心，以武漢周遍的黃岡等文化重鎮為羽翼，形成一個既開又合的文學圈。這個文學圈對於作家群的形成、發展具有重大意義，一個青年作家往往是依靠同省前輩作家的激勵、提攜以及自身的不斷奮鬥而走上文壇的。湖北的文學老前輩徐遲、曾卓、嚴文井、葉君健、綠原等在現今文壇上活躍的中青年作家的記憶中的影子是很深刻的。另外的一個事實是，以期刊為陣地、以前輩作家為引導的作家培養模式逐漸受到衝擊，這在湖北省也是一個不可回避的現象。這突出地表現在 80 後一代作家中，他們的成名與成熟很少依賴前輩作家，反而是借助媒體以及市場。

80 後的迅速崛起、催生，武漢也扮演了一個重要角色，它甚至也是全國 80 後文學運動的一個中心。「珞珈山上的五顆星」（胡堅、戴漓力等）、「桂子山上的雙子星座」（李萌、甘應鑫）以及田禾、郭道坤、田涯等是其中影響較大的幾位。就前幾年來說，武漢的 80 後如同全國 80 後的遭遇一樣徘徊於市場與文壇之間，與當地傳統文壇不相搭界（2005 年以前，加入湖北省作家協會的 80 後僅有韓晗等少數幾人），但隨著 80 後大旗的逐漸倒下，這一群作家的重新整合、分化，一些真正守衛文學的貞操與崇高以及藝術純粹性的青年作家開始停止躁動，退回寂靜的內心，重新定位自我，尋找合理的發展方向。如同田禾對前幾年 80 後文學運動的反思：「價值崩潰，信仰危機，歷史瓦解，這是 80 後的共性。也許從外在形式上來講，80 後沒有任何值得懷念或歌頌的特殊經歷，這種閱歷上的空缺直接導致了精神層面上的斷裂。」精神層面斷裂的 80 後一代無法擔當一些使命，也不能傳承幾千年的文化傳統，他們受到的是一種混雜的文化文學因子的複雜影響，這比八、九十年代作家受到外國文化的影響更複雜，可以用「文化混亂」與「多元化」概括。五四時期的文學青年能學貫中西，在傳統與現代之間自由選擇與跨越，八、九十年代作家也能在各種文化中自由遊弋，而唯獨 80 後一代是瘋狂與混亂的呈現。這與整個時代的文化環境是分不開的，同時一些文學投機分子也乘機暴得大名，更加劇產生 80 後的一些不良形象。

武漢的 80 後，從胡堅、田禾等開始，一開始就朝著比較純粹的文學、藝術、文化的發展方向。大約在 2000 年前後，一批來自湖北各地的文學少年懷著美好的夢想齊聚武漢，散落在又大又破的「大武漢」的各個角落裡。例如田禾自稱是來自「鄂西南的土豆」，田涯、眉睫等來自鄂東，郭道坤來自鄂西北，只有胡堅等是生在武漢。他們有的或者還在學校，或者已經逃離大學，或者根本沒入讀大學，

只是散居在武漢的一些破落而繁華的大小街道上。因為人生經驗的不同,形成的作品藝術特色也就很有些不同。胡堅是有書生氣的,在整個 80 後中,或者只有張佳瑋等少數幾人可與其匹敵,堪稱淵博、博雅;田禾、李萌是純藝術性的,個中追求又有不同,前者或傾向動,後者或傾向靜;郭道坤是較為傳統的,與一些少年兒童文學作家混在了一起,在 80 後中倒顯得不夠張揚;田涯有其絕望的文字之妙,也博得一些讀者青睞,據說他的純藝術性的長篇意識流小說《黑暗中的舞者》即將完稿了。等等這些,共同構成了武漢 80 後的斑斕局面,而且他們正因為較為純粹的藝術方向,所以在 80 後的退潮聲中,反倒有更走向所謂「文壇」的局面,與一些實力派作家越走越進,似乎成為中國文壇作家的實力派後備軍。武漢的 80 後就其小說而言極其發達,以上諸位都是小說高手,但散文詩歌特別是詩歌相對滯後,湖北青蛙、三米深、黃浩等雖偶有一些散文詩歌,但在整個文壇並無大的影響。至於評論,全國的 80 後也近乎於無;在武漢有前幾年以酷評著稱的月千川,近年有本論作者眉睫。

　　傳統文壇未必是 80 後的歸宿,但走向尾聲的 80 後一群中熱忱、積極的真正的文學藝術者,他們的目光或多或少會投向已經成名並有深厚文化底蘊的前輩作家。武漢的 80 後,一些已經開始尋找自己的文學傳統了,他們不得不正視先於他們成名成家的一些「老師」。同時,保持自己的個性與特色也是這些人崇尚的,他們不可能完全退回到以往的文學道上來。他們的成名、成熟註定與傳統作家的路數是不同的,這也是時代使然。以往的作家與最年輕一代作家的共同話語是,對文學藝術的那一骨子裡真誠地追求,因為這是古今中外文學之路的不二法門。

作於 2006 年 6 月

附錄

略論法律與文學

——以法史學為視角

引論

　　一般認為，法律與文學運動緣起於上世紀七十年代。蘇力先生在〈孿生兄弟的不同命運——《法律與文學》代譯序〉中說：「1973年，波斯納在小布朗公司出版了一本教科書，《法律的經濟學分析》，標誌著法律經濟學運動的正式起步。也就在這一年，也就在同一出版社，詹姆斯·伯艾德·懷特，也出版了一本教科書——幾乎同樣引人注目——《法律的想像》，標誌著法律與文學運動的正式起步。」

　　其實早在法律與文學運動興起之前，二者就已經存在若隱若現的聯繫。在人類文明發軔之初，各大文明古國所產生的最古老的著作，無論是中國的《詩經》、印度的《吠陀》還是歐洲的《聖經》，無不是對正義和善良的歌頌與追求。這些著作所宣揚的「教義」也正是法律之魂。甚至有人以古希臘偉大的悲劇《安提戈涅》為例，證明「古希臘的文學與哲學是西方的法律文明源頭」。漸漸地，許多文人開始有意識在著作中講敘法律故事，以法律事件為題材反映社會和人性的殘酷、複雜的一面。一些法律人士也嘗試著書立說，以親身經歷的法律故事或熟稔於心的法理充分伸展揮灑於其中。當然這些文人和法律人士的身份也可能具有交叉的雙重性。在浩如煙海的古典著作中，我們也可以看到法律與文學的形影相隨。例如中國

古典四大名劇之一《竇娥冤》，還有施公案、包公案、彭公案、狄公案等一類偵探公案小說。莎士比亞著作中也有《威尼斯商人》這樣的以法律故事為基礎的戲劇。這些著作構成了今天法律與文學研究的重要而豐富的文獻淵源。甚至我們在檢視浩浩歷史長河中許多文學家、哲學家、思想家原本就具有法學教育的背景，如歌德、托爾斯泰、徐志摩都是法學院的畢業生，巴爾扎克也受過法律訓練，並在公證人事務所工作一段時間，還有莫里哀、福樓拜、伏爾泰等年輕時代都是法律學習者。凡此種種，都反映出法律與文學如絲如縷的淵源關係。

　　儘管如此，在現代學術各科分野之前，法律與文學並沒有成為一種專門的學問，學者們也並沒有真正關注和思考法律與文學的聯繫和區別。只有到了法律與文學交叉現象的頻繁出現，學科意識的增強，人們才開始涉足這一交叉學術領地，並將其作為一種專門的交叉比較學科進行構建。這時，一個棘手甚至引人發笑的問題出現了：法學到底是社會科學，還是人文科學？這個問題如同斯蒂克芬之謎，簡單而又不能給出一個如意的答案。在一定程度上，我們可以說，這個問題是法律與文學的最基本問題之一，也是法律與文學運動首先要面對的一個問題。對這個問題的不同理解，將直接涉及到該學科的地位、意義及其影響和前景。就一般而言，如同大部分學者的認為一樣，人們對法律與文學運動持悲觀乃至反對態度，法學將被毫無疑問地劃入社會科學範疇，否認文學對法律存在法理意義上的影響，但法律與文學運動依然堅強地札下根來，進行了一場不溫不火的自身地位的保衛戰，並引起越來越多學者的關注和加盟。

法律與文學的研究對象及其分支

　　任何一門學科都有自己的專門研究對象，作為邊緣和交叉學科的法律與文學也是如此。如同其他許多次級邊緣學科一樣，為「法律與某某」式的粘連，法律與文學也不例外，其名稱就是在法律、文學二者之間加上「與」字。沈明對「與」字不無嘲諷地評價道：「一個不論在英語還是漢語中都是一個最普通的、沒有什麼實際涵義的連詞。」這似乎在暗示所謂「法律與文學」有點類似於「桌子與椅子」一樣進行簡單任意地搭配。然而事實情形並不是這樣簡單，沈明繼續對「法律與文學」進行分析：

> 連詞雖然普通，然而經由它使『法律與文學』成為一個固定短語、專有名詞之後，我們就有必要追問使二者聯繫起來的紐帶到底是什麼，即：法律、文學二者之間何以能用一個『與』字連接起來、固定下來？雖然這一提問是修辭性的，但是它本身卻是一個法律學術問題，即法律與文學的方法論地位及其在法學研究中的位置。

　　接著沈明博士將「法律與文學」和法律經濟學進行比較指出：「法律經濟學並沒有依這種方法劃分的學科分支，這是因為，法律經濟學說到底就是經濟學，它具有一個基本統一的分析框架和理論內核。而法律與文學則不同，它並沒有一個方法論平臺作為研究的基礎，理論結構也相當鬆散……法律與文學是分屬若干不同學科門類的理論研究的鬆散聯合，只是在一種並不嚴格的意義上，這些研究都同時涉及到了法律／法學和文學作品、文學理論。因此，法律與文學不可能有一個統一的方法論……儘管由於法律與文學畢竟是發軔於且至今依然落戶於法學院的學術運動，因此不便說文學理論家

或者社會學家、政治學家比法學家對它們更有發言權，但是，就像法律經濟學歸根結底就是經濟學一樣，法學家在這裡的耕耘大抵是借他人『酒杯』澆自己心中『塊壘』……法律與文學研究在規範層面上的邏輯屬性以及在實證層面上的社會屬性又規定了它既不會繁榮也不會消亡的學術命運。」

沈明博士的上述論斷，不但說明「法律與文學是分屬若干不同學科門類的理論研究的鬆散聯合」，還進一步明確指出「法律與文學不可能有一個統一的方法論」，進而推斷法律與文學「既不會繁榮也不會消亡的學術命運」，可謂一語中的，是學術界難得少有的關於一門學科的命運讖語！

廣義的法律與文學包括四個分支：文學中的法律（law in literature）、作為文學的法律（law as literature）、通過文學的法律（law through literature）和有關文學的法律（law of literature）。

文學中的法律是指法律以題材（或內容）的形式入侵文學領域，構成文學領域中一種特別的作品，如偵探推理小說、破案紀實報告文學等。同時，文學也成為發現法律價值、意義和修辭的一種媒介。代表性研究論文如馬慧茹和冶進海的《欲望：法律與時代的另一面——近年法律小說一窺》、蘇力的《復仇與法律——以〈趙氏孤兒〉為例》、強世功的《文學中的法律：安提戈涅、竇娥和鮑西婭——女權主義的法律視角及檢討》等。

作為文學的法律，是指文學以其作為語言工具的普遍功能對法律文本和司法文學等進行解讀和研究，並在一定程度上改變法律的形象，讓法律文本、司法文書變得具有親和力，同時表達更準確、科學，這是文學對法律的一種滲透與入侵。代表性研究論文如林陽地的《公務文書與文學之比較》。

　　通過文學的法律，與作為文學的法律一起是狹義上的法律與文學，它們都是文學對於法律在法理與實踐中的一種「入侵」，同時也是在發現和發掘法律固有的藝術之維。「通過文學的法律」是法律與文學運動中最關鍵而略顯抽象難解的一個名詞，對該名詞的解釋和理解，可謂見仁見智，有學者簡單認為「通過文學的法律」就是「作為文學的法律」。筆者認為，在「通過文學的法律」中，法律與文學的界限已趨於模糊，人們不知道它到底是在談文學，還是在談法律；換句話說，「通過文學的法律」，是以文學文本的形式傳達文學和法律思想，關注人性和社會。對「通過文學的法律」的把握和理解，我們似乎可以真正感受和觸摸到法律與文學的真實存在，並且堅信法律與文學的存在，法律與文學運動的意義、價值所在。這些作品的代表作有劉星的《西窗法雨》、馮象的《政法筆記》、何家弘主持的《法學家茶座》等，雖然表面看來這些作品似乎還是傾向法律一面的，但絲毫不影響人們對它們的評價以及定位。再如吳丹紅法學博士後對電影《殺破狼》的分析，我們已經很難區分這到底是文學意義上的影視評論，還是法學上的案例分析，類似國外以法律思想評論影視作品也很多。其他代表論文還有徐忠明的《製作中國法律史：正史、檔案與文學——關於歷史哲學與方法的思考》、鄧少嶺的《論法律的藝術之維》、洪涵的《法律教學、研究與文學的結合——一種法學教學研究的進路與方法》等。

　　有關文學的法律，是指文學作品涉及著作權、名譽權等法律問題產生的法律與文學的碰撞。這裡也有法律對文學的制約，如「版權保護越是廣泛，文學想像力就越受到限制」。代表性研究論文如程慧釗的《民間文學藝術若干法律問題研究》、程宗璋的《試論文學批評與名譽權的問題》、《文學自由談》發表的《K 引發文學與法律對話》和《文學批評與名譽權》等。

就目前而言，最受關注的是「通過文學的法律」和「作為文學的法律」，其次才是「文學中的法律」、「有關文學的法律」。這與它們分別在法律與文學這個學科中的地位和價值是有關係的。

也有許多學者將法律與文學簡單分為兩支的：「文學中法律」、「作為文學的法律」，前者著重對小說、戲劇、電影等文藝作品中的法律問題的研究，後者則運用文學批評與文學理論等問題來幫助閱讀和解釋法律文本（包括法律文本和司法文書等）。這種分法的優點在於簡明直觀地向人們介紹了法律與文學，其缺點在於沒有指出法律與文學的核心價值所在，並忽略了有關文學的法律。

筆者認為，將法律與文學進行多角度、多分支的剖析是有必要的，更有利於人們去瞭解認識法律與文學。因此，四分法優於兩分法。

法律與文學運動的意義、影響及前景

吳玉章先生在一次關於法律與文學的學術演講中對法律與文學運動的意義做了如下總結：

> 法律和文學運動興起之後，對法律的解釋更像是一種竊竊私語、私人的交談，幾乎是個人主觀感受；法律和文學運動觀察法律的角度給我們很大的啟發，其實是一種外部視角；他們對法律的表述實際上是法庭外的學術表達；挑戰了法治觀念的至上……法律與文學運動首先否認法律規則的確定性，他們把法律當做一種敘事結構和修辭，沒有什麼至上的；不在乎法律的結果，而是揭示法律過程的不確定；挑戰理性至上的地位，訴諸於個人的感受，對情感的重視就是對法律背後的理性的重視。

　　筆者樂於對這段法律與文學意義、影響研究的摘錄，實在是出於無奈（與吳玉章觀點相仿的外國學者觀點，如「在美國各派學者都日益認為，法官所運用的司法理性其實並非如同柯克所言是一種特殊的人為理性，所謂法律推理與其他的實踐理性並沒有什麼差別」等）面對遭受眾多質疑的法律與文學運動，又有多少人敢談它的意義呢？又有誰能大張旗鼓地宣稱這是在拓展法理學的疆域呢？除了盲從的愚魯者以外，幾乎所有的法律與文學研究者都看了法律與文學的可能進度與不可能之界限。比如波斯納，他始終沒有忽視法律與文學的差別，他認為在「文學中的法律」中，法律在小說中完全是補助性的，小說主要想說明的並不是法律，因此，必須把具體的法律問題和小說對人類處境的關懷區分開，他也不得不告誡讀者：「最好不要將成文法理解為文學作品，而應將之理解為一種命令。」波斯納還指出：「我對法律與文學運動的這一分支深表懷疑，它有著柏拉圖創立的說教的和道德化的文學批評學派──這一分支就是其在法學研究中的延伸──的所有缺點，而且它還有其他缺點。」在初版本的《法律與文學》中，我們可以看到副標題有「一場誤會」的字樣。波斯納對此解釋說：「對法律與文學運動，正當的視角應是批評加同情。」無論如何，法律與文學之間不可逾越的差別構成了這一運動向外擴展的界限。

　　實際的情形是，這一運動仍然在進行著，在國外已經可以用「潮流」、「前沿」來形容了，許多法學院都開設了法律與文學的課程，專著日漸其多，報刊文章更是充肆書坊。但在國內，相對來說要冷清地多，甚至可以說是近十年才興起的研究。十年間，國內關於法律與文學的研究專著舉其大者有余宗其的《法律與文學的交叉地》（1996）、賀衛方的《法邊餘墨》（1998 年）、馮象的《木腿正義──關於法律與文學》（1999 年）、徐忠明的《法學與文學之間》（2000

年)、劉星的《西窗法雨》(2002 年)、梁治平的《法意與人情》(2004
年)、蘇力的《法律與文學》(2006 年)等。從余宗其的第一本關於
法律與文學的著作到蘇力最近出版的關於法律與文學的著作,恰好
是十年。這十年,是我國法律與文學運動興起、發展的十年,這之
間恰好構成一個段落。人們對法律與文學也經歷了由聞所未聞到似
曾相識的過程,法律與文學完成了其名詞地位的構建,成為部分文
學人和法學人的口邊詞了。這一運動的趨勢,將會繼續下去,但國
外法律與文學運動所遭受的種種責難和質疑之聲相信也漸漸會在國
內得到反映和體現,鄧正來等批評蘇力即是顯著一例。

中國的法律與文學運動及其代表人物

　　學者林來梵在近期《法學家茶座》上發表〈文人法學〉一文。
文中稱當下中國法學界存在文人法學的流風,只是尚未構成一種流
派,雖然如此,林先生還是推舉蘇力、馮象、賀衛方這三人為文人
法學的「三大天王」(未必僅此三人)。該文簡明而準確地分析了「文
人法學」的幾種特點,並讚賞其類似古代「文人畫」,寄託了傳統文
人的情懷和志趣,但又理性地說「它如果演繹到極端,就畢竟不是
純然意義上的正統法學」。

　　該文的意義在於大膽總結和指出我國千百年來固有的「文人法
學」的一種傾向,筆者認為這是一種傳統也未嘗不可。甚至可以說,
這種傳統與所謂主流法學不存在正統不正統之分,這就是中國法學
的一種固有傳統。如該文題記所說:「一個幽靈,文人法學的幽靈,
在中國徘徊。」

　　「文人法學」的傳統在中國古代社會其實一直是存在的。相對
於現今許多專家而言,蘇力似乎不屑於專門研究做一個「專家」,而

熱中於思想，熱中於成為公共知識份子，並對公共知識份子進行了
大量研究，並翻譯了波斯納的煌煌大著《公共知識份子》一書。蘇
力在〈中國當代公共知識份子的社會建構〉一文中分析了當代公共
知識份子的精神品格：「其實還是傳統的，渴望經世濟民、兼濟天
下」，並指出其傳統精神根源：「對傳統知識份子楷模的認同」。歸根
之餘，蘇氏做如下結論：

> （公共）知識份子應當博學多才，文筆優秀，要文質彬彬；
> 要有一點文人氣，要像李白、杜甫，而不是蕭何、曹參；要
> 像蘇東坡，至少也要像王安石。

在這裡，蘇力顯然將李白、杜甫、蘇東坡等憂國憂民的大文豪
歸為一類，而將蕭何、曹參等純粹的政治家歸為一類，這說明蘇力
認為當代公共知識份子應當以李白、杜甫、蘇東坡等為楷模，而不
是政客或商人或擁有一技之長的「雞鳴狗盜」之士。

蘇力把古代文人憂國憂民的政治品格、浪漫詩意的精神品格作
為衡量當代知識份子是否是公共知識份子的隱性標準，其實這也是
「文人法學」的精神傳統所在。只是這個公共知識份子是以法學知
識為基礎，文學、哲學、歷史等為羽翼的，但其精神內核與古代知
識份子並無二致。古代知識份子雖然多以文史哲為精神和知識來
源，很少專門的法律人才，但這些精英知識份子一旦鑽研法律與禮
教，就會產生中國獨有的「文人法學」傳統。如「強項令」董宣剛
正不阿，執法嚴明；「包青天」包拯高風亮節，深受民眾擁戴等等。
他們都是典型的儒家出身的法官。

中國「文人法學」傳統的固有存在，與中國儒家法思想的影響
也不無關係。中國的文人，大多儒家出身，深受儒家法思想影響，
諸如「德主刑輔」等等。這些文人法學的傳統在今天自然影響了一

批法學出身的公共知識份子，如蘇力、劉星、馮象、賀衛方、何家
弘等，也影響了其他一些學科出身的公共知識份子。這些潛在的文
人品格和才氣成為今天中國文學與法律運動的思想和精神源泉之
一，使得許多遊弋於文學、法律之間的學子紛紛投身其中，壯大了
法律與文學運動的聲威。

　　但中國的「文人法學」傳統自身並不能很快生發中國法律與文
學運動。中國的法律與文學運動也得益於馮象、蘇力等具有英美留
學背景的學者的大力引進。在蘇力〈法律與文學的開拓與整合——
馮象對法律與文學的貢獻〉一文中，蘇力謙遜地將引進美國法律與
運動「第一人」的帽子給了馮象先生，其實具有「中國的波斯納」
之稱的蘇力本人，在中國的法律與文學運動中所起到的旗手作用是
不下於馮象的。根據蘇力先生的分析，或者我們自己也可以這樣認
為，馮象是介紹和引進國外法律與文學運動的第一人，其後不久蘇
力全面介紹了國外的法律與文學運動，並在國內學者余宗其、劉星、
賀衛方、何家弘、徐忠明、梁治平等人的搖旗吶喊之下，中國的法
律與文學運動才大張旗鼓的進行起來，並形成今天蔚然成風的局
面，在法理學界佔據了一席之地。

　　1988 年，美國法學家波斯納出版了其著作《法律與文學》，美
國的法律與文學運動得到進一步的發展與擴張，波斯納成了美國法
律與文學運動的旗手人物。此時，具有英美文學碩士學位的留美法
學博士生馮象開始思考法律與文學的問題。此時在國內尚無人潛心
於此學。在隨後的幾年裡，馮象憑藉其文學、法學的兩大知識源泉，
在法律與文學運動中遊刃有餘，並影響了國內一些學者。但中國出
版第一本法律與文學的著作的學者是中南政法大學的余宗其先生。

　　余宗其先生原本是一個作家，擅長詩文，又是華中師範大學中
文系出身，獲得了文學碩士學位，後又加入了中國作家協會。在其

涉足法律與文學的交叉研究之前，已出版文學理論著作若干，如《文藝創作心理學》、《作家的形象記憶》等。可以說，余宗其先生是中國第一個研究法律與文學交叉學科的作家和文藝理論家。他幾乎是與馮象先生同時或稍晚開始思考法律與文學的，都是在八十年代末、九十年代初，只是二人的關注點極為不同，余先生主要是從文學的角度思考法律對文學的影響，並提出了「文學法律學」的概念。在他關於法律與文學的第一本著作《法律與文學的交叉地》一書中，他分析了「文學法律學」的研究對象，即「文學法律現象的特徵」：一、文學中的法律不直接以法律規範的姿態出現，而是寄寓在案件、人物、文化景觀中；二、文學中的法律不是法律自身的結構和內容，而是法律實施於社會所引發的社會現象和問題（本文作者按：以文學形式表現）；三、文學中的法律沒有包羅無遺，而只是重點突出地描寫著若干重要法律實施的社會效應。由此看出，如將餘氏的「文學法律學」納入馮象及其後起的蘇力等人發起的中國的法律與文學運動的整個過程來看，「文學法律學」其實是「法律與文學」四支中的「文學中的法律」。或許是余氏原本是作家，他的研究沒有引起文學理論界的極大關注，此後文學理論界也少有後繼者潛心法律與文學的交叉研究，不過這也是必然的，因為深諳此學者非懂文學與法律不可，缺一不行。令人遺憾的是，余氏的《法律與文學的交叉地》可說是中國第一本研究法律與文學的專著，但在文學界、法學界都沒有產生極大的關注，漸漸成為一本被遺忘的著作了。其中的原因是很分明的，一個文學界的人物寫出的法律與文學的專著，文學界很少有人有這樣的視野，而法學界當時也不會有太多人看文學界的著作。余氏此後又有《法律與文學漫話》、《外國文學與外國法律》、《中國文學與中國法律》、《法律文藝學概論》等書，在法律與文學運動漸漸深入之後，這些著作才漸漸為文法兩界特別是法學界人士所提及和關注。

　　文學界的人物不能擔當起中國法律與文學運動的領軍人物的重任，自然由法學界人物來擔負（其實，在前面的分析中，我們也可以知道這是必然的，法律與文學運動終究是部分法學界人士借他人「酒杯」澆自己心中「塊壘」）。九十年代初開始，馮象開始零散地發表一些有關法律與文學的文章，個中包含的思想和觀點，有些是來自美國法律與文學的若干資訊的。他的這些文章後來結集為《木腿正義——有關法律與文學》，1999 年版。此書一經問世，在法學界引起很多人關注。馮象先生先修文學，後研法學，尤其是知識產權法。他的法律與文學研究主要是側重於「通過文學的法律」和「有關文學的法律」，極大地影響了整個法理學界，中國的法律與文學運動由此真正拉開序幕，用蘇力的話是：這時才有了「理論上的自覺」。馮象幾乎是有意識地開拓法律與文學這一領域的，其先在美國留學時，就已經接觸法律與文學，遭遇美國法律與文學運動的鼎盛期，經過長期浸淫，馮象對法律與文學的把握是熟稔於心。馮象的名文〈法律與文學〉是中國第一次系統全面地介紹美國法律與文學運動的問題，此後馮象努力在「有關文學的法律」「通過文學的法律」進行深度挖掘，成為了中國法律與文學運動的第一人。不過對於馮象研究的優劣得失，蘇力有過一段精闢論述：「馮象在法學領域的研究發現，相對於當代中國的主流法學研究，是比較新穎的。不僅他的理論思考的深度超越了許多學者，其理論命題之表達也與主流的表達方式有相當的區別，除了文學化的表達（例如寓言、隱喻）外，甚或為了追求一種有效交流，他似乎有意採取了一種距離化和陌生化的敘述論證策略，因此，令不少讀者在讚美之餘，又感到其著述過於凝練乃至有些艱澀，甚至『有些失敗』。」

　　馮象之於中國法律與文學運動，得到蘇力等後繼者或朋友的極大認可、支持，換句話說，他比上面提到的余宗其先生幸運多了，

理所當然被推上中國法律與文學運動的第一把交椅。但在整個中國法律與文學運動過程中，最為傾心此運動的是蘇力先生。蘇力對波斯納情有獨鍾，凡波斯納的著作，蘇氏必全部引進；凡波斯納的學術思想，蘇氏必傳入中國；凡波斯納的學術領域，也必得蘇氏的耕耘──法律與文學就是一個顯著的例子（如，蘇力在《波斯納文叢總譯序》中說：「鑒於中國法學理論研究視野狹窄和普遍缺乏社會科學，缺乏人文科學深度，也鑒於希望中國的法官瞭解外國法官的專業素質和學術素養……我陸續選譯了波斯納法官的一些論文和許多著作中的一些章節……才有了這一套文叢」）。波斯納是美國法學家中司法意見被運用最多的一個，雖然也有過早 2000 年被被聯邦第七巡迴區一次裁決中被否定，但這僅是例外，蘇力對此讚不絕口，也是心嚮往之。在整個國內的法律與文學運動中，蘇力起到的是旗手的作用，他是最為熱中最為傾心的一個，但其自身關於法律與文學的研究卻遲遲不見專著出版，直到 2006 年才出版其第一本法律與文學研究專著：《法律與文學：以中國傳統戲劇為材料》。在這一個時期內，他也受到最大的詬病和攻擊。

在這短短十年間，中國法律與文學運動經歷了無意識開拓到有意識建構，一直在期待與詬病中匍匐前行，參與其中的知名學者還有劉星、賀衛方、何家弘、梁治平、徐忠明、許章潤等，他們各自定位不同，研究角度、方式亦不同，各自擴展了法律與文學的學術領域。如賀衛方是一個行為乖張的法學家、最具文人氣的法學家，也是受到大眾歡迎和詬病並存的一個具有爭議的法學家，他的法學文章，大多都是隨筆，把文學的形式和法學的思想完美地結合在一起，抨擊時政，活躍了一部分人的思想；劉星先生則用隨筆講解法律故事和法律知識，別樣的形式普及了法律；何家弘是自成一家的法律小說家，《法學家茶座》多年的主持者（今已退居二線，成為名

譽主編），運用小說的形式既豐富了文學題材又普及了法律教育，把「文學中的法律」做了創作上的實踐。除了這些法學家參與和實踐法律與文學運動以外，一些律師也開始了關注法律與文學，如作家鄧宜平律師出版了《律師手記》一書，講述了他多年律師事務中的所感所得。

　　據不完全統計，近十年國內出版的有關法律與文學的專著大約有百種之多，至於單篇文章更是累以萬計。我們希望法律與文學的進一步融合，以期待更偉大的作品產生，這些作品不斷地把他自己時代的人類困境聯繫於所有時代中人類本性的普遍特徵，以文學和法律的雙重視角和技巧加以表達。無論法律與文學運動，能走多遠，我們期待著它一路走好！

　　（注：此係作者的本科畢業論文，此處將論文體解散為隨筆體）

作於 2007 年 5 月

原載《博覽群書》2008 年第 1 期

眉睫小識（代跋）

柳漾

　　十年之前，從黃梅走出來的小說家廢名先生似乎一直被中國現代文學史所忽視，因為其作品的晦澀以及生平的不為人知。近些年來，隨著一批研究者與愛好者的挖掘、推崇，廢名先生逐漸再現於我們的視野中，他的作品逐漸重新出版或遺稿被整理問世，以及史料的不斷發現，我們彷彿看到了一個栩栩如生的現代著名文學家廢名先生。這其中的努力，可以說，不能不提到年輕學者眉睫的努力與貢獻。

　　我與眉睫兄同在廢名母校黃梅一中讀書，他高我兩屆；大學又求學、生活在同一個城市，這其中的緣分不言自明。2003 年，我負責黃梅一中廢名文學社社刊《廢名文苑精粹》的編輯工作，眉睫拿著一疊文稿找到了我，給我的感覺就是一點木訥、拘謹，然後一個實實在在的傳統書生模樣，稿子都是關於我們家鄉的廢名先生，研究其生平、小說、詩歌，還有他寫的模仿廢名的詩文。他的功課在當時看來就做得很不一般，因為那時整個黃梅一中乃至黃梅對廢名都知之甚少（雖然有個所謂的廢名文學社）。我們聊過之後才知道，他一直徘徊在文學這道門檻，高三的他依然苦讀詩書，文學、史學、美學、佛學、哲學、方志等等，他都喜愛不已，也因此而「夢想」不已（當時他給我的感覺很單薄、瘦弱，有一種「朦朧」的味道，看到他的人，似乎就知道他是一個懷揣夢想的書生）。其實當時的我很是震驚，作為廢名文學社編輯，我深知廢名先生晦澀的行文風格，研讀他的全部作品已是不易，遑論「喜愛」二字。之後，《廢名文苑

精粹》出版刊發了眉睫兄的專輯（出書後他已經高中畢業，因此沒有見到），而我們也因他的畢業升學失去了聯繫。2005 年我來武漢求學，經常在網上讀到關於廢名的文章，其中就有一個熟悉的名字，一個和廢名先生息息相關的名字——這不是眉睫兄麼？我們重新在一起大談我們這兩三年的經歷、夢想和奮鬥。此時，眉睫兄已在廢名研究等領域初露頭角，在《書屋》、《新文學史料》、《中國圖書評論》、《魯迅研究月刊》等重要學術刊物發表了〈廢名在黃梅〉〈廢名的書信〉等多篇研究廢名的文章。另外，他是法學出身，也因用法律武器幫助許多作家維護著作權而被《武漢晨報》等報導為「書界王海」，真是治學和專業兩不誤。眉睫，作為 80 後一代，取得這樣的成績實屬難能可貴。我佩服之餘，暗暗下定決心，以眉睫兄為榜樣，好好讀書為文。

細細想來，這些年眉睫兄在讀書治學多方面都關照我，似乎給了我一面鏡子，讓我引以為鑒。

其一，他的治學、讀書精神深深感染了我，或者說他在態度上指引了我。他一直讀書、買書、寫文章，甚至如同十年寒窗一般，不為功名，只為廢名。每次我們見面聊天，他必談廢名，只要談起廢名他必滔滔不絕，有時候還唾液橫飛，有時我心底抱怨他的這些；可是，換個角度，廢名之於他，是一種精神寄託與追求。所以，只要他每作出一點成績，或有新的史料發現，或有新的論文發表，他便高興不已。從廢名這個點開始，他的視野不斷開闊，直至關於近現代文史的探究，關於鄂東地方文化的追溯，關於兒童文學的評論以及法律與文學的研究等等。我有時候想，倘若沒有眉睫兄的參與，關於廢名的許多史料不會這麼快浮出水面，而沒有精神上廢名的引領，眉睫也不會取得今天的成績。關於廢名，著名學者陳建軍、止庵、陳子善等都與眉睫書信往來，因為廢名，他們之於眉睫而亦師

亦友。關於近現代文史方面，他還寫了關於象徵派詩人石民、鴛鴦
蝴蝶派著名作家喻血輪、廢名詩學傳人朱英誕、新月派詩人朱湘、
現代小說家朱雯、著名報人許君遠等人的重要文章，隨著這方面成
果的不斷增多，眉睫的成就、貢獻為更多的人所知，大陸許多知名
學者、作家在文中紛紛引用眉睫的觀點或史料。而在臺灣，廢名影
響頗大，眉睫自然也引起臺灣學人的注意。臺灣著名詩人向明在其
發表於臺灣《中華日報》的一篇文章裡寫道：「遠在漢江河畔的眉睫
是大陸年輕一代舉足輕重的評論家」，王國華先生也曾在香港《大公
報》發表的一篇文章中介紹了「內地學者眉睫」。近期，眉睫兄發現
了著名文學家沈從文的一封重要佚信，對於沈從文研究者而言，對
於我們讀者走進沈從文的世界而言，都是一點寶貴的資訊。該文一經
在著名讀書刊物《開卷》發表，便在學界引起了不小的影響，《揚子
晚報》對他進行專訪，然後是各家媒體如《長江商報》、《工人日報》、
《華商晨報》等的不斷轉載報導，眉睫兄的影響力更上了一個臺階。

其二，我現在讀書之餘經常寫寫書評並時常在報刊發表，這些，
不能不說是眉睫兄的影響，他的愛好也在無形中讓我打開了一扇興
趣之門，這在我們的友情之間平添了一些師友的感覺。除了研究文
史，眉睫兄還是一位重要的書評人，在《中國圖書評論》、《博覽群
書》、《書屋》、《出版人》、《出版廣角》、《全國新書目》、《中華讀書
報》、《藏書報》、《中國社會科學院報》等幾乎國內所有的書評類報
刊時常可以讀到他的書評文字。他是一個正直的書評家，有時候我
倒覺得他的書評裡面夾雜了很大一部分的批評。譬如，他的書評〈真
正的考證派〉：「作者評價李廣柏教授《誰懂紅樓夢》一書，大約一
千八百字，指出不足之處的表述，就達約七百字。作者首先肯定了
該書的長處：『是一本真正的考證派學術著作』，『極其精湛』，『其嚴
謹的學術作風贏得了學界同人的嘆服和尊重』。作者又從該書的編

排、內容、研究方法和裝幀等四個方面指出了其不足之處，比如『從第三部分開始，編排上顯得有點雜亂無序』；有些部分『煩瑣、乏味』；裝幀『顯得媚俗，有炒作之嫌』。如此等等，使人看了舒服。我覺得，這應該是一篇不錯的書評。」——陝西新聞出版局局長高英傑如是寫道。他性格中的直率、天真決定了他的書評區別於人情書評、廣告書評，並不是沒有人送書眉睫以求書評；相反，我在他的住處看到了許多珍貴的簽名本，有知名書人陳子善、止庵的，還有中國童話大師蕭袤、藏書家黃惲的。他的所作所為，對於中國的書評寫作現狀與出路，都是一種難得的表現。他對於書評人的職業責任與操守的堅持，這是值得我學習與揣摩的。我想，對於很多書評人來講，都是如此。

寫作，尤其是非小說寫作很難在經濟上改變什麼，我與眉睫兄不止一次討論過寫作出路這個問題。對於書評人而言，更是苦不堪言，我們都有親身體驗，稿子發表而來的「碎銀」都換作了心中愛慕的書籍。然而，還是有許多人在這種輪迴中掙扎，或曰享受。眉睫兄正是其中一員。高興的是，對於這種寫作，從高中到現在，我一直見證著他的喜悅、苦惱與收穫。在眉睫兄身上，我看到的除了傳統的文人特色之外，我還看到了書生本色。雖然他是湖北省作家協會會員，但是，眉睫兄的自我介紹只是民間讀書人，我想這是一種自謙。因為，在讀書人看來，現在的他的確是一位學者，年輕的學者——誠如《揚子晚報》等媒體的報導。

私下裡，我們當然還會談到他的書——未來的眉睫的書，我們都相信這只是時間的問題。我也相信他的寫作成績尤其是廢名研究的重要性。所以，我總自私地有著一種念想，看到眉睫兄自己的書，然後，我理所當然地蹭書、閱讀、賞評，並與他在武漢南湖畔、關山腳下暢談讀書與人生……

《朗山筆記》編後記

　　《朗山筆記——現當代文壇掠影》一書編校完畢才數日，蔡登山先生又囑我作一編後記。承蒙蔡先生雅意，拙作得以結集出版問世，幸甚幸甚！又要我寫後記，自然欣然應諾了。

　　此書的體例是一目了然的。卷一大多是關於人物的，或可為當下文史研究者提供一些史料資訊，亦未可知，若果能如此，這在我是感到非常高興的事；卷二都是書評，借此可以瞭解近年中國一些人文社科類著作的出版資訊；卷三都是青春少兒文學評論。

　　以上本無需多說，唯需說明的似乎只有書名。我家世居湖北黃梅，朗山公以前，家境殷實，然生平事蹟失於祖譜，遂不得而知。自朗山公而下至余祖梅嶺春先生，累代耕讀傳家，以鄉儒、鄉賢稱於邑，迄今近兩百年。為紀念我的先祖朗山公，我將我的齋名命名為「朗山軒」，遂以此為文集之名。

　　文人重名，好比商人愛錢、政客弄權，都不是什麼好心態。我的文章也不會流傳很久，雖然它們曾發表過，也有一些熟悉或陌生的朋友讀了之後與我交流過。我只把它們當一次生命的綻放，讓世人知道它們曾在這個世界遊歷過，至於壽命如何，與我無關，我也不想知道，倘有讀者留意過，對他有過幫助或由此與我交流，我想這是生命中的緣分，是一件非常幸福的事情——苟能如此，足矣！

2008 年 10 月 5 日作於朗山軒

國家圖書館出版品預行編目

朗山筆記 / 現當代文壇掠影 / 眉睫著. -- 一版.
--臺北市：秀威資訊科技, 2009.02
    面；   公分. -- (語言文學類；PG0219)
BOD 版
ISBN 978-986-221-160-1(平裝)

1.中國當代文學　2.文學評論　3.作家
4.傳記　5.兒童文學

820.908   98000962

語言文學類　PG0219

朗山筆記
——現當代文壇掠影

作　　者 / 眉　睫
主　　編 / 蔡登山
發 行 人 / 宋政坤
執行編輯 / 藍志成
圖文排版 / 黃莉珊
封面設計 / 莊芯媚
數位轉譯 / 徐真玉　沈裕閔
圖書銷售 / 林怡君
法律顧問 / 毛國樑　律師
出版印製 / 秀威資訊科技股份有限公司
　　　　　台北市內湖區瑞光路 583 巷 25 號 1 樓
　　　　　電話：02-2657-9211　　傳真：02-2657-9106
　　　　　E-mail：service@showwe.com.tw
經 銷 商 / 紅螞蟻圖書有限公司
　　　　　台北市內湖區舊宗路二段 121 巷 28、32 號 4 樓
　　　　　電話：02-2795-3656　　傳真：02-2795-4100
　　　　　http://www.e-redant.com

2009 年 2 月 BOD 一版
定價：310 元

讀 者 回 函 卡

感謝您購買本書，為提升服務品質，煩請填寫以下問卷，收到您的寶貴意見後，我們會仔細收藏記錄並回贈紀念品，謝謝！

1. 您購買的書名：_____

2. 您從何得知本書的消息？

　□網路書店　□部落格　□資料庫搜尋　□書訊　□電子報　□書店

　□平面媒體　□ 朋友推薦　□網站推薦 □其他_____

3. 您對本書的評價：(請填代號　1.非常滿意 2.滿意 3.尚可 4.再改進)

　封面設計____　版面編排____　內容____　文/譯筆____　價格____

4. 讀完書後您覺得：

　□很有收獲　□有收獲　□收獲不多　□沒收獲

5. 您會推薦本書給朋友嗎？

　□會　□不會，為什麼？_____

6. 其他寶貴的意見：_____

_____

_____

_____

讀者基本資料

姓名：_____　年齡：_____　性別：□女 □男

聯絡電話：_____　E-mail：_____

地址：_____

學歷：□高中(含)以下　　□高中　　□專科學校　　□大學

　　　□研究所(含)以上 □其他_____

職業：□製造業 □金融業 □資訊業 □軍警 □傳播業 □自由業

　　　□服務業 □公務員 □教職　□學生 □其他_____

To：114

台北市內湖區瑞光路 583 巷 25 號 1 樓

秀威資訊科技股份有限公司　　收

寄件人姓名：

寄件人地址：□□□

(請沿線對摺寄回,謝謝!)

秀威與 BOD

BOD（Books On Demand）是數位出版的大趨勢，秀威資訊率先運用 POD 數位印刷設備來生產書籍，並提供作者全程數位出版服務，致使書籍產銷零庫存，知識傳承不絕版，目前已開闢以下書系：

一、BOD 學術著作—專業論述的閱讀延伸
二、BOD 個人著作—分享生命的心路歷程
三、BOD 旅遊著作—個人深度旅遊文學創作
四、BOD 大陸學者—大陸專業學者學術出版
五、POD 獨家經銷—數位產製的代發行書籍

BOD 秀威網路書店：www.showwe.com.tw
政府出版品網路書店：www.govbooks.com.tw

永不絕版的故事・自己寫・永不休止的音符・自己唱